우리가 정말 사랑했을까

우리가 정말 사랑했을까

초판 1쇄 인쇄일 2015년 4월 24일
초판 1쇄 발행일 2015년 4월 28일

지은이 | 고여운
펴낸이 | 김기선
편집장 | 김은지

펴낸곳 | 와이엠북스(YMBOOKS)
출판등록 | 2012년 7월 17일 (제382-2012-000021호)
주소 | 서울시 도봉구 노해로 379, 1005호(창동, 대성빌딩)
전화 | 02)906-7768 / **팩스** | 02)906-7769
E-mail | ymbooks@nate.com

ISBN 979-11-322-1695-7 03810

값 7,000원

고여운 중편소설

YMBOOKS
ROMANCE STORY

우리가
정말
사랑 했을까

목 차

프롤로그 …7

1. 신우현, 당신 참 못됐다 …15

2. 이런 네가 어디가 좋을까 …35

3. 헤어지자 …59

4. 왜 그랬을까 …77

5. 쓸쓸한 기분 …101

6. 사람은 변하지 않아 …121

7. 그 자리에 있어 …139

8. 우리가 정말 사랑했을까 …161

9. 그 순간만큼은 오해하고 싶지 않아 …183

10. 살아 있어서 참 다행이다 …205

11. 다시 시작한 우리 …225

12. 당신 정말 환영해 …245

13. 사랑스러운 프러포즈 …265

에필로그 …287

작가 후기 …304

프롤로그

　　우현의 무릎 위에 앉은 하원이 그의 목을 감쌌다. 거뭇거뭇한 그의 턱에 난 수염을 손으로 매만지며, 하원이 키스하려고 가까이 다가갔다.

　　"피곤해."

　　낮은 목소리가 적요 속을 갈랐다. 차갑지만, 매우 건조한 우현의 목소리에 하원은 셔츠 단추를 풀었다. 그는 아무런 미동 없이 하원의 손길을 받았다. 보기 좋은 단단한 근육이 붙은 상체를 손으로 쓸어내리다 바지 버클을 풀었다. 순간이었다. 우현은 제 무릎에 앉아 있는 하원을 침대 위로 쓰러트리듯 눕혔다.

　　"핫."

　　놀라 단말마 같은 비명이 하원의 입에서 터졌지만 이내 그의 입 속으로 사라졌다. 차분하게 하원의 입술을 뭉개곤 타액으로 젖은 그녀의 입안으로 말캉한 혀를 밀어 넣었다. 입안을 훑고 지나가면서 거칠게 혀를 잡아채고는 제 입안으로 가져왔다.

우현의 손이 블라우스를 젖히고 하얀 속살을 움켜쥐었다. 동그란 언덕 위로 솟아난 정점을 손으로 지그시 누르다 비틀었다. 그의 손길에 정점이 딱딱하게 솟았다.

"흐읍."

그가 집요하게 그녀의 뜨거운 숨결을 들이마셨다. 하원은 손을 뻗어 우현의 목을 끌어안았다. 제멋대로 흐트러진 호흡을 그의 귓가에 쏟아내며 하원은 그의 바지를 아래로 끌어 내렸다. 이미 흥분한 중심부가 드로즈 밖으로 튕길 듯 솟아나 있었다. 하원은 드로즈 속으로 손을 넣어 부푼 남성을 애무했다. 그녀의 손길을 받은 남성이 딱딱하게 흥분했다. 더 이상 참기 힘들다는 듯, 우현은 스커트 속으로 손을 밀어 넣곤 팬티를 끌어 내렸다. 동시에 벗겨진 드로즈 밖으로 남성이 튕겨 나왔다. 우현은 하원의 허벅지를 넓게 벌리곤 그 사이를 갈랐다. 남성을 꽃잎에 문지르다 쑥 하고 밀었다.

"아파……."

하원의 눈가에 눈물이 맺혔다. 하지만 어둠 때문에 눈물을 보지 못한 우현은 상체를 앞으로 숙이곤 허리를 앞으로 튕겼다.

"조금만 참아."

달래듯 말하는 목소리였으나 다정하진 않았다. 그 때문에 하원의 눈가에 맺힌 눈물이 더욱 짙어졌다. 예민한 살갗이 말려들어가며 우현은 쾌감에 몸을 부르르 떨었다.

한두 번 하는 섹스가 아니었다. 3년 내내 그가 드나든 곳이었다.

이 좁은 통로를 그가 수도 없이 채웠다. 우현은 하원의 입술을 찾아 키스하고, 하얀 목덜미를 물어뜯듯 핥았다. 숨결을 불어넣고, 타액으로 살결을 뭉갰다. 그렇게 그의 흔적이 그녀의 몸 곳곳에 열꽃처럼 남아 있었다.

"하아."

배려 없는 시작으로 처음은 고통스러웠으나 점차 하원의 몸이 뜨겁게 달아올랐다. 넓게 벌린 그녀의 다리는 우현의 어깨에 걸쳐 있었다. 그의 말대로 조금만 참으면 고통은 곧 쾌락으로 바뀌었다.

여린 살결을 밀고 들어찬 그가 다시 반쯤 후퇴했다. 하지만 곧 무서운 힘으로 그득하니 좁은 곳을 빈틈없이 채웠다. 탁한 숨이 더운 공기 중에 흩뿌려졌다. 우현의 손이 가슴을 움켜잡고 정점을 뭉갰다.

"우현 씨……."

건조한 입술로 하원은 애타게 그를 불렀다. 그는 대답 없이 허리를 치받고 있었다. 있는 힘껏 다해.

"하웃. 우현 씨."

찰박찰박거리며 살이 부딪쳤다. 여린 살결이 거대한 힘에 의해 살살이 부서졌다. 꽃잎을 가르고 치골까지 맞닿을 기세로 무섭게 질주했다.

흥분의 도가니에 빠져 애타는 신음을 토해내는 그녀와 달리 그는 무표정이었다. 감정을 읽을 수 없는 그의 표정은 쾌락을 느끼는 건지, 흥분한 것인지 알 수가 없었다. 그저 있는 힘껏 허리를 튕기며, 꽃잎에 제 것을 치받을 뿐이었다.

"사랑해."

하원이 팔을 뻗어 우현의 목을 감싸 안으며 고백했다.

"나도."

별 감흥 없는 얼굴로 우현이 대답하였다. 하지만 하원은 이 정도면 만족한다는 듯 더 이상의 대답은 채근하지 않았다. 칭얼대거나, 매달리는 건 그녀의 스타일이 아니었다. 그저, '나도.' 그 한마디에 모든 의미가 함축되어 있는 것처럼 받아들였다.

"뒤돌아."

낮게 깔린 목소리로 우현이 명령했다. 하원은 베개에 가슴을 대고 엉덩이를 높게 올렸다. 습기 어린 그곳에 다시 그가 채워졌다. 동그란 엉덩이를 양손에 쥐고는 그가 또다시 질주를 시작했다. 허리를 비틀며 튕기다, 후퇴와 직진을 반복하였다. 반쯤 그가 빠지고, 다시 빠진 만큼 그가 채워졌다.

"하아."

베개에 얼굴을 묻은 채 하원은 고개를 돌려 제 남자의 얼굴을 바라봤다. 허리를 곧추세우곤 절정에 달려가던 남자는 전율하고 있었다.

"흐으윽."

은밀한 곳이 질척거리며 빈틈없이 맞물렸다. 엉덩이를 꼬집듯 세게 쥔 그가 그녀의 등에 무너졌다. 하지만 여전히 꽃잎에 그가 단단하게 채워져 있었다. 넓게 벌린 다리 사이로 하원의 양다리를 모은 채, 탐스러운 엉덩이 사이를 가르는 제 것을 바라보았다. 애액이 묻은 단단한 것은 쉴 새 없이 좁은 문을 드나들었다.

온몸이 땀으로 범벅이 되었다. 얼굴을 반쯤 가린 머리를 뒤로 넘겼다. 치덕하게 달라붙었던 머리카락이 치워지자, 예쁜 옆얼굴이 우현의 눈에 들어왔다. 흐트러진 호흡만큼이나 섹시하게 흐트러진 그녀의 뒷모습은 그의 욕망을 끝없이 부채질했다.

"하원아."

"으응……."

"하원아, 흐으으윽."

"하아."

대답 대신 신음이 멋대로 터졌다. 전율하던 남자의 허릿짓이 빨라지면서 결국 절정에 달했다. 하원의 엉덩이 사이로 투명한 액이 흘러내렸다.

"후우."

섹스의 여운을 채 느끼기도 전에 등 뒤에서 느껴지는 차가운 공기에 하원이 고개를 돌렸다.

고고한 자태로 허리를 치켜세운 채 우현은 뒤처리를 끝낸 후였다.

역시 그답다.

맥을 못 추고 축 늘어진 하원이 뒤늦게 침대에서 일어났다.

"먼저 씻을까?"

"그래."

우현의 대답에 하원은 침대에서 일어났다. 방에서 나오기 직전, 다시 뒤돌아 우현을 바라봤으나, 아무 일도 아니라는 듯 욕실로 들어갔다.

지독하게 차갑고 허무한 섹스.

이 또한, 사랑일까?

우린, 사랑하고 있는 걸까?

아니, 신우현, 그는…….

1. 신우현, 당신 참 못됐다

1시간 10분.

그를 기다린 시간.

[7시까지 레스토랑으로 와. 예약했어.]

하원은 자신이 보낸 메시지를 확인했다. 답장은커녕 전화도 없었다. 10분은 느긋하게 기다렸다. 30분이 지나자 차가 막히나 걱정이 되었고, 그 후로 시간이 점점 지나자 전화 한 통 없는 그의 행동에 화가 나서 막연히 기다렸다.

'너도 안 하면 나도 안 해. 누가 이기나 보자'라는 유치한 발상해서 오기가 시작되었다. 지금껏 한 번도 하지 않은 것이었다.

새로 개업한 레스토랑에 가자고 며칠 전부터 떠들었다. 귀찮다는 듯 그가 어쩔 수 없이 수락했고 오늘 퇴근하기 전 그에게 메시지를 보냈다. 싫다 좋다 가타부타 대답이 없는 그의 반응에 하원은 이제 실망은커녕 초연해졌다. 인내심 없는 자신에게 신이 내린 벌이 아닐까 의심이 들 만큼 그는 늘 그녀의 인내심을 테스트했다. 어디까지 버티나 보자, 하고 고개를 치켜세운 체 아래서 자신을 내려다보는 것 같았다.

참으로 뻔뻔하고 거만하게.

하원은 주변을 살폈다. 여전히 테이블에 혼자 있는 사람은 저 혼자였다. 커플, 가족, 친구 등 다양한 사람들이 짝을 이뤄 음식을 먹고 있었다. 아직까지 음식을 주문하지도 않고 일행을 기다리는 사람은 저 혼자뿐이었다. 이런 스스로가 참으로 못나고 불쌍해 보이기까지 해서 울컥했다.

하원은 조용한 휴대폰 액정을 켰다. 다시 꺼진 휴대폰 액정을 핸드백에 넣곤 자리에서 일어났다. 더 이상의 기다림은 무모하다. 그래, 내가 졌다. 쓸데없는 오기와 고집으로 비참해지는 건 자신이었다. 인정하고 난 후의 하원은 허무함에 한숨을 토해냈다.

당신, 참 잘났다. 잘났어.

하원은 직원을 향해 손을 들었다.

"예약한 음식 가져다주세요. 한 번에 다 준비해주세요."

혼자 있는 하원이 먹을 양은 많았으니 이미 전화 예약한 음식은 미룰 수 없었다. 하원의 주문에 직원이 조금 의아한 눈빛을 하원에게 보냈다. 하지만 부지런하게 만든 음식이 차례로 테이블에 세팅되기 시작하였다. 테이블 가득 채워진 음식만 바라봐도 저절로 배가 불렀다. 하원은 애피타이저와 후식엔 시선조차 주지 않고 스테이크를 썰어 입속에 넣었다. 와인도 한 잔 마셨다. 먹지도 않은 음식값을 계산하기엔 너무 아까웠다.

우아한 자태로 하원은 스테이크 접시 하나를 깨끗이 비우곤, 맞은편에 세팅된 접시를 끌어다 놓았다. 맛있어도 너무 맛있다. 역시 유명 셰프의 음식을 예약까지 해서 먹으러 온 보람이 있었다. 그러니까 그는 지금 후회할 짓을 한 거다.

스테이크 두 접시를 깔끔하게 비우는 동안 와인도 바닥이 났다. 취기가 올라왔다. 머리가 띵한 게 한 대 얻어맞은 기분이었다. 레스토랑에서 나오자 사방에 어둠이 짙게 깔려 있었다. 시원한 밤바람에 하원의 머리가 흩날렸다. 한참을 멍하니 바람을 맞던 하원은 터덜터덜 걸었다. 목적지를 정하고 걸어간 것이 아니었다. 버스와 택시 정류장을 한참 지나 걸어 맥줏집에 들어갔다.

맥주 500cc 한 잔과 마른안주를 주문해 벌컥벌컥 들이켰다. 빠르게 잔을 비우고 다시 술을 주문했다. 처음 맥주를 주문할 때 나온 안주는 그대로였다. 오늘따라 술이 막힘없이 들어갔다. 얼굴이 달아오르는 것이 느껴졌지만, 아무렴 어떠한가.

"마시고."

벌컥.

500cc 한 잔을 또 비웠다.

"죽자."

탁.

빈 잔을 내려놓았다. 안주는 필요 없었다.

마시고 비워지기를 반복했다. 초점 없는 눈동자는 여전히 조용한 휴대폰에 향했다.

밤이 깊어간다.

외로움과 함께.

딩동- 딩동- 딩동-

맑고 청량한 초인종 음이 조용한 복도를 가득 메웠다. 초인종 소리가 채 사라지기도 전에 하원의 손이 다시 초인종에 향했다.

"아, 왜 아 나오는 거야. 자즈나게."(아, 왜 안 나오는 거야. 짜증 나게.)

기다림이 점점 커질수록 인내심도 바닥이 났다. 조그마한 손으로 주먹을 말아 쥔 그녀의 손이 현관문을 두드렸다.

탕. 탕. 탕.

"신우현! 나오라고!"

맨정신으론 절대 하지 못할 행동이었다. 주변 사람들에게 민폐 끼치지 않는 것이 그녀가 살면서 지키는 것이었다. 술이란, 사람을 용감하게 만들고, 얼굴에 철판을 깔게 만드는 듯했다. 그리고 울컥했던 감정까지 모두 사라진 지금 하원에겐 그를 향한 분노뿐이었다. 이성이 있는 박하원이었다면 절대 하지 않았을 행동이었다. 밤늦게 찾아와 행패 부리는 행동은 아무리 술 취한 그녀라고 해도 그는 절대 용납하는 법이 없었다. 감정과 이성의 조절은 아무것도 아닌 그에게 이런 행동은 한심한 짓거리에 불과했다. 언제나 포커페이스를 유지한 그는 감정이 무너지는 걸 본 적이 없었다. 술도 언제나 본인의 주량껏 마시며, 자기 관리에 철저한 사람이었다. 어쩔 땐 감정도 없는 냉혈남 같지만, 자기 관리가 철저한 그를 존경했었다. 하지만 지금은 아니다. 그것은 자리관리가 철저한 사람이 아니었다. 감정도 없고 차갑고, 냉정해서 기계 같았다.

딩동- 딩동-

안에서 아무런 소리가 나지 않자 하원은 다시 초인종을 연달아 눌렀다. 그에 대한 이해와 인내심은 개나 주라며 폭주해버린 하원을 그 누구도 말릴 수 없었다.

현재 시각, 새벽 2시에 가까워졌다.

말아 쥔 주먹으로 현관문을 두드리는 짓이 지쳐갈 즈음이었다. 벌컥, 현관문이 열렸다. 술에 잔뜩 취해 제대로 서 있지도 못하고 비틀거리는 하원을 바라보는 그의 얼굴이 차갑게 굳었다.

"박하원."

"지금 시간이 몇 시냐고?"

비틀거리던 하원이 손목시계로 시간을 확인했다.

"두 시. 두 시네. 나 때문에 잠 깼어? 이거 미안해라."

비꼬는 하원의 표정은 미안하다는 말과는 다르게 실실거리고 있었다. 잠에서 깬 그의 모습이, 저 때문에 화가 난 그의 얼굴에 하원은 통쾌했다.

나직하게 한숨을 뱉은 그가 하원의 팔을 안으로 잡아끌었다. 할 말이 무수히도 많아 보이지만 참고 있는 그의 입술이 우직하게 다물어져 있었다.

"들어와."

낮게 가라앉아 있는 그의 목소리였다. 새벽과 잘 어울렸다. 자다 깬 그의 모습은 평소와 다를 바 없이 산뜻하고 깔끔했다. 마치 지금까지 깨어 있었던 사람 같았다.

하원은 현관에서 멀뚱히 서 있다가 구두를 벗었다. 자고 있는 사람을 깨운 것도, 주변 사람들에게 민폐를 끼친 것도 전혀 미안하지 않았다. 자신은 지금까지 그를 기다렸으니까. 기다림에 익숙해지는 것이 얼마나 비참한지 그는 모른다. 모르니까 지금 이렇게 저만 화났다는 얼굴로 바라보는 것이다. 억눌렸던 감정이 폭주했다. 하원은 들고 있던 핸드백을 그에게 던졌다. 얼굴로 날아온 핸드백을 그가 가뿐히 잡았다.

"나쁜 자식."

그것마저 못마땅했다. 잇새 사이로 욕지거리를 뱉은 하원은 죽일 듯 그를 노려보았다. 레스토랑에서 혼자 2인 음식을 먹던 저의 모습이 떠올랐다. 오기로 꾸역꾸역 음식을 먹었다.

"계속 그렇게 서 있을 거야?"

짜증 난다는 말투였다. 그 또한 인내심도 한계를 드러내고 있었다. 그가 언제 인내심이라는 게 있던 사람이었나? 그가 드러낼 바닥이 어디까지인지 하원은 궁금했다. 냉혈남 신우현이 화가 나 길길이 날뛰는 모습이 참으로 볼만할 것 같았다.

"신우현 당신 참."

"……."

"못됐다."

머리끝까지 솟았던 분노가 사그라들었다. 이렇게 그를 찾아와 따지는 제 모습이 너무 우습다고 생각이 드는 순간, 맥이 풀려버렸다. 다시 본 그의 얼굴은 화를 참는 건지, 화를 내고 있는 건지도 알 수 없었다.

"못돼 처먹었다, 정말."

"……."

"당신, 그렇게 잘났어? 뭐가 그렇게 뻔뻔하고 당당해?"

고삐 풀린 망아지처럼 하원은 담아두었던 말을 쏟아냈다.

지금까지 수없이 참았던 순간들.

혼자 삭이며 스스로를 위로했던 순간들.

내가 사랑하니까 됐다며 먼저 사랑한 사람도, 먼저 사랑한 순간도 나니까 괜찮다,

그리 위안 삼아 그 옆에 있었던 시간,

다 부질없다. 부질없는 짓이다.

이렇게 그는 언제나 이렇게 제자리인 걸, 왜 이제야 깨달았을까. 서운한 감정들이 밀물처럼 밀려들었다. 오래 묵은 사소한 것 하나하나까지 떠올라 서운한 감정에 보태는 자신이 이렇게 추잡하고 치사한 사람인 것을 이제야 깨닫는다.

"내가 얼마나 더 기다려야 해?"

여전히 그는 대답이 없다. 하원의 말을 가로막고 따지지도, 그렇다고 그만하라고 다그치지도 않는다. 묵묵히 그녀가 쏟아내는 원망을 들을 뿐이었다.

"당신을 얼마나 기다려야 하느냐고."

"알아듣게 말해."

흥분해 소리치는 그녀와 달리 우현은 침착했다.

"한 시간을 기다렸어. 아니, 혼자 맥주 마시면서도 계속 기다렸어."

기다리면서 참 많은 생각을 했지.

나는, 당신에게 뭘까?

"그러니까 난 당신을 깨운 것에 대해 조금도 미안하지 않아. 소란을 부린 것도. 지금까지 내가 당신을 기다린 것에 비하면 아무것도 아니잖아."

처음엔 무슨 일이 있나 싶다가 연락해볼까 휴대폰을 들었다가, 하지만 시간이 점점 지날 때마다 '역시.' 하고 인정해버렸다.

7시간을 내리 기다렸다.

혹시나 미안하다고 연락이라도 오면, 어떻게 화를 낼까 하고 생각하기도 했고, 맥주를 마시는 도중 그가 찾아오면 맥주를 얼굴에 뿌려주려고 했었다. 오만한 그의 표정에 하원이 턱 끝을 추켜올렸다.

"그런데 당신은 끝끝내 연락 한 통 없더라."

그게 제일 비참했다. 연락 한 통 없이 바람맞힌 그의 행동보다, 그럼에도 불구하고 기다리는 자신이. 한심하고 머저리 같다는 걸 알면서도 끝끝내 기다리고 있는 자신이.

"이런 식으로 바람맞는 거 한두 번 아닌데 오늘은 참 그렇더라."

"……."

"참 당신다워. 이래야 신우현이지."

하원은 허탈하게 웃었다. 눈앞이 흐려지더니 뜨거운 눈물이 차가운 뺨을 타고 흘러내렸다. 가는 턱 끝으로 눈물이 뚝뚝 떨어졌다. 이러려고 찾아온 것이 아니었다. 눈물을 보이며 칭얼대려고 찾아온 것이 아니다. 오늘이야말로 속에 담아둔 말을 남김없이 쏟아내려고 했다. 5년의 길고 긴 연애의 종지부를 찍는다 해도 상관없었다. 맨정신엔 절대 못 하는 것을 지금은 할 수 있으리라 믿었다.

"당신, 미워. 너무 미워. 밉다, 정말."

그런데도 당신을 사랑하고 있는 자신은 참으로 한심하고.

"정말."

순간이었다. 한달음에 가까이 다가온 우현의 품에 하원이 안겨버린 것은. 그로 인해 하려던 말들은 순간 싹 달아나 머릿속이 하얗게 변했다.

먼 길을 택시 타고 달려왔다.

그의 품에 안기려고 온 것이 아니다.

술김에라도 좋으니 하고 싶은 말을 하려고 했다.

그러다 감정이 욱해져 이별을 하게 될 각오도 되어 있었다.

그런데 어째서…….

이 순간을 기다려 온 사람처럼 따뜻하기 그지없는 그의 품이 전부인 것 같을까.

말하고 나면 가슴이 시원해질 줄 알았건만, 오히려 가슴이 턱하고 막혔다. 뜨거운 눈물은 여전히 턱 끝에서 떨어져 우현의 셔츠를 적셨다.

"내일 얘기해."

가까이서 들리는 그의 목소리는 여전히 듣기 좋은 울림이 일었다.

우리가 정말
사랑 했을까

"다 들어줄 테니까."

"흐윽."

"일단 자자."

다 이해한다는 듯이, 너그러운 목소리로 말하지 마. 차라리 화를 내고 더 오만해지란 말이야. 변명도 없이 다정하게 구는 건, 반칙이라고.

하원은 셔츠를 꼭 쥐고 눈물을 쏟아냈다. 쏟아내고 또 쏟아내도 좀처럼 눈물은 마르지 않았다. 한번 터지기 시작한 울음은 좀처럼 그칠 기미가 보이지 않았다.

그의 품이 너무 따뜻해서, 다정한 그의 모습에 한 번 더 기대를 하고 싶었는지도 모르겠다. 그때마다 상처받는 걸 알면서도. 마치, 죽는 걸 알면서도 그럼에도 산다는 말을 한 누군가처럼, 하원도 그러고 싶었다.

긴 머리를 쓰다듬어주는 손길에 또다시 기대하게 되고,

이런 자신이 참으로 미련스럽다며 타박해도,

한 번만 더 참아볼까,

이해해볼까,

마음이 약해지고 만다.

굳게 다 잡았던 마음이, 모래성처럼 무너진다.

"우욱."

변기를 붙잡고 속을 게워냈다. 머리가 깨질 듯이 어지러웠고 속은 말도 아니었다. 변기를 붙잡고 한참 씨름하던 하원이 허리를 폈다. 변기 물을 내리고 비틀거리며 세면대에 섰다. 거울 속 추한 몰골이 하원의 눈에 들어왔다. 세면대 물을 틀어 손바닥에 물을 받아 입을 헹구고 얼굴을 닦았다. 그제야 정신이 들었다. 걸려 있는 수건으로 얼굴을 닦고 화장실 문을 열었다.

"마셔."

하원은 놀란 눈으로 우현이 건네는 머그잔을 바라보았다. 건네는 컵을 받을 생각 없이 바라보는 그녀에게 그가 덧붙였다.

"꿀물이야."

미안한 얼굴로 하원은 컵을 받았다. 따뜻한 온기가 느껴졌다.

"안 잤어?"

"갑자기 쳐들어온 사람 때문에 깼어."

어투는 쌀쌀맞은데 표정은 그렇지가 않다.

"잠을 방해한 사람한테 대하는 태도가 너무 친절한 거 아냐? 꿀물까지 타주고."

"고작 꿀물 하나 가지고, 뭘."

고작 꿀물에 감동한 나는 뭘까. 그녀에겐 '고작'이 아니었다.

"앉아."

우현이 식탁 의자를 가리켰다. 어차피 뜨거운 꿀물을 서서 다 마실 수 없었다. 먼저 의자에 앉은 우현의 맞은편에 하원이 의자를 끌어다 당겼다.

두 사람이 마주 앉았다. 적요가 머물렀다. 그의 얼굴이 조금 피곤해 보이는 것 같았다. 야근이 일상인 사람이니 자신 때문에 잠에서 깨어 피곤한 것은 어찌 보면 당연했다. 아무리 오늘 주말이라고 해도 늦잠 잘 생각 같은 건 하지 않았을 그였다. 하원은 그의 얼굴에서 시선을 내려 꿀물을 마셨다. 몸이 따뜻해지는 기분이었다.

지금 몇 시쯤 되었을까. 그리 오래 잠이 든 것 같지는 않은데……

"난 이거 다 마시고 잘게. 우현 씨 먼저 자."

괜한 어색한 적막에 하원이 그를 방으로 들여보내려고 했다.

"나도 어차피 깼어."

할 말이 없어진 하원은 다시 머그잔을 들었다.

"왜, 뭐라고 안 해?"

"뭐라고 해줄까?"

되레 그가 물었다.

"화라도 내라고."

그래야 자신도 반박할 말이 생길 테니까. 그러다 감정이 욱해져할 말 못 할 말 구분하지 못하고 하게 되더라도 차라리 그 순간이 왔으면 좋겠다고 생각했다.

"아니면 변명이라도 해보든가."

어쩌면 지금 자신이 제일 듣고 싶은 말일지도 모른다.

"무슨 변명?"

그는 계속 되묻기만 한다. 하원은 침묵을 지켰다. 어떤 변명을 해야 하느냐고 묻는 그에게 무슨 말을 해야 할까.

"얼마나 기다렸어?"

"이 집에 쳐들어오기 전까지."

우현의 미간이 구겨졌다.

"미련한 짓 좀 작작 해."

"미련한 짓?"

애당초 그에게 다정한 말은 기대도 하지 않았다. 기대도 하지 않았으니 실망도 당연히 없어야 하는데 가슴이 뜨거워졌다.

"애당초 연락도 없고, 오지도 않은 사람을 기다리는 짓이 미련한 거 아닌가."

맞는 말이다. 그의 이성적인 논리로 본다면 그녀의 잘못이었다. 하지만 되레 그에게 묻고 싶었다.

"당신은 미련한 짓을 해본 적이 있어?"

있을 리가 없다. 미련하다는 것을 알면서도 어쩔 수 없이 하게 되는 건 이성보다 감정이 더 크기 때문이었다. 애당초 그 앞에선 논리적인, 이성적인 판단 따위는 사라져 버리는 걸. 사랑하게 되면 눈이 멀고 귀가 먹는다는 말은 이해나 할까. 그가 말하는 미련한 짓의 근원은 그였다.

"아니면 조금 더 일찍 쳐들어오든가."

"……."

"한두 번도 아니고."

"그래, 한두 번이 아니었지."

그래도 한 번은 미안하다고 해주면 안 되는 거였을까. 아무리 미련한 짓이라고 해도, 잘잘못을 따지기 전에 그냥 져주면 안 되는 걸까. 단 한 번이라도 그랬다면 오기 같은 건 부리지 않았을 텐데.

"이젠 기다리지 마."

그 말이 꼭 자신에게 아무것도 기대하지 말라는 것처럼 들렸다.

언제나 그에게 바라는 것은 그렇게 크고 대단한 것은 아니었다.

"그래."

이번에도 제 잘못.

마음의 갈피를 잡지 못하겠다.

"먼저 잔다."

그가 자리에서 일어났다.

"난 다른 방에서 잘게."

"응."

갑자기 마음이 허해졌다. 지금까지 같이 자던 방이 아닌, 다른 방으로 향했다. 조금 더 작은 방이었다. 방문이 닫히는 소리가 하원의 귀를 때렸다.

반쯤 남은 꿀물을 그대로 둔 채 자리에서 일어났다. 방으로 들어와 침대 끝에 앉았다. 그는 원래 살가운 성격이 아니었다. 그의 자란 환경을 보면 삐뚤어지지 않은 것이 오히려 다행이었다.

어렸을 때 엄마가 다른 남자와 바람이 나서 가출을 하고, 알코올 중독자 아버지는 그가 사춘기 시절 폐암 선고를 받고 세상을 떠났다. 그 이후 성년이 될 때까지 친척 집을 전전하며 살다가 혼자 살기 시작했고.

그 이야기를 처음 들었을 때 하원은 눈물이 났다. 그 어린 시절의 신우현을 감싸 안아주고 싶었다. 사람을 믿지 못하고, 사랑을 불신하는 그에게 자신을 새겨주고 싶었다.

차이고, 또 차였음에도 실망하지 않고 용기를 낸 자신이 그 순간만큼 대견스러웠던 적이 없었다. 세 번째 고백을 했을 때 그가 했던 말을 지금도 기억한다.

"나중에라도 놓을 거면, 시작도 하지 마."

그렇게 그는 그녀의 고백을 받아주었다. 감격스러워 눈물이 났다. 그다지 다정하지도, 불퉁한 목소리로 고백을 받아주는 그 모습이 뭐가 그렇게 좋았을까.

처음 만나던 그는 온몸을 가시로 무장한 채였다. 그 가시가 스스로를 찌르는 줄도 모른 채. 그것이 무척 안타까웠고, 그를 더욱 사랑하게 했다.

그가 자신을 사랑하지 않은 것 따윈 문제가 되지 않았다. 시간이 지나면 그도 자신을 사랑할 것이라고 생각했다. 사랑의 불신 따위는 눈 녹듯 녹아내릴 것이라고 여겼다.

그렇게 5년을 그의 연인이라는 이름 아래 지내왔다.

꽤 잘 지냈다고 생각했다. 인간미 없던 신우현도 꽤 사람다워졌다고.

사랑한다는 말을 굳이 입으로 전하지 않아도, 바라보는 눈빛이, 손끝이, 자신을 사랑한다고 생각했다. 사랑한다는 고백은 자신이 했다. 언젠가 그의 입술로 전해 들을 날을 기대했다.

사랑한다는 그 말을.

소년이었던 신우현은 여전히 가시로 무장하고 있었다. 이젠 그 가시에 찔리는 사람은 자신이었다. 지금도 나는 그를 사랑한다고 자신 있게 말할 수 있을까.

"사랑……."

받고 싶다.

그에게 준 사랑의 반이라도 좋았다. 일방적인 사랑이 아닌, 같이 하는 사랑을 원했다. 같이한 시간만큼, 변하길 바랐다. 시간이 지나면 지날수록 그를 더욱 사랑하게 되었지만, 그만큼 공허함은 더 커졌다. 주는 것만으로 행복을 느끼던 자신은 없었다. 이젠 그에게 받고 싶었다. 그리고 확인받고 싶었다.

우리는 이대로 괜찮은 걸까.

이렇게 쭉 평행선으로 가도 되는 걸까.

침대에서 몸을 일으킨 하원은 방에서 나왔다. 거실을 가로질러 방문 앞에 섰다. 방 안엔 그가 있다. 등을 대고 누워도 같이 자던 사이였는데 이젠 그마저도 허락되지 않은 모양이었다. 손만 뻗으면 닿을 듯 가까이 있지만 멀게 느껴진다. 하원은 방문을 만졌다. 차마 문을 열지도 못하고 서 있었다.

들어갈까.

아니면 이대로 있을까.

그가 밀어낼까 봐 두려웠다. 하지만 이내 결심한 듯 방문을 돌렸다. 등 돌려 누워 있는 검은 실루엣이 보였다. 하원은 침대로 걸어갔다. 그리고 침대로 올라와 그가 덮고 있는 이불 속으로 파고들었다. 팔을 뻗어 그의 등을 감싸 안았다. 그가 움찔하는 것이 느껴졌으나 다행히 밀어내지는 않았다.

"안아줘."

애원 섞인 목소리로 하원이 말했다. 그가 등을 돌려 하원을 마주 보았다. 혹시나 화를 내진 않을까, 하원은 걱정했다. 하지만 그녀의 걱정과 달리 그의 눈은 그윽하게 빛나고 있었다. 어쩔 수 없다는 듯 우현이 팔을 뻗어 하원의 등을 감싸 안았다. 그녀는 넓은 그의 가슴에 푹 안겼다. 익숙한 살 내음이 하원의 코를 간질였다.

"잠들었을 텐데 깨워서 미안."

언제나 약자는 나, 자신.

"자."

하원의 머리 위로 그의 음성이 뿌려졌다.

그 음성에 안도하고, 그의 냄새를 맡으며 하원이 눈을 감았다.

2. 이런 네가 어디가 좋을까

　새근새근 숨소리가 적막을 갈랐다. 우현은 제 품에 안겨 잠들어 있는 하원의 얼굴을 바라보았다. 나쁜 꿈이라도 꾸는 모양인지, 긴 속눈썹이 파르르 떨렸다. 하원의 등 언저리에 머물렀던 우현의 손이 그녀의 머리를 매만졌다. 결 좋은 머리카락이 그의 손가락에 걸렸다.

　숨을 들이켤 때마다 목이 따끔거렸다. 아직 미열이 남아 있는 모양인지 어지러웠다. 약에 취해 일찍 잠이 들었지만 그녀 때문에 잠에서 깼다. 그 후로 잠이 오지 않았다. 몸은 피곤하고 눈꺼풀은 무거운데 눈을 감으면 잠이 도통 오지 않았다. 한번 잠에서 깨면 다시 잠들기 힘들다는 것을 알고 있음에도 작정하고 찾아온 것이다.

　핸드백을 집어 던지고, 거친 말을 하는 그녀는 평소의 박하원이 아니었다. 비참한 얼굴로 눈물을 쏟아내는 그녀를 우현은 안아줄 수밖에 없었다. 그녀를 재우고 휴대폰을 확인한 그는 그제야 그녀가 새벽에 찾아온 이유를 알 수 있었다.

하필이면 약에 취해 잠이 들어 메시지를 확인하지 못하다니. 그리고 미련한 박하원은 조금 더 일찍 자신을 찾아올 생각조차 하지 않고 계속 기다린 듯했다. 너무 바보 같고 미련해서 우현의 입술이 밉게 비틀렸다. 밤길 무서운 줄도 모르고 술에 취해 비틀거리며 이 새벽에 택시를 타고 찾아온 그녀의 행동에도 화가 나고, 그녀를 그 시간까지 혼자 있게 한 자신에게도 화가 났다. 하지만 그 화는 자신이 아닌 그녀에게 향해 있었다.

"후."

하원의 머리꼭지에 턱을 괸 우현이 한숨을 뱉었다. 혹여나 감기에 옮을까 봐 따로 자자고 했건만 그녀는 기어이 침대로 들어오고야 말았다. 하지만 안아달라는 그녀를 어찌 모른 척한단 말인가. 그녀는 자신이 제일 약한 부분을 건드렸다. 불 속으로 들어와 속삭이며 품에 파고드는 그녀는 우현에게 제일 약한 부분이었다. 단순히 같은 침대, 같은 이불을 덮고 있어서가 아니었다. 나른하면서, 섹시한 목소리에 우현은 녹아들기 충분했다.

그가 제일 좋아하는 목소리.

그런 목소리로 이름을 불렀다면 당장에라도 그녀의 안을 파고 들었을지도 몰랐다. 떠올리자 심장이 빨라졌다. 혹시라도 하원의 귀에까지 들릴까 봐 조마조마했다. 불규칙한 심장 소리가 더욱 커졌다. 그리고 그 순간이었다. 추리닝 바지 속을 헤치고 낯선 촉감이 느껴졌다. 드로즈 안으로 들어온 침입자는 단박에 남성을 쥐었다.

옥, 하고 터지려는 신음을 겨우 참았다. 내뱉는 숨이 뜨거웠다. 제 품에서 꼼지락거리며 하원이 팔을 움직였다. 동시에 예민한 살갗에 익숙한 촉감이 느껴졌다. 뿌리부터 쓸어 올리는 손은 리듬을 타며 애무하기 시작했다. 마치, 이래도 가만히 있을 거야? 하고 묻는 것처럼 남성을 거머쥔 손이 야릇하게 변했다. 결국 우현은 참지 못하고 하원의 몸 위로 올라탔다. 크고 맑은 눈이 깜박거렸다. 시선이 마주쳤다. 그의 시선이 하원의 상체에 머물렀다. 잘 때 갈아입고 자라며 자신의 셔츠와 추리닝 바지를 주었다. 작은 체구의 하원이 입고 있으니 아빠 옷이라도 훔쳐 입은 어린아이 같아 보였다.

우현의 손이 단박에 셔츠 속으로 들어왔다. 막힘이 있어야 하는데, 곧장 말랑한 가슴이 손안에 쥐어졌다. 개의치 않고 양손으로 가슴을 주물렀다. 보드라운 살결에 얼굴을 묻고 혀로 핥았다.

아하, 하고 가느다란 신음이 하원의 입에서 흘러나왔다. 우현은 딱딱하게 솟은 유두를 입에 머금었다. 물고 빨며, 조롱하듯 유두를 툭툭 건드렸다.

"팔 들어."

티셔츠 끝자락을 들어 올린 채로 우현이 말했다. 건조한 공기 때문인지, 까끌까끌한 목 때문인지 저도 모르게 쌀쌀맞은 목소리가 튀어나왔다. 하원이 팔을 들어 올리자 티셔츠가 일사천리로 벗겨졌다. 뒤집어진 티셔츠는 그대로 침대 바닥에 떨어졌다. 흐트러진 긴 머리카락 사이로 보일 듯 말 듯 가슴이 보였다.

우현은 바지와 함께 드로즈를 벗었다. 검은 거웃 아래 중심부에 딱딱하게 남성이 솟았다. 우현은 하원의 상체로 올라탔다. 발기된 남성을 하원의 얼굴 가까이 가지고 갔다.

"벌려, 하원아."

반쯤 벌려진 하원의 입으로 남성이 들어갔다. 하원이 뿌리를 손으로 쥐고는 예민한 살갗을 혀로 굴리고 입술로 빨았다. 춥춥거리며 남성을 애무하자 그녀의 입안에서 더 크게 부풀었다.

"윽."

낮게 신음하며 우현이 고개를 천장으로 치켜들었다. 그가 허리를 앞으로 튕기며 작은 입안으로 더욱 깊이 들어갔다. 하지만 크게 부푼 남성을 받기 힘든 모양인지 하원의 이마에 주름이 생겼다.

"뺄까?"

그의 물음에 하원이 고개를 끄덕였다. 하지만 지금 이 순간, 저 작은 입안에 있는 제 것이 미치도록 좋았다. 그래서 우현은 제 것을 빼지 않았다. 하원도 딱히 밀어내지 않았다. 타액이 엉키는 소리와 함께 애무가 더욱 짙어졌다. 하원의 상체에서 내려온 우현의 손이 하원의 납작한 배를 쓸며 아래로 미끄러졌다. 거웃 아래로 여린 살결을 튕기자 하원의 허리가 비틀렸다.

"으흣……."

섹시한 신음과 함께 하원의 얼굴이 달아올랐다. 곧게 세워진 무릎이 바들바들 떨리고 있었다. 우현은 손을 비틀어 입구를 문지르다 쑥, 넣었다. 단박에 손가락이 밀려들어 갔다. 금세 축축하게 물기가 어렸다. 그의 손가락이 비틀릴 때마다 애액이 흘러 침대 시트를 적셨다.

 감기 때문에 각방을 쓰기로 한 것을 잊고, 혹여 그녀에게 감기
가 옮을까 잠깐 했던 우려를 미뤄둔 채 우현은 제 것을 쥐곤 진입
을 시도했다.

 아니나 다를까, 하원의 미간에 또다시 주름이 생겼다. 이제 막
남성을 반쯤 넣었을 뿐이었는데 얼굴이 찌푸려졌다. 아마 본인은
참는다고 참는 모양새였다. 매번 섹스를 할 때마다, 이렇게 고통스
러운 얼굴이라니. 미안해졌다, 짠해졌다가, 오기가 든다.

 우현은 상체를 앞으로 기울이곤 남성을 끝까지 밀어 넣었다. 고
통에 일그러졌던 하원의 얼굴이 점차 평온해졌다. 하지만 곧 우현
의 허릿짓에 달뜬 얼굴로 변했다. 직진과 후퇴를 반복하며 날렵한
허리를 비트는 그의 허릿짓은 거침이 없었다.

 찰박찰박, 아래가 맞물리는 소리가 요란하게 들렸다. 고요한 내
부에 스미는 소리가 더없이 야하고 색정적이었다.

 "하, 우현 씨."

 우현은 대답 대신 욕망에 불타오르는 시선으로 하원을 내려다
보았다. 그녀가 손을 뻗어 우현의 단단한 복부와 가슴을 어루만졌
다. 부드러운 손길이 우현의 유두를 점령했다.

 "하아, 으으윽."

 전율하는 우현의 허리가 곧게 펴졌다 하원의 가슴 위로 무너졌
다. 하원의 손이 탱탱한 우현의 엉덩이를 감쌌다. 우현의 손이 하
원의 등허리를 짚고 일으켜 세웠다. 동시에 두 사람의 위치가 바뀌
었다. 하원이 우현의 몸 위로 올라탔다. 거웃이 부딪히고, 아래가

빈틈없이 맞물렸다.

"움직여."

우현이 하원의 골반을 잡고 움직이게 했다. 하원의 골반이 위, 아래로 리드미컬하게 움직였다. 동그란 가슴이 예쁘게 원을 그리며 움직였다. 하원이 손을 들어 머리를 하나로 묶듯 들어 올렸다가 한쪽으로 모아 내렸다. 그러자 가슴 한쪽이 머리카락에 의해 가려졌다. 우현은 팔을 뻗어 머리카락을 뒤로 보냈다.

우현은 하원의 가슴을 좋아했다. 너무 크지도, 작지도 않은 가슴이 우현의 손안에 쥐어졌다. 부드러운 촉감도 좋았다. 제 손길에 흥분하여 솟은 돌기도 좋았다. 그의 애무에 분홍빛 유두가 더 짙은 색으로 변하는 것 또한 좋았다. 그녀의 몸 어디도 제 손길이 닿지 않은 곳이 없었다. 성감대가 어디인지, 어떤 체위에 어떻게 반응하는지, 어떤 애무를 좋아하는지 모두 그만이 알고 있는 것이었다. 오랫동안 몸을 섞고 숨결을 나누었다. 모르는 것이 오히려 이상했다.

우현의 손이 하원의 가는 허리를 붙잡았다. 그의 손길에 맞춰 하원의 허리가 비틀렸다. 쾌감에 몸을 부르르 떨며, 허릿짓이 빨라지던 그녀를 다시 침대에 쓰러뜨리듯 눕혔다. 제멋대로 흐트러진 숨소리 때문에 심장이 더 빨리 뛰어댔다. 지칠 줄 모르고 질주하는 이 심장이 멈출까 봐 걱정이 될 정도였다.

"아아악!"

하원의 귀에 뜨거운 숨을 토해내며 우현이 절정을 맞이했다. 몸을 떨며 양손에 쥐어진 가슴에서 손을 떼고 허리를 일으켰다. 침대에서 내려온 우현은 방에서 나가기 전 뒤돌아 하원에게 말했다.

"먼저 씻는다."

"……응."

작게 대답하는 하원의 목소리가 들렸다. 나체로 욕실로 들어가 샤워부스 밑에서 눈을 감았다. 따뜻한 물줄기가 머리에서 얼굴을 타고 단단한 근육을 지나 하체로 떨어졌다. 양손으로 얼굴에 떨어지는 물줄기를 거둬내며 우현이 눈을 떴다. 왼쪽 옆구리, 골반 바로 위에 보기 싫은 화상 흉터가 새겨져 있었다. 상처가 아물면서 원래 피부보다 하얗게 변했다. 오래전 흉터인데도 지워지지 않고 각인처럼 새겨져 있었다. 이런 흉한 흉터는 자신이 보기에도 혐오스러웠다. 이 흉터를 처음 보던 하원은 마치 제 몸에 새겨진 흉터처럼 가슴 아파했다.

"이 흉터는 언제 생긴 거야?"

흉측한 흉터를 손으로 쓸면서 그녀가 물었다.

"열여덟 살 때였을걸."

그는 대수롭지 않게 대답했다. 하지만 그의 대답에 하원의 얼굴이 굳어졌다.

"어쩌다 생긴 건데?"

"어쩌다 실수로."

"실수?"

"어. 친척 형이 실수로 뜨거운 물을 부었어."

"실수라고, 이게······."

그때 저를 안쓰럽게 바라보던 그녀의 표정은 지금도 잊히지가 않는다. 그 때문일까. 우현은 그 후로 하원과 같이 샤워를 하지 않았다. 섹스 후 욕실로 도망치기 바빴다.

저에게 닿는, 동정 어린 시선은 그녀의 것만큼은 아니길 바랐으니까. 다른 사람은 몰라도 그녀의 그런 표정은 견디기 힘들었다.

상처는 아물어서 더 이상은 아프지 않았다. 옷을 입으면 가려지기 때문에 일상생활을 하는 데 지장도 없었다. 이 흉터를 아는 사람은 친척들 외에 그녀가 처음이었다. 다른 사람은 모르는 신우현의 공간으로 그렇게 그녀가 들어왔다. 이제는 더 이상 감출 것도 숨길 것도 없었다. 연인이라는 이름으로 많은 것을 공유했다.

뜨겁게 쏟아붓던 물줄기가 멈추었다. 우현은 선반에서 수건을 꺼냈다. 김이 서린 거울을 손바닥으로 문질러 제 얼굴을 살폈다.

웃음기 하나 없는 표정. 시리도록 차가운 눈빛, 그리고 따뜻한 말 한마디 건넬 줄 모르는 입술이 눈에 들어왔다. 태생이 따뜻한 놈도 아니었고, 그런 따뜻함을 가르쳐준 이 또한 없었다. 원래 이렇게 생겨먹은 놈이었다.

사랑 같은 건, 개나 주라지.

그녀를 만나기 전까지 그리 생각했다. 그런데 이런 놈이, 그녀는 어디가 좋았을까. 사랑스러운 구석이 전혀 없는데. 문득 궁금함이 피어오른다.

상념을 지운 얼굴로 우현이 욕실에서 나왔다. 물기가 흐르는 몸을 닦고, 축축한 머리를 툭툭 털었다. 우현은 새 속옷을 갈아입기 위해 방문을 열었다. 침대 위에 인영이 보였다. 잔뜩 웅크린 채 잠든 인영은 하원이었다. 작은방에서 섹스를 하고, 그 방에서 잘 거로 생각했었다. 다시 안방으로 들어와 자고 있을 줄이야. 우현은 서랍에서 새 속옷을 꺼내 입었다. 방을 나가기 전 우현은 잠든 하원의 얼굴을 바라보았다. 발밑에 있는 이불을 끌어 올려 가슴까지 덮어주었다. 침대 끄트머리에 앉은 우현은 하원의 이마에 입 맞추었다. 피곤했는지 벌써 곯아떨어졌다. 그럴 만도 하다. 우현의 입가에 쓴웃음이 그려졌다. 새벽까지 술을 마시고, 중간에 깨서 속을 게워냈으니.

정말, 못 말린다, 박하원.

이런 네가 난 어디가 좋을까.

조심스럽게 침대에서 몸을 일으킨 우현은 방에서 나왔다. 곤히 잠든 하원의 얼굴을 마지막으로 다시 한 번 확인하고는.

한참 일하던 우현은 피곤한 얼굴로 눈을 감았다. 어제 새벽 몇 번씩 깨다 다시 잠을 청했으나 세 시간 정도 잠깐 눈을 붙이고 출근했다. 제대로 숙면을 취하지 못한 그의 눈은 금방이라도 감길 듯 아슬아슬했다.

불 꺼진 마케팅팀 사무실 가운데 부장인 우현의 자리만 불이 켜져 있었다. 월요일 오전에 부장들과 업무 회의가 잡혀 있었다. 모니터에 열려 있는 매출 현황 파일엔 대리점별, 제품 코드별, 그리고 고객 나이에 맞는 제품 선호도 등에 대한 그래프가 어지러이 그려져 있었다. 열려 있는 파일만 해도 무려 다섯 개나 되었다. 관자놀이를 지그시 누르던 우현이 눈을 떴다. 미열이 남아 있는 것 같아 출근하기 전 약을 먹고 나왔다. 그 때문인지, 피곤함은 배가 되어 우현의 어깨를 짓눌렀다.

문득, 우현은 하원이 떠올랐다. 출근하기 전 메모를 남겨두긴 했으나 혼자 있을 그녀가 걱정이 되었다. 그래서 주말엔 같이 보내는 것을 우현은 싫어했다. 잠든 그녀를 혼자 두고 출근하는 발걸음이 차마 떨어지지 않았기 때문이었다.

새벽에 겨우 잠든 하원은 이른 점심 즈음 겨우 일어났을 것이다. 우현은 탁상시계로 시간을 확인했다.

2시.

일어나고도 남았을 시간이었다.

밥은 먹었으려나.

며칠 전에 냉장고를 채워 넣긴 했지만, 인스턴트뿐이었다. 혼자 사니 인스턴트에 익숙해졌지만 이젠 냉장고 내용물을 바꿔야 하는 게 아닌지 고민이 된다. 가끔 그녀까지 와서 먹고 자고 하는 통에 혼자 사는 집이라고 할 수 없어진 탓이다. 거기다 멋대로 쳐들어오니 곤란할 수밖에.

"음……."

우현은 손을 뻗어 자판기 커피를 한 모금 마셨다. 반쯤 남은 커피는 미지근하게 식은 후였다. 끼니도 거른 채 일하고 있는 주제에 누구 걱정을 하는 건지. 이런 자신이 우스웠다. 고양이 쥐 생각하는 것도 아니고, 참.

우현은 어제 일을 떠올렸다. 멋대로 약속을 잡고, 혼자 기다렸을 그 시간이 미련스러울 만큼 바보 같다고 느꼈다. 한두 번이 아니었다. 이런 식의 일방적인 약속이 일전에도 몇 번 있었다. 미리 말하라고 해도 듣지 않았다. 퇴근길 새로 오픈한 카페에 들어가 먼저 기다리며 몇 시까지 오라며 통보를 보내던 그녀였다. 뭐든 즉흥적인 그녀였다. 뒤늦게 메시지를 확인한 그가 약속 장소로 도착하면 그때마다 웃으며 이제 왔느냐고 묻는 그녀였다. 가끔 선약을 해도 퇴근 무렵 예고도 없이 회의가 잡히면 꼼짝없이 두 시간을 연락하지 못할 때도 있었다. 그때도 웃으며 배고프다고 투정 부리던 그녀였다.

왜 그렇게 즉흥적이고, 제멋대로일까.

자신에게 차여도 끝까지 고백하던 박하원이니 더 말할 것도 없었다. 늘 밝고 명랑한 성격으로 그녀 곁에 있으면 저까지 기분이 좋아지곤 했으니, 그녀로선 신우현을 쟁취하는 데 성공한 셈이었다.

동화된다고 해야 할까.

하원을 보면, 기분이 좋았다. 제멋대로이긴 하지만, 단순한 성격답게 잘 웃던 그녀였다. 그런데 어제는 울리고 말았다. 그렇게 서럽게 우는 하원의 모습은 처음인 듯했다. 철렁, 가슴이 내려앉았다. 저 자신에게 화까지 났다. 자신에게 분풀이를 해야 마땅한데,

되레 하원에게 미련하다며 마음에도 없는 말을 지껄였다. 어떨 땐, 살갑지 못한 제 성격이 너무 싫었다. 따뜻한 말 한마디 하지 못하는 못난 성격으로 인해 상처받는 건 늘 그녀였다.

"제길."

생각하니 또 화가 치솟았다. 어제 그녀가 흘린 눈물이 그의 가슴에 새기듯 자꾸 떠올랐다. 화면 보호기 상태의 모니터가 검게 변했다. 옆에 놓아둔 휴대폰으로 우현의 시선이 향했다. 마침 휴대폰 전화벨 소리가 울렸다. 우현은 휴대폰을 길게 터치해 전화를 받았다.

"응."

-나야.

굳이 말하지 않아도 알고 있었다.

"알아."

-아직 회사야?

묻는 목소리에 걱정이 담겼다.

"아직 할 일이 남았어."

조금 전까지 하던 업무를 멈추고, 온통 그녀를 떠올린 주제에 태연하게 대답했다.

-아, 그렇구나.

"아직 오피스텔이야?"

-조금 전에 나왔어.

그녀의 대답에 우현은 조금 쓸쓸한 기분이 들었다. 어차피 내일도 회사에 출근할 거라 일찍 집에서 나와야 하면서 그녀가 집에 있길 바랐다.

"집에 가는 길이야?"

-아니. 민경이 만나려고.

하민경, 하원의 가장 친한 친구였다. 같이 몇 번 만나 식사를 한 적도 있었다. 고등학생 때 시작된 인연이 지금까지 이어지고 있었다.

"내가 준 카드로 민경 씨와 저녁 먹어."

-아냐, 됐어.

곧장 들려오는 거절의 대답에 우현의 미간이 좁아졌다. 자주 만나지 못하는 그녀에게 신용카드를 준 적이 있었다. 친구 만나 맛있는 식사도 하고 쇼핑하라고 준 카드였다. 하지만 그녀는 카드를 사용한 일이 다섯 손가락 안에 꼽을 정도로 적었다. 사용 출처는 장을 본다든가, 그의 옷을 사 온다든가 하는 모두 자신과 관련된 것이었다.

"왜?"

-오늘은 민경이가 쏘기로 했어.

더 이상 할 말이 없어지자 침묵이 이어졌다. 어제의 일은 마치 금기라도 된 것처럼 어느 누구도 꺼내지 않았다. 그렇게 서럽게 울던 하원의 얼굴이 떠오르며 우현의 가슴을 찔렀다.

-우현 씨.

"말해."

우현은 마우스를 움직여 화면 보호기 상태를 해지했다.

-내일도 출근해?

"어."

-끼니 거르지 말고 일해.

딱 한순간 하원이 어른스러워 보일 때가 있다. 바로 끼니 잘 챙겨 먹으라고 말할 때. 그땐 마치 반찬 투정이라도 하는 어린아이가 된 기분이다.

"그래."

-대충 반찬 만들어놨어. 국은 데워 먹고, 반찬은 꺼내서 먹어.

"귀찮은데 뭐하러 했어?"

마음과 달리 우현의 목소리가 까칠하게 나갔다. 후회했지만 이미 늦은 후였다. 저의 반응에 익숙한 대답이 들려온다.

-귀찮기는. 금방 하는데, 뭘.

그녀답다, 정말.

우현은 피곤한 눈을 감았다.

-월요일에 같이 저녁 먹을까?

"월요일?"

-응. 혹시 야근해?

"아니, 괜찮아. 너 먹고 싶은 거 먹자."

야근은 이제 일상이 되어버렸으니 하루쯤 건너뛰어도 괜찮겠지.

-그래, 알았어.

상기된 하원의 목소리가 들렸다.

"너 퇴근 시간에 맞춰 회사로 갈게."

-응. 저기 민경이 있다. 퇴근할 때 연락해.

십오 분 남짓한 통화가 끊겼다. 왠지 모를 공허함이 밀려왔다. 다시, 화면 보호기 상태의 모니터를 해제했다. 할 일은 태산인데, 우현은 모니터만 응시하다 뒤늦게 업무를 시작했다. 월요일에 일찍 퇴근하려면, 시간이 없다.

우현이 사무실에서 나왔을 때 밖에 어둠이 짙게 깔려 있었다. 조금 전까지만 해도 초저녁이었던 것 같은데 언제 이렇게 해가 졌는지 시간이 무색하게도 눈 깜짝할 사이에 지나갔다. 민경을 만나다던 하원은 아까 전화 통화 이후로 연락이 없었다. 잠잠한 휴대폰을 보조석에 던져놓고 우현은 시동을 켰다. 국도를 타고 오피스텔까진 그리 먼 거리는 아니었다. 거기다 출퇴근 시간의 교통체증이 없는 주말이었기에 도로는 꽤 한산했다. 주황색 가로등을 획획 지나 어느새 오피스텔에 도착했다.

도어록을 해제하고 안으로 들어가자 냉기가 우현의 몸을 덮쳤다. 불을 켜고 넓은 거실을 지나 방으로 들어가 재킷을 벗어 침대에 던져놓았다. 남자 혼자 살기에 꽤 넓은 집이었다. 안방과 작은방, 드레스 룸까지 있었다. 작은방은 손님을 위해서 침대까지 갖춰놓았다. 타이를 느슨하게 푸르며 우현은 주방으로 갔다. 정수기에서 냉수를 따라 한 잔 마시곤, 냉장고를 열었다. 반찬 그릇 여러 개가 눈에 띄었다. 하원이 만들어놓고 간 반찬이었다.

반찬 그릇을 꺼내 식탁에 올려두곤 가스 위에 있는 냄비 뚜껑을 열었다. 미역국이었다. 데워 먹을까 하다가 그냥 그릇에 담았다. 방금 갓 지은 기름진 쌀밥을 밥그릇에 퍼 담아 식탁에 앉았다. 식탁은 평소와 다르게 가득 찼는데, 뭔가 부족했다. 모두 그가 좋아하는 반찬들이었다. 오징어채, 가지나물, 콩나물 무침 등, 소박하고 별것 없는 반찬이었다.

"후우."

짙은 한숨이 우현의 마른 입에서 터졌다.

부족하다. 만족스럽지가 않다.

불편한 시선으로 식탁을 바라보던 우현이 뒤늦게 젓가락을 쥐었다. 반찬이 줄어들지 않으면 하원이 잔소리를 해댈 게 분명하므로.

우현은 방으로 들어가 재킷과 같이 던져놓은 휴대폰을 가지고 나왔다. 통화 목록에서 하원의 이름을 터치했다. 지루한 기계음이 한참 동안 귀를 괴롭혔다.

-전화를 받지 않아…….

우현은 신경질적으로 통화를 종료했다. 밥 먹을 맛이 뚝 떨어졌다. 젓가락을 내려놓고, 식탁을 멍하니 바라보았다. 조금 짜증이 난 얼굴로 의자에서 몸을 일으켰다. 그러곤 입고 있던 옷을 전부 벗고는 욕실로 들어섰다. 샤워부스 밑에서 눈을 감고 뜨거운 물줄기를 맞았다.

뭔가 짜증이 나기 시작했다. 이유를 알 수 없는 짜증이 얼굴에, 몸에 잔뜩 뱄다. 어제 이후로 뭔가 틀어졌다. 자신도 그녀도 그 일은 전혀 꺼내놓지 않는데 자꾸 떠올랐다.

머리꼭지에서 얼굴을 가르고 턱 선으로 쉼 없이 떨어진 물줄기가 단단한 상체를 타고 바닥으로 낙하했다. 차박차박. 떨어지는 물줄기 소리만이 욕실을 가득 메웠다.

하원은 맥주잔을 내려놓았다. 벌컥벌컥 숨도 쉬지 않고 맥주를 마시고 내려놓자 반이 줄어 있었다. 그 모습을 걱정스러운 얼굴로 민경이 바라보다 안 되겠는지, 손을 뻗어 맥주잔을 잡아끌었다.

"너무 급하게 마시는 거 아냐?"

"이제 날 더워지니까 목이 탄다."

핑계를 둘러대며 하원은 안주를 입에 넣었다.

"술도 못 마시면서."

"그러게. 그런데 오늘은 술이 당기네."

이기지도 못하는 술을 실컷 마시고 취하고 싶은 날이었다. 바로 어제처럼. 어제는 술 취해서 그의 집을 찾아갔지만 오늘은 달랐다. 어쩌면 오늘도 혼자였으면 달라졌을지도 모르지만 든든한 친구와 함께이니 문제없었다. 그의 집으로 간다고 하면 민경이 죽자 살자 자신을 말릴 것이다.

"술 사달라고 할 때부터 알아봤어야 했는데."

핀잔을 늘어놓으면서도 민경은 하원이 원하지 않아도 자청해서 술친구를 해주는 좋은 친구였다. 하원의 기분을 제일 많이 이해하고, 어른스러운 부분도 있어서 하원이 많이 의지하였다.

"민경아."

"응. 왜?"

뻥튀기를 입속에 넣으며 민경이 대답했다.

"놓을까?"

"뭘?"

"아니다. 내가 무슨 소리를."

실없이 웃으며 하원이 다시 잔을 들었다. 500cc를 단박에 해치우자 민경이 한 잔 더 주문했다.

"우현 씨랑 헤어지기라도 하게?"

하원이 우현을 짝사랑했던 순간부터 지금까지의 일을 모두 다 알고 있는 친구였다. 하원이 얼마나 우현을 사랑하는지 민경은 잘 알고 있었다.

"아니, 아니."

언제부터인지 모르겠다. 가끔 그를 사랑하는 일이 지칠 때가 있었다. 이따금 손을 놓고 싶을 때가 있었다. 하지만 자신의 고백을 받아주면서 그가 했던 말이 떠올라 그를 놓을 수가 없었다.

이건, 사랑일까?

사랑이라고 할 수 있을까?

제 마음에 대해 혼란까지 더해졌다.

"나중에 놓을 거면 시작도 하지 마, 이 말 때문에?"

우현이 저에게 했던 말을 들려주며, 민경이 물었다. 그땐 그 말이 무엇을 의미하는지 모른 채 다짐했다. 그가 먼저 놓지 않는 한, 그를 절대 놓지 않겠다고. 끝까지 그를 사랑하겠노라, 자신에게 다짐했다. 하원은 대답 없이 직원이 가져온 맥주를 들이켰다.

"요즘 그런 생각이 들어. 아니, 어쩌면 오래전부터 해왔을지도 몰라."

"무슨 생각?"

"우현 씨는 날 사랑하긴 할까?"

"지랄한다."

민경이 맥주를 들이켜며 미간을 좁혔다. 그리 오랜 시간 연애한 여자에게 애정이 없는 게 말이 안 된다는 생각에서였다.

"버림받는 게 두려워서 날 옆에 두는 건 아닐까. 민경아."

"그만해라."

민경이 무서운 얼굴로 경고했다. 한마디만 더 하면 심한 욕도 할 것 같은 얼굴이었다.

"요즘은 내가 아니라 그 사람이 먼저 날 놓을 것 같은 기분이 든다."

"술 마시러 왔으면, 술이나 마셔."

민경은 하원의 말에 대답하지 않았다. 다른 보통 사람들보다 우현은 우여곡절을 많은 겪은 사람이었다. 늘 밝고 당당하던 하원이 그를 좋아한다고 저에게 고백했을 때 반짝반짝 빛이 났었다. 너무나 예쁘고 사랑스러운 얼굴로, 좋아하는 사람이 생겼다고 했었다.

차이고 또 차여도, 포기하지 않겠다고 했다. 딱 세 번만 고백해 보고 차이면 자신도 포기하겠다고 했다. 민경은 진심으로 하원의 사랑을 응원했다. 세 번째 고백하던 날, 곧장 결과를 전하는 하원은 기쁨에 찬 목소리로 그와 사귀게 되었다고 했다.

벌써 5년 전 일이었다. 이십 대 중반에서 어느덧 서른을 넘은 나이가 되었다. 당연하게 결혼도 꿈꾸었다. 하지만 그는 결혼에 대해 일절 말이 없었다. 모든 것이 불안하고, 아슬아슬한 마음으로 하원은 그를 사랑했다.

우리가 정말 사랑했을까

"그래, 술이나 마시자."

민경은 안주를 두세 가지 더 주문하곤 하원의 앞에 놓았다.

"빈속에 술 마시면 속 버려."

"어제도 그렇게 마셨는데 괜찮았어."

"뭐? 어제도?"

민경이 놀란 얼굴로 반문했다.

"응. 결국 술 취해서 우현 씨 집을 찾아갔지 뭐야."

"내가 못 살아."

민경은 한 손으로 이마를 짚고는 한숨을 내쉬었다.

"오늘은 네가 있으니까 안심이야. 여기서 한잔하고, 너네 집 가서 한잔 더 하자."

"진짜 너……."

"오래간만에 너네 집에서 잘래. 내일도 주말이잖아."

애써 밝은 얼굴을 하고 있지만 목소리는 젖어들었다. 백에 넣어둔 휴대폰은 감감무소식이다. 언제나 당신은 먼저 연락하는 법이 없지. 상대방이 하는 연락은 잘도 받으면서.

지금 어딘지, 자신이 민경이와 저녁은 어떤 걸로 먹는지, 혹시 술을 마시지는 않는지, 집에 언제 들어갈 건지 당신은 하나도 궁금하지 않지? 내가 늘 먼저 물어보는 게 늘 당연하지?

이렇게나 이기적이고 저밖에 모르는 신우현, 당신. 나는 당신이 어디가 그렇게 좋아서 목을 맸을까. 한 번 차였으면 포기하면 될 것을, 왜 그렇게 집요하게 고백을 했을까.

당신은 혹시, 아니?

"아, 벌써 다 마셨네. 여기 맥주 한 잔 더요!"

하원은 빈 잔을 들고 크게 외쳤다. 주변 사람들의 시선이 일제히 하원에게 향했다.

"하원아, 너 전화……."

하원의 백에서 들리는 진동음에 민경이 휴대폰을 꺼냈다. 하지만 하원은 전화를 받을 만한 상태가 아니었다. 지금 전화를 받으면 우현에게 술주정을 부릴 게 뻔했으므로, 민경은 휴대폰을 하원의 백 속에 넣어두었다.

"응?"

"아냐. 아무것도."

애매하게 웃으며 민경이 고개를 저었다. 주문한 맥주를 직원이 내왔다.

"이것만 마시고 집으로 가자."

"딱, 한 잔만 더. 민경아."

콧소리를 내며 하원이 애교를 부렸다. 그럼에도 민경은 단호한 얼굴로 안 된다고 딱 잘랐다. 그것도 그럴 것이 이미 2000cc를 혼자 다 마신 상태였기 때문이다.

"지금도 충분히 네 상태 메롱이거든?"

"뭐? 멜론?"

잔뜩 혀가 꼬인 하원은 듣는 귀도 벌써 고장 난 모양이다. 민경은 답답한 듯 얼굴을 구기며 또박또박 새겨주었다.

"메. 롱!"

"흐으으. 메롱. 메롱."

장난을 걸 듯 하원은 민경의 말을 몇 번이고 따라 했다. 결국 하원은 직원이 새로 가져다준 맥주를 입도 대지 못하고 테이블에 쓰러졌다. 자연스럽게 맥주는 민경의 차지가 되었다.

3. 헤어지자

검은색 쿠페 한 대가 고층 빌딩 앞에서 미끄러지듯, 멈추었다. 투명 유리문을 통과한 하원은 반가운 얼굴로 고급 쿠페를 향해 달려갔다. 숨을 고를 새도 없이 보조석 문을 열고 차에 탑승했다.

"오래 기다렸어?"

"아니."

하원에게 시선 한 줌도 주지 않은 채 우현이 대답했다.

"저녁 뭐 먹을까?"

오래간만에 그와의 데이트가 신 난 얼굴로 하원이 물었다. 새로 산 원피스에 재킷을 입고 하이힐까지 갖추어 신고 나름 화장도 신경 썼다. 그는 예전이나 지금이나, 굳이 멋을 내지 않아도 마치 모델이 걷는 것처럼 멀리서 봐도 포스가 느껴지는 스타일이라 그와 같이 있으면 가끔 위축되기도 했다. 그래서 늘 그를 만날 때면 갖춰 입고 화장도 신경 써서 하곤 했다. 물론, 하원이 아무리 꾸미고 나와도 우현은 예의라도 예쁘다는 말 한마디 없었다.

"음. 글쎄."

김빠지는 우현의 대답에도 하원은 아랑곳하지 않고 미리 선정해놓은 메뉴를 읊었다.

"삼겹살에 소주?"

"냄새 배겨."

우현이 딱 잘라 거절했다.

"그럼 중국 코스 요리?"

"예약해야 하잖아."

"파스타?"

"음…….."

별로 마뜩지 않은 얼굴로 대답을 하지 않은 그의 태도는 역시나 마음에 들지 않은 눈치다.

"파스타로 하자."

하지만 결국 그녀가 읊어대던 메뉴가 모두 마음에 들지 않았는지, 파스타로 결정했다. 국도를 달리던 승용차는 두 사람이 가끔 가던 파스타집 앞에 멈추었다.

저녁 시간이라 그런지 평일임에도 몇 테이블 제외하곤 테이블이 만석이었다. 두 사람은 직원의 안내에 따라 자리에 앉았다. 직원이 두고 간 메뉴판을 펼치며 하원은 메뉴를 골랐다.

"우현 씨, 뭐 먹을래?"

"난 늘 먹는 거."

팔짱을 낀 채로 등받이에 기대 편한 자세로 우현이 대답했다. 주변에 있는 커플들과 대조적인 모습이었다.

"피자도 시킬까?"

"좋을 대로."

작게 한숨을 내쉬며 하원은 메뉴판을 훑었다. 오랜만에 데이트 하러 와서 그와 싸우고 싶지 않았다. 애써 괜찮은 표정으로 하원이 피자를 골랐다.

"나는 크림새우 스파게티 먹을래. 피자는 고르곤졸라. 우현 씨 는 알리오 올리오 맞지?"

"응."

"음료는……."

"사이다 두 잔."

자리에 앉은 지 몇 분 만에 메뉴 선정을 끝내고, 우현은 주문을 마쳤다. 분위기를 전환해볼 겸 하원이 먼저 말을 꺼냈다.

"우현 씨, 반찬 해놓은 건 입에 맞아?"

"응, 먹을 만해. 그런데 앞으로는 하지 마."

"왜?"

하원이 서운한 얼굴로 물었다.

"어차피 집에서 밥도 잘 안 먹는데, 뭘."

"그거야 우현 씨가 너무 바쁜 탓이지."

직원이 먼저 가져온 음료를 쪽쪽 빨며, 하원이 핀잔했다.

"버렸다고 너한테 또 잔소리 듣기 싫어."

"우현 씨는 집에서 밥 먹는 습관을 길러야 한다니까."

"하지 마."

단호한 목소리에 생글생글 웃던 하원의 얼굴이 점차 굳어졌다.

"우현……."

"주문하신 음식 나왔습니다."

하원의 목소리와 직원의 목소리가 겹쳐졌다. 어느새 가까이 다가온 직원은 테이블에 음식을 세팅했다. 말할 타이밍을 놓쳐버린 하원은 속으로 한숨만 토해냈다. 딱히 그에게 무슨 말을 하려고 했던 것은 아니었다. 만약 직원이 방해하지 않았다면, 뭐라고 말했을까. 맨정신으로 그에게 뭐라고 지껄였을까.

"먹어. 식어."

부르는 목소리를 듣지 못했던 모양이다. 그는 피자 한 조각을 접시에 담아 하원 앞에 놓았다. 그녀는 뒤늦게 파스타를 입에 댔다. 퇴근할 때까지만 해도 굉장히 시장했는데 지금은 입맛이 뚝 떨어졌다.

"왜, 별로야?"

"아니."

짧게 대답하곤 냅킨으로 입술에 묻은 소스를 닦아냈다. 오랜만의 데이트라는 이유로 분위기를 망치고 싶지 않았다. 한껏 설레었던 자신의 기분까지도.

"먹고 있어. 우현 씨도 얼른 먹어."

파스타를 돌돌 말아 입에 넣던 하원의 시선이 바로 옆 테이블에 향했다. 마주 앉아 있는 사람은 커플로 보였다. 서로가 서로를 바라보는 눈빛이 반짝 빛이 났다. 남자가 파스타를 돌돌 말아 여자에게 건넸다.

"자기야, 먹어봐."

남자의 말에 여자가 입을 벌려 파스타를 받아먹었다. 입술 주변에 묻은 소스를 보고 남자가 냅킨을 집어 닦아주었다.

"사람들 보잖아. 내가 할게."

콧소리를 내며 부끄러운 듯 얼굴을 붉히는 여자는 남자의 손을 거부하지 않았다. 무척이나 사소하고, 별것 없는 모습에 하원의 시선이 오랫동안 붙잡혀 있었다. 그녀의 시선이 맞은편에 앉아 있는 우현으로 향했다. 입술 주변에 소스가 묻었다. 하원은 냅킨 한 장을 그의 얼굴로 가지고 갔다.

"내가 할게."

하원의 손에서 냅킨을 앗아간 우현이 느긋한 얼굴로 제 입술을 닦아냈다. 이런 모습이 더 자연스러운 우리. 그래도 가끔은 다른 커플처럼 닭살 돋는 애정표현도 하고 싶은데. 분명 옆에 있는 커플과 비슷한데, 묘하게 다르다. 아니, 건조하다고 할까.

"필요한 거 있으면 말해."

불쑥 그가 말을 꺼냈다. 갑작스러운 우현의 말을 이해하지 못한 하원의 얼굴에 우현이 덧붙였다.

"곧 네 생일이잖아."

아, 그렇지. 그러고 보니 돌아오는 주말, 그녀의 생일이었다.

"글쎄, 딱히 필요한 건 없는데."

흘러내린 머리를 귀에 꽂으며 하원이 대답했다. 생일마다 그가 준 선물은 늘 고급스럽고 비싼 것들이지만, 문제는 생일이 지난 후에 선물을 받는다는 것이었다. 딱히 비싸고 고급스러운 선물을 원하지도 않았다. 그저 생일에 축하한다는 그의 진심 어린 목소리가 듣고 싶을 뿐이었다. 신우현은, 이 남자는, 저에 대해 이렇게나 잘 모른다.

"그래도 생각해봐. 매번 네가 그런 식으로 말하니까 내 멋대로 사잖아."

"생일 선물은 됐고……."

말끝을 흐리며 하원이 운을 뗐다.

"놀이공원 가고 싶은데."

"놀이공원?"

"응. 우리 한 번도 가본 적 없잖아."

시끄럽고 복잡한 걸 싫어하는 성격이라, 인파가 많은 곳은 데이트할 때 자연스럽게 피하게 되었다. 연인이 된 지금까지 한 번도 놀이공원에 가본 적이 없었다. 물론 친구와 가도 되었지만, 하원은 그와 함께 가고 싶었다. 놀이기구를 타는 그의 모습도, 아이스크림 하나씩 들고 야간 퍼레이드도 구경하고 싶었다.

"그래, 가자."

"정말?"

흔쾌히 승낙하는 우현의 모습에 하원이 반문했다.

"응."

"우현 씨, 나중에 말 바꾸지 마."

신 난 얼굴로 하원이 경고까지 서슴없이 했다.

"안 그래."

"그날 출근도 하지 말고. 갑자기 급한 일 생겼다고 해도 안 봐준
다."

전적이 있기에 하원은 무섭게 협박까지 했다. 우현은 재차 그녀
를 안심시켰다.

"나 놀이공원 오래간만이라 뭐 있는지도 모르는데. 집에 가서
인터넷으로 검색해봐야겠다."

"그렇게 좋아?"

어린애 보는 듯한 우현의 시선에도 하원은 그저 좋다며 고개를
끄덕였다.

"새로 생긴 것도 엄청 많대. 다 타야지."

"무섭다고 울지나 마."

"내가 놀이기구를 얼마나 잘 타는데?"

"네가?"

"고등학교 때 소풍 갔을 때도 웬만큼 무서운 건 다 타봤을걸?"

타고 싶은 건 꼭 타야 하는지라, 하원은 친구들이 무섭다고 못
타는 것들도 혼자 즐길 정도로 강심장이었다. 그런 그녀가 놀이기
구를 타고 운다니 말도 안 되는 일이었다.

"믿어지지가 않는데."

"민경이한테 물어봐. 오래간만에 스트레스 풀어야지."

하원은 벌써부터 들뜬 얼굴로 파스타를 입에 넣었다. 조금 전까
지 바닥으로 추락했던 기분은 참 별것 아닌 거에 다시 들떠버린다.
정말 스스로가 생각해도 이토록 단순한 사람이 또 있을까 싶을 정
도다.

"그날 일찍 출발해야겠다. 날 좋아서 사람들 엄청 많을 것 같아."

"그래."

"절대 늦으면 안 돼."

"알았대도."

재차 확답을 받고 나서야 하원은 그와 놀이공원에 간다는 사실이 실감이 되었다. 주말까지 비 소식도 없고 날씨가 맑다는 일기예보를 확인까지 하였다. 하원은 빙긋 웃으며 다시 옆에 있는 커플을 바라보았다.

조금 다르면 어때, 다른 사람들과 같을 필요 없는걸.

잠깐이나마 비교했던 스스로를 질책해본다. 돌아오는 주말, 벌써부터 설렌 표정으로 하원이 싱긋 웃었다.

"어디 좀 들를 데가 있어."

우현은 커피 한잔하고 헤어지자는 하원에게 적당히 둘러댔다. 아쉬운 표정을 짓는 그녀를 집 앞에 내려주었다.

"조심히 가."

차에서 내린 하원이 손을 흔들었다. 여전히 그 자리에 서 있는 모습이 백미러로 보였다. 점점 멀어지더니 골목 어귀를 지나서야 사라졌다.

돌아오는 주말, 놀이공원이라. 어릴 때도 가본 적 없는 놀이공원을 나이 들어서 그녀와 함께 가게 될 줄이야. 연애 초기 땐 시끄러운 건 질색이라는 우현의 말에 하원은 두 번 다시 놀이공원에 가자는 말을 꺼내지 않았다. 그런데 생일 선물로 필요한 걸 말하라는 말에 그녀는 의외의 대답을 했다.

"놀이공원 가고 싶은데."

고민 끝에 겨우 한 말이라는 걸 우현은 할 수 있었다. 그리고 표정을 보아하니, 자신의 대답을 별로 기대하는 눈치도 아니었다. 그래도 혹시나, 하는 식으로 꺼낸 말이었다. 그런 그녀에게 두 번은 차마 거절할 수가 없었다. 다른 날도 아니고, 하원의 생일이었으니까.

"생일 선물은……."

뭐가 좋을까.

작년 생일엔 백화점 구경하다 지나가는 말로 예쁘다고 한 구두를 선물했었고, 재작년엔 우리나라엔 수입되지 않는 지갑을 어렵게 구해 선물했었다. 그녀는 기억나지 않을지 몰라도 모두 그녀가 원하던 것이었다. 예기치 못하게 생일 전후로, 갑작스러운 미팅이 생긴다거나 해외 출장이 잡혀 있었던 적이 여러 번, 이번엔 그녀와 생일을 같이 보내고 싶었다.

한산한 국도를 달려 도착한 곳은 백화점이었다. 미끄러지듯 고급스러운 쿠페는 주차 안내원에 따라 주차장에 진입했다. 적당한 곳에 차를 주차해놓고 우현은 매장 안으로 들어갔다. 지하 1층에서 에스컬레이터를 타고 지상 1층으로 올라갔다. 반짝거리며 고급스러운 주얼리를 진열한 귀금속 매장이 눈에 들어왔다. 그중 우현은 제일 가까이 있는 매장으로 걸음을 옮겼다.

"어서 오세요, 찾으시는 거 있으세요?"

우현은 유리문 안에 세팅되어 있는 목걸이와 귀걸이 세트를 손으로 가리켰다.

"이거 보여주세요."

우현의 말에 직원이 주얼리 세트를 꺼내 보여주었다. 심플한 디자인이었지만 다이아몬드가 박혀 있어서 고급스러운 느낌이었다.

"요즘 여성분들이 제일 많이 찾으시는 주얼리예요."

"포장해주세요."

우현은 더 볼 것도 없다는 듯 주문했다.

"잠시만요, 고객님."

재고를 확인한 점원이 안타까운 얼굴로 다시 우현에게 다가왔다.

"죄송하지만 고객님, 재고가 없네요. 주문하시고 가셔야 할 것 같아요."

"주문하면 언제 찾으러 와야 합니까?"

"이번 주 주말에 찾으러 오시면 될 것 같아요. 요즘 인기 상품이다 보니, 재고를 가져다놓기가 무섭게 판매가 되는 상품이에요."

"예, 알겠습니다."

우현은 짤막하게 대답을 하곤 재킷 안주머니에서 지갑을 꺼냈다. 결제를 마친 후 우현의 걸음이 주차장으로 향하다 아무 생각 없이 2층으로 올라가는 에스컬레이터를 탔다. 그곳은 여성용 의류 코너였다. 봄과 어울리는 화사하고 파스텔 톤의 옷들이 마네킹에 진열되어 있었다. 백화점 한 바퀴를 거의 다 돌았을 무렵, 하얀 레이스 원피스 위에 소라색 재킷이 그의 걸음을 붙잡았다. 하원은 얼굴이 말갛고 이목구비가 뚜렷한 편이라 밝은 톤의 옷이 잘 어울릴 것 같았다.

"안으로 들어와서 보세요, 고객님."

어느새 가까이 다가온 점원이 친절한 목소리로 우현에게 말했다. 우현은 점원의 안내에 따라 매장 안으로 들어갔다.

"방금 보신 원피스와 재킷이에요. 봄과 너무 잘 어울려요."

원피스를 꺼내 보여주었다.

"여자 친구분께 선물하실 건가 봐요. 사이즈가 어떻게 되세요?"

우현은 곧장 대답이 나오지 않았다. 마른 체구이긴 하나 볼륨감이 있어 보기 싫은 몸매는 아니었다. 우현의 표정을 읽은 점원이 다시 물었다.

"그럼 키와 몸무게가 대략 어떻게 되시는지는 아시죠?"

"165센티미터에 몸무게는 대략 47킬로그램 정도 되는 것 같습니다만."

"그럼 55사이즈 입으시면 예쁘게 맞으실 것 같네요. 원피스 길이도 그리 짧은 편이 아니라 무릎 바로 위에 떨어질 거고요. 다행히 재고가 하나 남았네요."

"주세요."

우현은 생각도 하지 않고 주문했다. 그저 그녀가 입으면 정말 잘 어울릴 것 같다는 이유에서였다. 원피스와 재킷을 접어 넣은 쇼핑백을 점원이 건넸다. 우현은 쇼핑백을 들고 다시 에스컬레이터를 탔다. 옷을 받으면 하원은 뭐라고 할까? 기뻐할까? 다음에 만날 땐 이 옷을 입고 왔으면 좋겠다. 분명 그녀에게 잘 어울릴 테니까.

"음."

하지만 분명, 옷을 건네받은 그녀는 잔소리부터 해댈 것이 자명했다. 저가 브랜드에서도 질 좋은 옷들이 많은데 너무 비싼 옷이라 평소에 입지 않을 것 같다고 하겠지. 자신의 재력 한도 내에서 선물하는 것을 그녀는 늘 부담스러워했다. 고급 저택이나, 비싼 외제차를 사주는 것도 아닌데 말이다. 그런데도 앞뒤 생각하지 않고 옷을 구입한 이유는 이 옷을 입은 그녀의 모습을 보고 싶었기 때문이었다.

지하 주차장으로 내려와 보조석에 쇼핑백을 내려놓고 운전석에 탔다. 재킷 안주머니에 넣어둔 휴대폰이 짧게 진동음이 울렸다.

[우현 씨, 집에 도착했어?]

하원에게서 도착한 메시지였다.

[이제 가려고.]

짤막하게 답장을 보내놓고 우현은 휴대폰을 거치대에 끼웠다. 밖은 어느새 어둑해져 있었다. 잠깐 백화점 안에 있었던 것 같은데 시간은 두 시간을 훌쩍 지난 후였다.

[무슨 볼일인데 이 시간까지 있었어?]

[별거 아니야. 피곤할 텐데 일찍 자.]

고민 끝에 답장을 입력해 나갔다. 메시지를 발송하고 오피스텔에 도착할 무렵 늦은 답장이 도착했다.

[그래, 운전 조심해.]

늦었다, 박하원. 이런 답장은 조금 더 일찍 보냈어야지.

우현은 보조석에서 커다란 쇼핑백을 들고 차에서 내렸다. 마지막으로 잘 자라고 답장을 보내놓고, 우현은 엘리베이터 버튼을 눌렀다. 시선을 아래로 내려 쇼핑백을 바라보다 이내 열린 엘리베이터 안에 탑승했다.

다른 날보다 일찍 눈이 떠졌다. 탁자 위에 올려둔 휴대폰 벨소리 때문이었다. 팔을 뻗어 통화 버튼을 누르곤 휴대폰을 귀에 갖다 댔다.

-우현 씨, 일어났어?

다른 날보다 유난히 상기된 목소리에 우현은 감았던 눈을 떴다.

"방금."

-일찍 일어났네. 나도 조금 전에 일어났어.

우현은 귀에서 휴대폰을 떼고 시간을 확인했다. 아직 7시가 되기도 전이었다. 늦잠꾸러기 박하원이 일찍 일어나는 날도 있고 신

기했다.

"너야말로 일찍 일어났네.

-응. 도시락 싸려고. 오래간만에 놀러 가는 건데 당연하지.

"가서 사 먹으면 되는데 뭐하러 만들어."

피곤함에 말하는 우현의 목소리가 나른해졌다.

-우현 씨 아직 침대에서 나오지도 않았지? 목소리가 점점 잠기는데? 일찍 출발하지 않으면 차 많이 밀릴 거란 말이야.

"알았어."

-기다릴게. 운전 조심해서 와.

우현은 전화를 끊고 침대에서 내려와 입고 있던 옷을 전부 벗곤 욕실로 들어섰다. 오늘따라 유난히 더 피곤이 밀려왔다. 하원과 같이 시간을 보내기 위해 일을 처리하느라 무리했더니 몸이 과부하가 일어나는 것 같았다. 샤워부스에서 몸을 맡긴 채 우현은 눈을 감았다.

샤워를 마치고 욕실에서 나온 우현은 드레스 룸으로 들어가 옷을 골랐다. 대부분이 슈트지만 한쪽에 캐주얼 룩은 따로 있었다. 회색 니트에 네이비색 슬랙스 바지를 골랐다. 거울로 제 옷차림을 확인한 우현은 방으로 들어가 서랍에서 작은 상자를 꺼냈다. 어제 잠깐 외출해서 주문한 주얼리 세트를 찾아왔다. 보고 기뻐할 하원의 얼굴을 떠올리며 우현은 집에서 나왔다. 지금 출발하면 8시가 되기 전에 하원의 집에 도착할 수 있을 것이다.

내리쬐는 볕 또한 따스해서 실외에 오래 있으면 더울 것 같지만 실내에도 놀이기구가 많이 있으니 상관없을 것 같았다. 날씨가 좋은 탓인지, 이른 아침부터 국도가 막히기 시작했다. 이대로라면 예상시간보다 20~30분 정도 지체될 가능성이 크다. 하원의 집까지는 고속도로를 타고 가는 것이 빠른 길이었다. 그런데 고속도로를 진입하기도 전에 차가 벌써부터 밀리자 낮은 한숨이 터졌다. 늦을 것 같다고 하원에게 메시지를 보내려던 순간이었다. 둔탁한 마찰음과 함께 우현의 상체가 앞으로 기울어졌다.

상황 판단이 되기 전에 누군가 창문을 노크했다. 20대 초반으로 보이는 어린 남자였다. 우현이 창문을 내리자 젊은 남자가 고개를 숙였다. 딱 봐도 비싼 외제 차라는 것을 안 것이다.

"죄송합니다. 제가 운전하다가 그만……."

"일단 차를 저쪽에 세워놓고 얘기하지."

"네."

다른 사람들의 운전을 방해하지 않도록 길가에 차를 세워두고 우현은 차에서 내렸다.

"일단 보험회사 불렀습니다. 정말 죄송합니다."

뒤늦게 우현도 보험회사에 전화해 상황을 알렸다. 아무리 나이가 어리다고 해도 그냥 넘어갈 생각은 없었다. 확인해보니 범퍼가 보기 흉하게 찌그러진 상태였다. 수리비가 꽤 나올 듯 보였다. 보험회사 고객센터와 담당자와 여러 번 통화를 한 지 한 시간 만에 양쪽 보험회사 직원이 도착했다. 당연히 상대방 차량 과실로 확인되었고 처리까지 대략 시간이 꽤 흘렀다. 일단 운전하는 데 크게 문제는 없으니 시간 날 때 수리받기로 했다. 정신없이 처리하고 나서야 우현은 퍼뜩 정신을 차렸다. 휴대폰 화면을 터치하자 부재중 전화 3통화와 메시지가 도착한 상태였다. 부재중 전화와 메시지 모두 하원의 것이었다. 우현은 통화 버튼을 누르고 운전대를 잡았다.

"나야. 지금⋯⋯."

-우현 씨, 우리 헤어지자.

침착하게 들려오는 하원의 목소리에 우현은 저도 모르게 브레이크를 밟고 말았다. 다행히 사고는 나지 않았다. 제 귀를 의심하며 우현이 반문했다.

"뭐라고?"

-헤어져, 우리.

주변의 경적에도 오롯이 그의 귀엔 차분한 하원의 목소리가 박혔다.

4. 왜 그랬을까

꽤 담담하게 말했다고 생각했는데 목소리 끝이 떨리고 말았다. 통화를 종료하고 하원은 거울 속 자신을 바라봤다. 어느 때보다 공들여 화장한 제 얼굴이 보였다. 흰색 카라 셔츠 위로 베이지색 야상 점퍼를 입고 내리 그를 기다렸다. 모든 준비를 끝내고 8시부터 기다리다 하원이 그에게 전화를 걸었다. 아직 연락 두절이 된 그는 두 시간이 훌쩍 지나서도 연락 한 통 없었다.

"그래, 더 이상 뭘 기대해."

기대할 것도 없었다. 어쩐지 순조롭게 지나가는 시간이 이상한 거였다. 생일이 되기 며칠 전부터 해외 출장이라든가, 갑작스럽게 회의가 잡혔다든가 하는 일로 자신은 늘 뒷전이었으니 말이다. 그래서 어느 순간부터, 생일에 그와 보낼 수 있을 거란 기대는 하지도 않았다. 모든 것은 기대하면서 생기는 섭섭한 것들이니, 그를 힘들게 하지 말자고 다짐했다. 그런데 이번엔 그게 잘되지 않았다. 그래도 한 번쯤은 생일에 그와 같이 보내도 괜찮지 않을까 기대했다. 거기다 이번 생일은 주말이었으니, 출장도 회의도 없을 거로 생각했다.

값비싼 선물보다 그녀에게 필요한 건 신우현이었다. 그는 그걸 아직도 모르고 있는 모양인지 필요한 게 없느냐고 물었다. 다른 때와 달리 먼저 물어봐주는 그에게 고마워 하원은 기대했다. 그렇게 무리한 요구도 아닐 거로 생각했다. 한 번쯤은 욕심부려도 되겠지, 기대해도 되겠지, 그리 생각했다.

하지만 결국, 신우현은 늘 그렇듯 참으로 쉽게 자신과의 약속을 아무렇지 않게 깨버린다. 더 이상 기대할 것도, 기다릴 것도 없다는 걸 깨달았다. 신우현은, 절대 변하지 않는다. 그의 우선순위에서 밀려난 자신은 늘 그를 기다렸다. 기다림이 제 몫이 된 것도 이젠 지긋지긋하고 기다림에 초연해지는 자신 또한 싫었다. 이젠 더 이상 비참해서 못 해먹겠다.

눈물이 날 것이라고 생각했다. 그런데 거울 속 자신은 꽤 담담한 표정이었다.

마치 이런 날이 올 것이라고 예상한 것처럼.

그간 흘렸던 눈물 때문일까, 눈물이 마른 것처럼 눈물이 나지 않는다. 가슴은 아픈데 이상하게 후련했다. 입술을 비집고 허탈한 미소가 그려졌다.

지잉. 지잉. 지잉.

아까부터 울리는 진동 소리였다. 하원은 무표정한 얼굴로 휴대폰 액정을 확인하고 내려두었다. 집요한 진동음이 한참 동안 하원의 귀를 괴롭혔다. 혹시나 그의 목소리에 무너질까 봐, 하원은 전화도 받지 않았다. 문득 계속 하원의 귀를 괴롭힌 진동음이 멈추었다. 하지만 짧게 다시 진동이 울렸다. 메시지가 도착했다.

[집 앞 카페에서 기다릴게. 안 나오면, 집으로 간다.]

하원은 짧게 한숨을 토해냈다. 집으로 찾아오면 자신이 나올 때까지 초인종을 눌러멜 것이 자명했다. 어차피 한 번은 얼굴을 보고 끝내야 하는 사이였다. 하원은 아프게 입술을 깨물고 눈을 감았다. 이내 결심한 얼굴로 감았던 눈을 떴다.

기다린 지 30여 분 만에 카페 안으로 들어오는 하원의 모습이 보였다. 이쪽으로 가까이 다가오자 우현이 자리에서 일어났다.
"뭐야, 너."
마음과 다르게 우현의 입에서 저절로 차가운 목소리가 나갔다. 신호 위반은 물론 과속까지 하며 달려온 사람다운 행동이 아니었다.
"앉아."
하원이 먼저 의자를 끌어당겨 앉았다. 뒤늦게 우현이 의자에 앉자 하원은 기다렸다는 듯 본론을 꺼냈다.
"헤어지자, 우현 씨."
지금이 아니면 못 할 것 같아 하원은 결심이 사라지기 전에 다시 말했다. 이제, 이 지긋지긋한 인연 끝내자고.

"박하원."

"내 결심 바뀌지 않아."

"결심?"

하, 하고 우현이 탄식을 내뱉곤 다시 말을 이었다.

"갑자기 헤어지자는 말을 나보고 그냥 따르라고?"

"갑자기? 우현 씨는 늘 이런 식이지."

혹시라도 그의 얼굴을 보고 무너지면 어쩌나 우려했던 마음과 달리 하원은 침착했다. 그리고 오히려 자기를 다그치는 그의 모습에 하원은 일말의 미련도 없었다.

"알아듣게 말해."

"우리 집으로 오기로 한 시간보다 당신은 두 시간이나 늦었어."

"사고가 있었어. 처리하느라 정신이……."

상황을 설명하려는 우현의 말을 하원이 가로막았다.

"해명이든 핑계든, 두 시간 전에 해야 했어."

"뭐?"

"이젠 듣고 싶지 않아."

굳은 하원의 표정은 덤덤하기 이를 데 없었다. 그 표정에 우현은 할 말을 잃고 말았다. 자신이 지금까지 알던 하원이 맞나 의심이 들 정도로 냉정하고 차가웠다.

"이제, 당신 기다리는 거 지쳤어."

"박하원."

"왜 나만 늘 당신을 기다려야 하지? 이젠 싫어."

"사고가 있었다고 하잖아. 어쩔 수 없었어."

하원의 마음을 되돌리기 위해 우현이 재차 말했다. 사고가 났었던 상황까지 다 끄집어내며 설명하고 싶은 심정이었다.

"그 어쩔 수 없는 일들이 너무 자주 일어나. 그리고 당신은 그걸 너무나 당연하게 받아들여."

"……."

"나한테 최소한 미안하긴 하니?"

우현은 하원의 말을 알아듣지 못하고 머리를 쓸어 넘기곤 창밖을 바라보았다. 사고가 나지 않고, 제시간에 맞춰 하원의 집에 도착했다면 이런 일이 일어났을까, 하는 생각이 잠깐 스쳤다.

"그래, 그런 당신의 뻔뻔한 태도. 후우……."

"……."

"당신 얼굴 보고 후회하면 어쩌나 걱정했는데, 내가 괜한 염려를 했어. 오히려 정리가 훨씬 잘되었어. 그 뻔뻔한 태도 덕분에."

"정말 헤어지자고?"

머리를 한 대 얻어맞은 듯 우현은 정신이 없었다. 갑작스러운 이별을 받아들일 수도 없을뿐더러, 돌변한 하원의 태도 또한 이해하기 어려웠다.

"이제 당신 기다리는 거 안 할래."

"너……."

"나도 사랑받고 싶어."

진심이었다. 그로 인해 사랑받는 느낌은 단 한순간도 느낄 수 없었다. 이따금 저에게 보여주는 미소와 사랑스러운 눈길을 기억하며 버티기엔 하원은 지쳐 있었다.

자그마치 5년이었다.

그를 사랑한 시간.

그로 인해 가슴이 너덜너덜해졌다. 그를 사랑하면 할수록, 허탈하고 공허했다. 늘 더 사랑하는 쪽도 자신, 기다리는 쪽 또한 자신이었다. 사랑받는 기분조차 느낄 수 없는 연애는 비참함뿐이라는 걸 이제야 깨달았다. 어쩌면 혹시, 이번엔……. 그렇게 수도 없이 저를 위안했던 시간이 부질없게 느껴진다. 결국은 이렇게 되어버릴 인연이었는데 억지로 붙잡고 있었다. 그동안 발밑에서 괴롭혔던 아슬아슬한 살얼음판이 부서지는 기분이었다.

"당신은 날 사랑하지 않아."

"그렇지 않아."

"만약 그렇다고 하면 더 나쁜 놈이야. 사랑하는 여자를 방치했으니까."

우현은 할 말이 없었다. 이미 결심을 끝낸 하원의 마음 어디에도 틈이 보이지 않았다. 자신을 바라보며 사랑스럽게 웃던 하원은 어디에도 없었다.

"그만하자. 지친다."

"……."

"먼저 일어날게."

하원이 자리에서 일어났다. 따라 일어선 우현은 하원의 가는 손목을 움켜쥐었다. 이렇게 보내면 영영 다시는 보지 못할 것 같아서 놔줄 수가 없었다.

"놔."

우현은 더 힘껏 하원의 손목을 잡았다.

"하원아."

"놔줘, 우현 씨."

결국 다른 손이 손목을 잡고 있는 우현의 손을 떼어냈다. 절대 그녀의 힘에 밀린 것이 아니었다. 낯선 표정에서 어떻게 해서도 되돌릴 수 없다는 것을 느낀 순간, 우현의 손에서 힘이 탁 풀려버린 것이다.

하원이 뒤돌아 카페에서 나가는 모습을 우현은 막연한 눈으로 바라보았다. 어떻게 해야 할지 몰라서, 막막한 눈동자가 주변을 배회하고 있었다. 붙잡고 싶은데, 가지 말라고 소리치고 싶은데 이런 자신의 모습에 더 실망할까 봐 어떻게 해야 할지 몰랐다. 이런 순간이 자신에게 올 줄이야. 이렇게 허망하게 끝날 줄이야. 아직 아무것도 하지 않은 것 같은데. 다리에 힘이 풀린 우현은 의자에 쓰러지듯 주저앉아 버렸다. 당장에라도 달려와 제 품에 안길 것 같은데, 끝이라니…….

믿을 수가 없었다.

심장에 총을 맞으면 이런 고통일까. 다리 하나, 팔 하나가 부러진 것과 비교가 되지 않을 정도의 고통이었다. 심장이 욱신거리다, 쓰라렸다.

"하원아……."

처참하게 일그러진 우현의 입에서 씁쓸하게 그녀를 불러본다.

다시는 볼 수 없는 그녀를.

다시는 사랑할 수 없는 그녀를.

이젠 어쩌면 좋을까…….

탁.

불을 켜자 실내가 눈에 들어왔다. 넓은 거실에서 주방으로 시선이 옮겨졌다. 혼자 살기에 꽤 넓은 집이었다. 이 집에 산 지 몇 년 되었는데 새삼스럽게 그런 생각이 들었다. 우현은 소파에 편안한 자세로 기대앉았다.

어린 나이에 어머니가 가출하고, 알코올 중독으로 폐암 말기로 세상을 떠난 우현은 친척 집을 전전하며 살다가 열일곱 살 때부터 고등학교를 졸업할 때까지 큰집에서 얹혀살았다. 대학은 당연히 기숙사 생활을 하며 장학금 한 번 놓친 적 없이 오직 공부가 전부인 것처럼 공부만 했었다. 그 결과 TOP 3위 안에 드는 'TG 전자'에 수석으로 합격했다. 작은 오피스텔에서 살다 직급이 오르고 급여가 오르면서 넓은 집으로 이사했다.

혼자 사는 것에 불편함을 느낄 수 없을 정도로 안락하고 평온한 집이지만 동시에 고독하고 쓸쓸했다. 퇴근 후 아무도 반겨주는 이 없이 슬리퍼 끄는 소리만 들릴 뿐이었다. 자신의 공간을 어느 누구에게도 간섭받지 않아도 된다는 생각만으로 만족스러운 때가 언제였더라.

"하아."

집 안에 웃음소리가 머물고, 생기가 돌아난 것은 언제였더라. 밥 냄새가 나고, 따뜻한 온기가 피어오르던 때가 언제였더라. 언제부터였을까, 참 까마득하다.

완연한 봄인데도, 온기란 찾아볼 수 없는 집은 냉기로 가득 찬 듯 추웠다. 원래 집이 이렇게 추웠었나. 매일같이 드나들던 사람 하나 없어진 것뿐인데 냉기로 가득 차다니.

우현은 소파에서 일어나 주방으로 갔다. 냉장고를 열자 그녀가 만들어 채워둔 반찬 통 여러 개가 보였다.

하지 말라니까 기어이 해서 놔두었던 고집쟁이 박하원.

그렇게 내가 싫어하는 것만 했었던 너.

반찬 버리는 게 싫다고, 너 힘든 거 싫다고…….

그렇게 말했는데.

우현은 캔 맥주 두어 개를 들고 다시 거실로 나왔다. 깊숙이 소파에 몸을 묻은 그는 캔을 따 마른 입술을 축였다.

"후."

알싸한 맥주 향에 코끝이 찡해진다. 적요 속에서 그저 맥주가 목을 넘어가는 소리가 간간이 들리다 빈도가 잦아졌다. 벌컥벌컥. 맥주 한 캔을 비우고 다시 캔을 땄다. 맥주를 마시려던 우현의 손이 멈추었다.

"그때."

레스토랑에서 내내 자신을 기다리다 지쳐 혼자 맥주를 마시다 새벽에 만취 상태로 찾아왔던 그녀. 너는, 바보 같은 너…….

어떤 기분으로 혼자 이기지도 못하는 술을 마셨던 걸까. 그 기분이 왜 이제야 이해가 되는 건지. 왜 나는 늘, 한 박자 늦는 것에 익숙해져 있는 걸까. 그런 너는 아무렇지 않게 웃어주며 이해해주고.

캔 맥주를 탁, 하고 테이블에 내려놓았다. 손에 힘을 주자 보기 흉하게 찌그러졌다.

"제길."

지금까지 뒤늦게 후회하는 행동은 단 한 번도 한 적 없었다. 고의로 자신을 괴롭히는 친척 형의 행동을 알면서도 애써 무시한 이유도 거기에 있었다.

일찍이 세상과 타협하기보다 수긍하는 것에 먼저 익숙해진 그는 이것 또한 어차피 일어날 일이라는 것을 알았다. 어른들에게 사실을 고해봤자, 돌아오는 것은 질책과 비난이라는 것 또한 일찍이 깨달아버렸다. 그래서 친척 형의 열등감 섞인 괴롭힘에도 그는 묵묵히 참을 수밖에 없었다.

원하는 대학교에 입학하고자 밤낮 할 것 없이 피 터지게 공부했었고, 대학에 입학해서도 장학금을 받기 위해 수석을 놓친 적은 한 번도 없었다. 거기다 원하는 회사에도 입사했고, 거기다 입사 후 탄탄대로의 길을 걸으며 부장까지 진급한 자신이었다.

지금까지 후회 없는 삶을 살았다고 자부했는데 어째서…….

왜 그녀를 사랑하는 일은 제 뜻대로 되지 않는 걸까.

최선을 다했다고 생각했고, 지금까지 제 곁에 있어준 그녀에게 늘 고마웠다. 그런데 이젠 헤어지자고 한다. 지쳤다고 한다. 사랑받고 싶다고, 상처받은 표정으로 저에게 말한다. 자신이 그렇게 만들었다.

"이제는 더 이상……. 후우."

그녀를 만날 수 없다. 예쁘게 웃는 얼굴도 볼 수 없고, 사랑스러운 그 표정도, 제 얼굴을 감싸던 따뜻한 손길도……. 모두 다 한여름 밤의 꿈처럼 뭉개지고 말았다. 다른 사람도 아닌, 자신이 그렇게 만들었다는 사실이 스스로를 용서할 수가 없었다.

점퍼 주머니에서 휴대폰을 꺼내 통화 목록에 있는 하원의 이름을 터치했다. 길고 긴 지루한 연결음이 지나도 그녀의 목소리는 들을 수 없었다. 하면 안 된다는 걸 알면서도 우현은 다시, 또다시, 계속 통화를 시도했다.

"제발……."

"당신은 날 사랑하지 않아."

날카로운 비수가 되어 우현의 심장을 도려내는 고통이었다. 지금까지 내내 그녀는 그런 생각을 했던 걸까. 말도 안 된다. 사랑하지 않는다니. 그녀는 자신의 전부였다.

전부…….

그걸 이제야 깨달았다. 미련하게도 자신의 전부라고 깨닫는 순간, 그녀를 다신 볼 수 없게 되었다. 끝내 전화 연결이 닿지 않았다. 휴대폰을 아무렇게나 테이블에 내려놓고 찌그러진 캔을 들었다. 입술에서 흐른 맥주가 턱 끝으로 미끄러졌다.

여전히 꿈만 같은 현실을 받아들일 수가 없어 우현은 맥주를 마시고 또 마셨다. 미친 듯이 입에 맥주를 쏟아붓던 우현은 쓰러지듯 소파에 누웠다.

그녀가 없는 세상, 단 한 번도 생각해본 적 없었다. 매 순간, 매

시간, 그리고 매일 그녀가 곁에 있었다. 다정한 구석이라곤 눈 씻고 찾아볼 수 없는 자신의 곁에 늘 있었다. 있어야 할 그녀가, 제 곁에 있어야 할 사람이 이제는 없다고 생각하니 가슴이 먹먹해졌다.

머릿속이 텅 비어 아무 생각도 나지 않았다.

그저 막막하기만 했다.

이젠 어떻게 살아야 하나.

무엇을 위해 살아야 할까.

이젠 어떻게 해야 할까.

온갖 물음표들이 떠다니는 가운데 해결책은 없었다. 1,000미터를 쉬지 않고 뛰다가 더 이상 갈 곳이 없어서 우두커니 서 있는 기분이었다. 어디로 가야 할지, 무엇을 해야 할지 떠오르는 것은 단 한 가지도 없었다.

이럴 거면, 사랑하지 말지.

사랑하게 하지 말지.

"……박하원."

부르고,

"박하원……."

또 불러본다.

"하원아."

미세하게 턱이 떨린다. 이젠 불러도 대답 없는 너. 더 이상 활짝 웃어주지 않겠지.

"하아……."

하원의 얼굴이 아른거린다. 손만 뻗으면 잡힐 듯 가까이 있었다. 우현은 손을 뻗었다. 그러나 아지랑이처럼 우현의 시야에서 사라졌다.

미칠 것 같은 이 괴로움도 언젠가 끝나겠지. 사라지겠지. 더 이상 괴롭지 않은 날이 오겠지. 하지만 난 왜 오늘 같은 날이, 매일 반복될 것만 같을까.

얼마나 잔 건지 알 수 없었다. 눈을 뜨니 입던 옷 그대로 소파에 누워 있었다. 우현은 억지로 몸을 일으켰다. 테이블엔 빈 캔과 쓰러져 넘어진 캔에선 맥주가 흘러 러그가 더러워진 상태였다. 평소였다면 당장 빨래 바구니로 가져갔을 테지만, 우현은 그저 바라보기만 했다. 모든 것에 의욕을 잃은 사람처럼, 같은 자세로 앉아 있을 뿐이었다.

"후."

나직한 한숨이 절로 터졌다. 테이블 위에 있는 휴대폰을 들었다. 통화목록엔 그녀의 이름이 난무했다. 받지도 않은 전화를 몇 번이나 시도한 건지…….

이런 저의 모습에 또다시 실망했겠지.

어제의 이별이 꿈이 아님을 깨닫는 순간, 피어오르는 절망감에 우현이 눈을 감았다. 사랑이 무엇인지 알게 해준 유일한 사람이었다. 사람의 품이 이토록 따스하다는 걸 그녀로 인해 깨달았다. 딱딱했던 심장이 제법 말랑해지고, 그녀로 인해 웃는 일이 제법 많아졌다. 가뭄처럼 건조했던 일상에 그녀는 유일한 단비 같은 존재였

다. 그녀로 인해 소중한 감정들이 가슴에 스몄다. 그런데 자신은
그녀에게 받은 것을 돌려주지 못했다.

"이제 당신 기다리는 거 안 할래."

왜 그랬을까.

왜 그녀를 지치게 했을까.

기다림에 지치도록 했을까.

일부러 의도한 바는 아니었으나, 그녀의 표정은 실망과 절망에
일그러져 있었다. 눈물을 보이지 않았지만, 오히려 그 표정이 가슴
을 아리게 만들었다. 무엇을 해야 하는지, 어떻게 해야 하는지 깨
닫지 못하는 자신이 혐오스러울 지경이었다.

이런 상황을 만들어놓고 그저 막막하기만 한 스스로가 참 못나
보였다. 사회적으로 성공했을지는 몰라도, 그녀에게 어울리는 남
자는 되지 못했다. 자책해도 이미 늦은 후였다. 시간을 되돌릴 수
만 있다면 영혼이라도 팔고 싶었다. 하지만 시간을 돌린다 해도,
같은 실수를 범할 것을 알았다. 신우현, 자신은 또다시 그녀를 울
릴 것이 자명했다.

못났다, 정말.

지금 이 순간, 제일 한심한 건 그녀의 마음을 되돌릴 방법조차
모른다는 것이다.

5년.

그동안 무엇을 한 걸까. 이 미련한 놈은 그저 받기만 했던 것일

까. 주는 사랑에 익숙하지 않아서 그런 것이라고 스스로를 합리화했지만 핑계일 뿐이었다. 어떻게 주어야 하는지, 무엇을 주어야 하는지 단 한 가지도 알지 못하겠다. 그녀가 정말로 무엇을 원하는지조차 알 수가 없었다.

정말, 그동안 무엇을 한 걸까. 자괴감마저 들었다. 제 여자, 박하원에 대해 무엇을 얼마나 알고 있을까. 그토록 자랑스러워하고, 사랑했던 여자 박하원. 그녀는 어떻게 자신을 사랑한 걸까. 아무것도 알 길이 없다. 초조한 마음에 손끝이 떨리고, 심장이 방망이질을 해댔다.

키는 165센티미터에, 말간 얼굴, 어깨선까지 내려오는 검은 머리, 쌍꺼풀은 없지만 큰 눈, 오뚝한 콧날과 도톰한 붉은 입술, 그리고……

아니다, 이런 것 말고 정말 자신은 그녀에 대해 무엇을 알고 있나. 다른 사람은 모르는 자신만이 아는 그녀는 외면보다 내면이 더 아름다운 여자였다.

해놓지 말라는 반찬을 해놓고야 마는 고집쟁이라는 것. 하지만 다른 일에선 늘 양보만 했었다. 고기보다 채소를 좋아하지만, 자신을 위해서 육식도 마다치 않고 먹는 것 또한 알고 있었다. 청결 상태를 유지할 수 있었던 집 또한 가끔 오며 가며 들렀던 그녀 덕분이었고 또한 늘 자신을 기다렸던 것도 알고 있었다. 매년 딱 한 번뿐인 생일에도, 자신이 장기간 출장 중일 때도, 멋대로 잡은 선약에서도…… 생각해보니 기다리는 쪽은 늘 그녀였다. 기다리는 것이 미치도록 외롭다는 것을 알면서도, 그녀에게 같은 기분은 몇 번이나 맛보게 했다. 정말, 병신 같다. 병신 같은 짓을 했다.

과부하가 걸려 돌아가지 않았던 머리가, 조금씩 움직이기 시작했다. 시작은, 여기서부터 다시 시작이었다.

11시 30분.

우현은 고급 빌딩 앞에서 차를 멈추었다. 하원에게 전화를 걸었다. 여전히 그녀와 통화 연결이 되지 않았다. 그는 결심한 얼굴로, 메시지를 보냈다.

[회사 앞이야. 할 말 있어. 12시까지 안 나오면 데리러 간다.]

우현은 통보를 해놓고 그녀가 나오길 기다렸다. 지금이 아니면, 그녀를 붙잡는 일은 하지 못할 것 같았다. 하지만 지금 우현은 간절했다. 밤새 잠 한숨 청하지도 않고 오직 그녀만 생각했다. 그리고 결정을 내렸다. 그녀가 더 멀리 달아나 버리기 전에, 행동으로 옮겨야 했다. 우현은 짧게 울리는 진동음에 휴대폰 액정을 확인했다.

[기다려.]

짧고 간략한 답장이었다. 정말, 사무실까지 올라갈 생각은 아니었다. 그저 그녀를 나오기 하기 위한 구실일 뿐이었다. 짙은 한숨을 내쉬는 그의 손은 땀으로 찐득했다. 이렇게 긴장해본 적이 언제였는지 까마득했다. 연애 초기에도 하지 않았던 긴장을 지금 하고 있었다.

시간이 얼마나 지났을까. 투명 회전문 사이로 걸어 나오는 하원의 모습이 보였다. 어깨까지 내려왔던 찰랑거리는 머리가 단발로 변해 있었다. 남자는 긴 생머리 여자를 좋아한다며, 잘랐던 머리를 기르던 중이었다. 그런데 저 머리를 잘랐을 때의 심정은 어땠을지, 우현은 조금 이해가 되기 시작했다. 가까이 다가온 그녀의 헤어스타일이 더 자세히 보였다. 웨이브 진 짧은 머리가 찰랑거리며 바람에 흩날렸다. 표정 하나 없는 그녀의 모습이 낯설기 그지없었다. 차에서 내린 우현이 그녀와 마주 보았다.

"10분 줄게. 따라와."

우현을 지나친 하원이 근처에 있는 카페로 들어갔다. 우현은 말없이 그녀의 뒤를 따랐다. 한쪽 자리에 앉은 하원의 맞은편에 우현이 앉았다. 십 분, 너무 짧은 그 시간 동안 그녀에게 어떤 말을 먼저 해야 할까. 뒤죽박죽 아직 정리가 다 되지 않은 머리는 좀처럼 돌아가지 않았다. 잘 돌아갈 리가 없다. 이런 고민은 처음이니까. 지금까지 수많은 프로젝트와 다른 일이었다.

"짧은 머리도 잘 어울리네."

어설픈 미소를 그려보았지만, 좀처럼 삭막한 분위기는 사그라지지 않는다.

"그래, 할 말이 뭐야?"

무표정한 얼굴로 하원이 물었다. 단 며칠 만에 다시 보는 그의 얼굴은 핼쑥해진 상태였다. 여전히 말끔한 모습이지만, 눈은 푹 꺼져 있고 입술을 까칠하게 일어나 있었다. 이렇게나 여전히 그에 대해 잘 아는 자신이 너무 싫었다. 그의 얼굴부터 발끝까지 스캔하는 버릇처럼 나오고야 말았다. 하원의 시선이 소파 걸이에 있는 그의 손으로 향했다. 소파 걸이에 올려둔 그의 손가락이 툭, 툭 움직였다. 초조하면 나오는 그의 버릇이었다.

당신도 내 앞에서 초조할 때가 오는구나.

일부러 의도한 바는 아니지만, 묘한 기분이 들었다. 오만하고 뻔뻔한 남자, 신우현도 자신 앞에서 절절매는 모습이 통쾌했다.

"나 이렇게 너 못 보내."

"그 얘기라면 더 들을 필요 없겠네."

하원의 시선이 그의 얼굴에서 창가로 향했다. 모든 것을 내려놓기로 한 순간, 그와의 이별이 별것 아님을 느꼈다.

"난 아직 너 사랑해."

"사랑?"

하원이 코웃음을 쳤다. 본인조차 사랑할 줄 모르는 사람이 어떻게 타인을 사랑한다 말할 수 있는가. 명백한 모순이다.

"진심이다."

진심…….

"오늘 우현 씨 입에서 뜻밖의 말을 여러 번 듣네."

비꼬는 말투가 아니었다. 조금 더 일찍 말해주었으면 좋았을 것을. 늦은 그의 고백은 하원의 심장까지 닿지 못했다.

"그 미련한 짓, 이제 내가 해보려고."

"뭐?"

하원의 눈이 커졌다.

"지금까지 해본 적 없는 일. 네가 제일 많이 했던 일……."

"……."

"어쩌면 네 마음도 이해할 수 있을지도 모르겠지."

이미 결심을 굳힌 얼굴로 우현이 말을 마쳤다.

"시간 낭비 하지 마."

조금의 여유도 주지 않고 단칼에 그녀가 대답했다. 그 모습에
우현이 쓸쓸한 얼굴로 입을 열었다.

"넌 시간 낭비였니?"

"지나 보니 그렇더라."

살풋, 말하는 하원의 입술이 떨렸다.

"그럼 나도 시간 낭비 해보지, 뭐."

"……."

"너를 위해서."

"날 위해서라고?"

목소리가 날카롭게 커졌다.

"웃기지 마. 결국 당신을 위해서야. 아무것도 하지 않으면 후회
할 자신을 위해서 명분을 만들어두려는 거겠지."

잠깐 다른 사람인 것처럼 착각했으나 하원은 흔들리지 않았다.
사람은 바뀌지 않는다. 5년 동안 변하지 않은 사람이 이제 와서 변
할까? 바뀐다고? 하원은 믿지 않았다.

"생각해보니, 나 참 한심한 놈이었어. 너에 대해 아는 것이 없더
라."

"고해성사는 딴 데 가서 해."

"하원아."

"다정하게 부르지 마. 듣기 거북해."

정말 다정한 사람처럼, 사람 헷갈리게 하지 말라고.

"딱 3개월. 그 시간 동안 네 곁에 있게 해줘."

"뭐?"

"너에 대해 알아갈 시간을 줘."

"우현 씨."

굳건하게 결심한 우현의 표정은 흐트러짐이 없었다.

"5년을 만났는데, 헤어지자는 말 한마디로 끝내자고? 넌 그렇게 쉬웠어?"

"그만해."

그에게 쉬웠던 것은 단 한 가지도 없었다. 연애를 시작하는 것부터 마음을 얻는 것까지. 모든 것이 힘든 시간이었다.

"딱 3개월이야. 그 이후로는 붙잡지 않을게."

비겁하다. 당신은 끝까지 비겁해. 3개월 후에, 내가 당신을 또 어떻게 보내라고? 어떤 말로 상처를 주라고? 생채기를 가득 담은 하원의 눈동자가 우현의 얼굴에 닿았다.

"제발."

그의 애원에 하원은 씁쓸한 기분이 들었다. 천하의 신우현이 저에게 매달릴 때가 오다니.

"그래, 좋아. 그깟 3개월 내 손바닥 위에서 놀아보시든지."

싸늘하게 굳은 얼굴로 하원이 대답했다. 그에게 3개월은 저에 대해 알아가는 시간이라면, 저에겐 그 시간은 그를 보내는 시간이었다. 그를 가슴 저 밑에서부터 하나도 남김없이 버릴 것이다. 그리고 지금보다 더 잔인하게 이별을 고할 거다.

5. 쓸쓸한 기분

　지잉.

　아까부터 울려대던 진동 소리에 자판을 치던 손이 잠깐 멈칫했다. 하지만 아무렇지 않게 다시 기획안 작성에 여념이 없었다. 굳이 확인하지 않아도, 발신인이 누구인지 하원은 알고 있었다. 예전 같았으면 일하는 중이라도 잠깐 메시지를 확인했을 테지만 하원은 휴대폰에 아예 시선조차 두지 않고 업무에 열중했다. 당장 기획안 보고가 코앞이었다. 딴청 부릴 시간이 없었다. 거기다 박람회 초청장 제작 의뢰한 것이 막 도착해 확인 후에 VIP 고객들에게 우편으로 발송해야 했다.

　지잉.

　다시금 몸을 부르르 떠는 휴대폰으로 하원의 시선이 옮겨졌다. 하원은 손을 뻗어 휴대폰을 확인했다.

[오늘 몇 시에 퇴근해?]

[같이 저녁이나 먹자.]

[데리러 갈게.]

총 세 건의 메시지가 도착해 있었다. 뭐라고 답장을 할까, 고민하던 하원의 귀에 해외영업팀 김유정의 목소리가 들렸다.

"점심 먹으러 가자."

"응."

하원은 휴대폰을 놓고 자리에서 일어났다. 김유정은 하원과 입사 동기로 이런저런 고민 상담을 나누며 다른 직원들보다 관계가 꽤 돈독했다.

"오늘 저녁 메뉴는 뭘까."

김유정이 배를 문지르며 기대에 찬 얼굴로 중얼거렸다.

"이번 주 식단 보니까 오늘은 미역국에 닭볶음탕 나오는 것 같던데."

"그래?"

고기를 좋아하는 유정이 잘됐다며 눈을 빛냈다.

"다음 주에 웨딩 촬영 있다고 하지 않았어? 전투적인 눈빛으로 봐서는 다이어트는 물 건너갔는데."

하원의 놀림에 유정이 시무룩한 표정이 되었다. 유정은 약간 통통한 체격이라 평소 콤플렉스였다. 그래서 웨딩 촬영 하기 이주 전부터 다이어트를 선포했었다.

"안 그래도 며칠째 저녁 걸렀더니 죽을 맛이야."

근래 점심도 먹는 둥 마는 둥 했으니 오죽할까.

"넌 좋겠다. 다이어트 같은 건 안 해도 될 거 아냐."

"무슨 소리야. 나도 안 보이는 데 살 많거든."

지하 식당으로 내려온 두 사람은 식판을 들고 줄을 섰다.

"우현 씨가 살 빼라는 말은 안 하잖아."

"뭐, 별로 외모에 터치하는 사람은 아니라서."

하원은 한 박자 뒤늦게 대답했다. 터치하지 않는 게 아니라 어쩌면 관심이 없는 걸지도 모르겠다. 하원은 피식 웃고 말았다.

"나처럼 통통했으면, 당장 살 빼라고 했을걸."

"귀여운데, 뭘."

식판에 반찬을 하나씩 퍼 담았다. 마지막에 국을 받아와 자리에 앉았다. 유정이 하원의 맞은편에 앉았다. 식판엔 닭볶음이 한가득 있었다.

"넌 우현 씨랑 결혼 소식 없어?"

"응, 뭐, 아직……."

대충 둘러대며 하원이 수저를 들었다. 아무리 친한 동료라고 해도 연애사까지 시시콜콜하게 떠들고 싶지 않았다. 거기다 소문 같은 건 눈 깜짝할 사이에 퍼지는 게 회사 내부였다.

"그렇게 오래 사귀었는데?"

"오래 사귄다고 다 결혼하는 건 아니잖아. 너도 형준 씨랑 사귄 지 1년 만에 결혼하는 것처럼."

"음, 그렇긴 하네. 다 때가 있겠지."

다행히 유정은 더 이상 캐묻지 않았다. 하원은 속으로 한숨을 내쉬었다. 한때나마 우현과 결혼을 꿈꿨던 적이 있었다. 별것 없지만, 소소하고 행복한 결혼 생활이 될 것 같은 적이 있었다. 아침에 된장찌개를 끓여 먹고 같이 출근하고, 우현보다 먼저 퇴근한 자신이 저녁 식사를 차려놓고 그를 기다리는 미래를 꿈꾼 적이 있었다. 꿈에서조차 하원은 그를 기다리고 있었다. 단 한 번도 그에게 기다림 받지 못했다.

"그 미련한 짓, 이제 내가 해보려고."

도대체 무슨 생각인 건지 알 수가 없다. 이별을 고하는 자신에게 매달리는 신우현은 그녀가 아는 사람이 아니었다. 훗날 자신이 이별을 고해도 그는 깔끔하게 뒤돌아 제 갈 길을 갈 줄 알았다. 언제나 저에게 틈을 내보인 적이 없으니, 이별에서도 응당 그럴 것이라고 여겼다. 그런데 어째서…….

생각지도 못한 반응이었다. 저의 생일에 이별을 고할 땐 받아들이지 못하고 길길이 날뛰던 모습이었는데 며칠 사이 그는 달라져 있었다. 자신이 알던 신우현이 아니었다.

기다리겠다고 한다.

저를 위해서.

뜻밖의 말이었다.

저에 대해 알아가겠다고 선전포고를 했다. 그토록 기다렸던 말이었다. 기다리던 순간이었기에 기뻐야 마땅한데 가슴이 아렸다. 기분이 이상했다. 이제 와서 이런 말을 하는 그의 모습에 의구심만

쌓여갔다.

3개월. 그 시간 동안 그가 과연 저에 대해 얼마나 알아 갈까. 안다 해도 바뀌는 것이 있기나 할까. 시간 낭비라고 말했음에도 제 고집을 꺾지 않는 것은 신우현 그다운 모습이었다.

그의 제안에 수락한 이유는 미련이 남아서가 아니었다. 오만하게 턱을 치켜세우던 그의 모습을 똑같이 되갚아 주고자 함도 아니었다. 그저, 이제 그에게 일말의 미련도, 기대도 남아 있지 않다는 것을 보여주고 싶었다. 한 가닥이라도 남아 있을지 모르는 감정들을 모조리 지워내고 싶을 뿐이었다. 단지, 그것뿐이었다. 석 달이 지난 후에 지금보다 더 냉정하게 그를 끊어낼 수 있으리라 믿었다.

점심을 마치고 유정과 휴게실에서 커피 한 잔을 마시며 수다를 떨었다. 결혼 준비하며 정신이 하나 없다고 유정이 고충을 털어놓았고, 하원은 유정의 고충이 저와 먼 세계의 이야기라 뭐라 해줄 말이 없었다. 그저 유정의 이야기를 들어주는 것이 전부였다.

업무 시간이 시작되기 10분 전, 사무실에 들어왔다. 하원은 액정이 깜박거리는 휴대폰을 터치하였다.

부재중 전화 2통.
우현 씨.

하원은 무표정한 얼굴로 휴대폰 액정을 껐다.

"넌 우현 씨랑 결혼 소식 없어?"

아무것도 모르는 유정의 목소리가 하원의 귀에 울렸다. 하기야 서른을 넘은 결혼 적령기의 오래된 연인이 연애만 하는 모습이 타인의 눈엔 그저 호기심거리일 뿐이었다. 지금은 연애를 하는 것인지, 연애의 연장선인지 모를, 끝이 보이는 길을 걷고 있었다.

결혼.

듣기만 해도 설레게 하는 단어였다. 이래저래 고충을 털어놓던 유정의 얼굴에 설렘 가득한 미소가 피어오르는 것이 하원의 눈에 보였다. 사랑하는 사람과 가족이란 이름 아래 새로운 길을 밟는 것이 꽤나 설레고 벅차기도 하겠다.

혹시 당신도 이런 설렘을 잠깐이나마 생각해본 적이 있을까. 난 몇 번이고 있었는데. 당신의 입에서 그 말을 먼저 해주길 얼마나 기다렸는지 당신은 모르겠지.

"후."

짙은 한숨이 입술을 비집고 흘러나왔다.

있을 리가 있을까. 신우현 당신이 결혼을 생각했을 리가. 알면서도 또다시 나 자신에게 묻는 모습이 꽤나 볼품없어졌다.

한번 깨졌던 그릇은 다시 이어 붙여도 티가 난다. 그리고 또 깨지기 쉽겠지. 지금 우리의 관계는 깨진 그릇을 이어 붙인 것도 아니다. 그저 깨진 그릇 정도일까. 아니면 깨진 그릇이 알아서 다시 붙길 기다리는 정도의 관계일까.

-고객님이 전화를 받지 않아…….

기계음에 우현은 통화를 종료하였다. 십 분 간격으로 시도한

두 통의 전화를 그녀는 받지 않았다. 전화를 받을 상황이 아닌건지, 아니면 고의적인 건지 확실치 않지만, 후자에 가까웠다. 지금까지 자신의 전화를 받지 않은 적이 없었다. 회의 시간과 잠깐 자리를 비울 때 제외하고는. 업무를 방해할 정도로 통화를 한 적도 없지만 전화를 받지 못하면 뒤늦게라도 연락을 하던 그녀였다.

이런 기분인가.

상대방이 전화를 받지 않은 건 이토록 쓸쓸한 건가.

그녀와 연애하며 처음 느껴본 쓸쓸함이었다. 대부분 먼저 연락하는 쪽은 그녀였다. 회의와 미팅, 출장으로 전화를 받지 못한 경우가 허다했다. 그런 상황들은 충분히 그녀를 납득할 수 있는 일이라고 여겼다. 그때 느낀 그녀의 기분은 안중에도 없었다. 부재중 전화를 한참 후에나 확인하고 뒤늦게 연락한 일이 여러 번, 그때도 그녀는 그 자리에 있었다.

오히려 많이 바쁘냐고 끼니 챙겨 먹으라고 걱정해주던 그녀였다. 자신은 신경 쓰지 말라고 그리 저를 위로했었다. 그런데 그녀의 말대로 전혀 괜찮지가 않다. 연락 없는 휴대폰을 바라보게 되고, 회의를 하고 나와서도 제일 먼저 휴대폰을 확인하는 저 자신을 발견하게 된다. 신경 쓰지 말라는 말을 하며 이해심 따위는 생기지 않은 상황이다.

그런데 그녀는 몇 번이나 이 같은 기분, 이 같은 상황이었을까. 저처럼 몇 번이나 조용한 휴대폰을 바라보고, 확인하고, 다시 전화를 걸고 싶은 욕구를 억눌렀던 걸까.

몇 번이나, 도대체 이 더없이 쓸쓸한 기분을 느끼게 했을까, 나란 인간은.

한심하고 못난 자신을 이제야 깨닫는다. 하지만 그녀에 비하면 아무것도 아니겠지. 석 달, 그동안 다 알 수 있을까. 부족하지는 않을까. 너무 짧기만 한 그 시간을 어떻게 보내야 할지 우현은 막막하기만 하였다.

[오늘 야근이야.]

한참 만에 도착한 답장이었다. 그런데도 우현은 그녀를 다그칠 수도 없다. 이 같은 상황을 저보다 몇 배나 경험한 그녀였기에.

우현은 한참이나 메시지를 바라보았다. 무어라 답장을 보내야 할지 고민하였다. 마침내 고민을 마친 우현의 손가락이 움직였다.

[몇 시쯤 끝나는데?]

메시지를 입력해놓고 우현은 다시 지워버렸다. 자존심이 상한 탓이 아니다. 그저, 다른 할 말이 떠올랐을 뿐이었다.

[이따, 회사로 갈게.]

메시지를 전송하자마자 곧장 답장이 도착했다.

[왜?]

의아하다는 반응이었다. 회사로 간다는 말에 이토록 즉각적으로 반응을 보일 줄이야.

[저녁, 거르고 할 거 아냐.]

야근할 때 저녁 먹으면 졸음이 온다는 이유로 저녁을 거르던 그녀였다. 그러니까 이런 핑계라도 잡아서 그녀의 얼굴을 한 번 더보고 싶었다. 석 달 동안 얼마나 그녀를 보게 될지 알 수 없으니 말이다.

[그럴 필요 없어.]

답장은 간략하고 감정이 느껴지지 않았다. 그 또한 매일같이 야근이 일상이었기에 하원이 야근할 때 야식을 사 들고 갈 여유 따위는 없었다. 이제 와서 없던 여유가 생기는 건 아니지만, 여유나 시간은 생기는 것이 아니라 만드는 것이라는 걸 느꼈다.

[간다.]

왜냐하면, 시간과 여유를 만들어야 할 이유가 생겼으니까. 당장 처리해야 할 일보다 소중하단 걸 뒤늦게 깨달았으니까. 그러니까 무조건 오늘, 그녀를 봐야만 했다.

저녁 9시.

고층 빌딩 앞에 도착한 우현은 시간을 확인하였다. 제 답장에 대꾸조차 하지 않은 그녀였다. 이마저도 저답다며 고집을 꺾는 것을 포기한 걸까. 하지만 지금 이 순간, 우현은 절실했다. 우현의 시선이 보조석 비닐 꾸러미로 향하였다. 제과점에서 샌드위치와 빵 몇 가지, 일회용 용기에 담겨 있는 음료가 있었다. 우현은 휴대폰을 꺼내 통화목록에서 하원의 이름을 찾았다. 통화를 시도하면서 비닐 꾸러미를 들고 차에서 내렸다.

-여보세요.

"지금, 올라간다."

우현은 막무가내로 말했다. 건너편에서 후우, 하는 짙은 한숨에 우현의 걸음이 멈추었다.

-당신 고집 참⋯⋯.

"건네주고만 갈게."

그녀가 저에게 물 한 잔이라도 대접해주는 과한 욕심 따위는 없었다. 그저 집에 가는 길이든, 집에서든 생각날 때 배를 채우길 바랄 뿐이었다.

-올라와.

어쩔 수 없다는 듯한 허락이었다. 허락이 떨어지자, 이번엔 이쪽에서 안도의 한숨이 흩어졌다. 이마저도 필요 없으니 가라고 하면 어쩌나 싶었다. 지금의 박하원은 자신이 사랑하던 그녀가 아니었기에 충분히 그럴 수도 있었다. 투명 회전문을 지나 우현은 엘리베이터로 걸었다. 마침 도착한 엘리베이터를 타고 8층 버튼을 눌렀다. 왠지 모르게 초조했다. 낯선 박하원과 마주하는 것 때문인지, 아니면 그녀가 화를 낼까 봐 벌써부터 겁먹은 것인지는 알 수 없었다.

"겁을 먹는다고?"

스스로에게 물음을 던졌으나 돌아오는 것은 허탈한 웃음이었다. 하지만 이내 7층에서 8층으로 넘어가자 우현의 얼굴에 번졌던 웃음기는 사라졌다.

띵, 소리와 함께 문이 열렸다. 엘리베이터에서 내리려던 그가 마침 보이는 하원의 모습에 멈칫했다. 엘리베이터에서 내릴 타이밍을 보기 좋게 놓쳐 문이 닫히려던 찰나, 다시 문이 열렸다. 하원이 열림 버튼을 누른 것이다. 조금 피곤해 보이는 하원의 얼굴이 우현의 시야에 들어왔다.

"안 내려?"

퉁명스러운 목소리에 정신을 차린 우현이 뒤늦게 엘리베이터에서 내렸다. 그러곤 들고 있던 비닐봉지를 하원에게 건넸다.

"이거."

"뭐야?"

"샌드위치랑 빵."

비닐봉지를 펼쳐 보더니 '많이도 샀네.' 하고 하원이 비꼬았다.

"직원들이랑 같이 먹으라고."

변명하듯 우현이 덧붙였다.

"먹고 가."

"난 괜찮아."

"혼자서 이 많은 걸 어떻게 먹으란 거야?"

"혼자?"

묻는 언성이 높아졌다.

"그러니까 먹고 가."

그렇게 말하며 하원이 뒤돌았다. 그녀의 걸음이 향한 곳은 접견실이었다. 스위치를 켜곤 테이블에 비닐봉지를 내려놓고 하원이 먼저 앉았다. 하원의 맞은편에 우현이 앉았다.

"당신답지 않게 웬 야식 배달이야? 물론 고집부리는 건 당신답다 생각했지만."

샌드위치 하나를 꺼내 입에 넣으며 하원이 물었다.

"바빴으니까."

"지금은 한가해? 당신은 1년 내내 바쁜 사람이잖아."

정곡에 제대로 찔린 우현은 할 말이 없었다.

"맞는 말이군."

바쁘다는 말은 그저 핑계에 지나지 않음을 인정하는 꼴이 되었다. 하원이 샌드위치 하나를 꺼내 우현에게 건넸다. 샌드위치를 건네받으며 우현이 다시 입을 열었다.

"사람 참 간사해."

"무슨 말이야?"

"네가 떠난다고 생각하니, 간절해져."

어떻게 해야 할지 몰라 자책했다가 이것밖에 안 되는 스스로에게 실망하곤 한다. 천국과 지옥을 하루에 몇 번이나 왔다 갔다 하는지 셀 수도 없다.

"그전까지는 내가 어땠는데?"

어땠을까. 그녀는 제 전부인 것은 변함없었는데, 어째서 방치했을까. 왜 자처해 나쁜 놈이 되었을까.

"항상 그 자리."

솔직한 신우현, 그다운 대답이었다.

"……그 자리."

피식, 하원이 웃었다.

"당신은 그저, 항상 옆에 있던 내가 없어진다고 생각하니까 두려운 거야."

"뭐?"

"그거 알아?"

"……."

"우현 씨는, 스스로조차 사랑하는 법을 몰라. 그런데 날 사랑한다고 자신 있게 말할 수 있어?"

하원의 물음에 달싹거리던 우현의 입술이 닫혔다. 하원의 말을 이해하고 싶어도 이해가 되지 않았다. 정리가 되지 않은 머리는 뒤죽박죽이 되었다.

"당신, 누군갈 사랑하는 방법 따윈 몰라. 그건 당신 똑똑한 머리가 아니라 몸으로, 가슴으로 이해하는 거거든."

그를 원 없이, 온 마음을 다해 사랑한 대가로 하원에게 남은 것은 비참함뿐이었다. 최선을 다했기에 더 이상의 미련도 남지 않은 것이다. 하지만 그는 아니었다. 자신에게 전력을 다하지 않았기에 미련이 남은 것이다. 그것이 결코 사랑은 아닐 테지.

"그래서 이제부터 머리가 아닌 가슴으로, 몸으로 해보려고."

그렇게 하면, 그녀가 석 달 후에도 떠나지 않고 곁에 있을 수 있을까? 머리가 아닌 가슴으로 사랑하게 된다면, 그땐 정말 그녀를 원 없이 사랑할 수 있을까?

"그렇게 된다고 해도 변하는 건 없을 거야."

"어째서?"

"난 이제 당신에게 미련이 남자 있지 않으니까. 당신이 변한다고 해도, 내 마음은 돌릴 수 없을 거라고."

더없이 차가운 표정이, 목소리가 진실을 말하고 있었다. 조금만 더 빨리 그가 깨달았다면 어쩌면 우리의 관계가 지금보다 더 괜찮았을까? 기대해도 되는 미래가 기다리고 있었을까? 설사 그렇다고 하더라도 이미, 지난 일이다. 이미 지난 일에 미련을 갖는 것만큼 바보 같은 짓은 없다.

"하원아."

"사랑에도 타이밍이 필요한 것 같아. 당신과 나는 그 타이밍을 한참 비껴갔어."

"그래도 난……."

짙게 한숨을 내뱉은 우현이 다시 입을 열었다.

"해보는 데까지 해보겠어."

"왜, 또 후회할까 봐?"

"그냥 이대로 널 보내기 싫어."

"……."

"아무것도 하지 않고 손 놓고 있을 수는 없어. 그건 이미 내가 한 번 한 거니까."

그녀를 방치해둔 대가로 그녀를 떠나보내는 일은 한 번이면 족하다. 그녀가 이별을 고했을 때 어떤 심정이었는지 이제는 조금 이해할 수 있을 것 같았다. 원 없이 사랑했고, 최선을 다한 그녀는 이제 더 이상 할 게 남아 있지 않은 것이다. 사랑한다는 이유로 그녀는 해도 되지 않아도 될 희생을 했고, 약자였음을 이제야 깨닫는다. 이제는, 그 모든 것이 자신이 차례가 되었음을 알고 있었다.

"몇 시까지 일할 거야?"

물으면서 우현은 손목시계로 시간을 확인했다. 어느덧 30분이 훌쩍 지나있었다.

"왜, 기다리기라도 하게?"

"네 일에 방해만 안 된다면."

"한두 시간은 더 있어야 할 것 같은데."

하원은 대수롭지 않게 말하며 커다랗게 기지개를 켰다.

"알았어."

비닐봉지에 빵이 많이 남아 있었다. 샌드위치 하나 먹으면서 시작된 잡담이 꽤 길어진 탓이었다.

"기다리게?"

"어."

고개를 끄덕이며 우현이 대답했다.

"우현 씨답지 않네."

우리가
정말
사랑했을까

"나다운 게 뭔데?"

되레 우현이 하원에게 질문을 던졌다.

"차갑고 냉정하고 기다림 같은 건 모르는 남자. 자기 관리가 철저해서 어쩔 땐 기계 같기도 하고."

"기계?"

"그래."

"그런 말은 처음 듣는데."

허탈하게 웃으며 우현이 반박했으나 이내 이해한다는 듯 고개를 끄덕였다.

"그래도 뭐, 당신 처음 봤을 때 그런 모습에 반했던 것은 사실이니까."

"병 주고 약 주고?"

"후, 그렇게 되나?"

예전 같았으면 그의 눈치 보느라, 이렇게 편하게 대화를 하지 못했을 것이다. 더 이상 그를 잃을까 조마조마했던 하원은 스스로가 그를 놓고 나서야 마음이 편안해졌다. 진작, 놓을걸. 이리도 쉬운 걸 그동안 전전긍긍하며 아슬아슬한 줄타기를 했을까, 후회스러웠다.

"너무 무리하지 마."

자리에서 일어난 우현이 말했다.

"당신이 할 소리는 아닌데."

야근을 밥 먹듯이 하는 사람이 누가 누굴 걱정하는 것인가. 접견실에서 나와 하원은 그를 엘리베이터 앞까지 배웅했다.

"가."

엘리베이터 문이 열리자 하원이 인사했다. 기다리지 말라는 말이다.

"전화해."

그의 얼굴이 곧 하원의 시야에서 사라졌다. 신우현, 그가 이토록 다정한 남자였나? 아니면 그에 대해서 과소평가를 했던 것일까? 오늘의 그는 자신이 모르는, 낯선 신우현이었다. 마치 처음 만난 사람처럼, 낯선 설렘을 잠깐 느끼기도 했었다. 얼굴도, 표정도, 목소리도, 여전히 자신이 사랑했던 그가 맞는데, 어째서 다른 사람처럼 느꼈을까.

하지만 한 가지 확실한 건, 사람은 변하지 않는다는 사실이다. 고개를 들자 어느덧 1층에 엘리베이터가 멈춘 것이 보였다. 그가 내려갈 때까지 기다리고자 함은 아니었는데, 결국 기다린 꼴이 되었다. 사무실 쪽으로 하원은 몸을 비틀었다. 아직 해야 할 일이 산더미처럼 남아 있었다.

6. 사람은 변하지 않아

　피곤한 얼굴로 하원이 손을 뻗었다. 인터폰 옆에 세워둔 텀블러를 들어 입술에 댔다. 하지만 곧 내용물이 비어 있다는 걸 깨닫고 미간이 좁혀졌다.

　"커피를 언제 다 마신 거지."

　후, 하고 한숨을 쏟아냈다. 시간은 어느덧 자정을 향해 있었다. 시간이 벌써 이렇게 지난 줄도 모르고 일하고 있었다. 기획안 작성 중이던 파일을 닫아 USB에 저장해놓고 컴퓨터 전원을 껐다. 책상 위에 올려둔 휴대폰을 들고 자리에서 일어났다. 마지막으로 사무실 불을 끄고 엘리베이터 앞에 섰다.

　"아."

　그제야 하원은 우현이 떠올랐다. 애당초 처음 말한 것보다 시간이 더 지체되었다. 하원은 백에서 휴대폰을 꺼냈다. 마침 도착한 엘리베이터에 탔다. 통화 목록에서 우현의 이름을 찾아 통화를 시도하려던 하원의 손이 멈추었다.

그가 지금까지 있을 리가 없다. 지금까지 누군갈 막연히 기다려 본 적 없는 그가 저를 기다리고 있을 리가 없다고 판단하였다. 휴대폰을 다시 백에 넣고 회전문을 지나 걸어 나오던 하원의 걸음이 멈칫했다. 바로 앞에 주차된 검은색 쿠페로 시선이 향하였다. 한눈에 봐도 누구의 차인지 하원은 알 수 있었다. 설마 지금까지 기다리고 있었던 것인가? 하원의 걸음이 검은색 쿠페로 향했다. 그녀가 가까이 다가오자 창문이 스르륵 열렸다.

"타."

잠긴 목소리가 날아왔다. 하원은 보조석 문을 열고 탑승했다. 익숙한 승차감에 하원의 피로가 날아가 버릴 것처럼 안락했다.

"간 줄 알았어."

벨트를 매던 하원의 시선이 피곤해 보이는 우현의 얼굴로 향했다. 정면을 향한 그의 옆모습은 꽤 차가워 보였다. 혹, 오래 기다린 것에 대해 화가 난 걸까? 하지만 자처해서 기다리겠다고 한 사람은 다름 아닌 그였다.

"나도 기다리는 거 이제 제법 잘해."

화가 난 줄 알았던 그의 입에서 의외의 말이 흘러나왔다.

"화난 거 아니었어?"

"내가 무엇 때문에 화가 나?"

잠깐 그의 시선이 하원의 얼굴에 닿았다. 제대로 본 그의 얼굴은 화가 난 얼굴이 아니었다. 조금 피곤한 기색은 있었지만.

"아니, 그냥……."

말끝을 줄이는 하원의 시선이 창밖으로 향했다. 고급 빌딩들과 건물들이 하원의 시야에서 빠르게 사라졌다. 늘, 나는 이런 식이었나? 그를 제대로 바라보고 있었던 걸까? 정말 문제는…….

"네가 날 기다린 거에 비하면 아무것도 아니야."

귀에 스미는 그의 목소리가 꼭 다른 사람 같이 느껴진다. 벨트를 쥔 손에 하원은 저도 모르게 힘이 들어갔다. 마치 그 말투는 자신이 왜 그가 화가 났다고 생각했는지에 대한 대답처럼 들렸다.

"당신, 내가 아는 우현 씨 맞니?"

"말했잖아. 간절해졌다고."

간절…….

하원은 속으로 읊조렸다. 하원도 그가 간절했을 때가 있었다. 그를 혼자 짝사랑했었을 때, 먼저 시작했으니 그 또한 저와 같은 마음을 갖게 하기 위해 무던히 노력했던 기억이 있다. 그가 자신을 사랑해준다면, 더 바랄 것이 없었을 때가 있었다. 그리고 사랑한다는 말을 처음 그의 입을 통해 들었을 때, 눈물이 날 만큼 행복했었다. 하지만 지금은 어떠한가. 그를 향한 간절한 마음이 퇴색되어버린 지 오래였다. 그런 감정이 언제 가슴에 가득했는지조차 까마득했다. 그런데 이제야 그가 말한다. 간절해졌다고. 나와 같은 마음이라고.

"당신 정말……."

하원이 어설프게 웃으며 창밖을 바라보며 읊조렸다.

"늦었다."

정말, 많이.

그렇게나 오래 기다리게 하다니.

"많이 늦지 않았으면 좋겠는데."

턱을 쓸며 그가 대답했다. 하루가 다르게 변하는 그의 모습은, 그녀가 알던 신우현이 아니었다. 정말 그는 변한 걸까? 무언가 깨달은 걸까? 알 수가 없다. 다시 창밖으로 향한 하원의 눈꺼풀이 반쯤 내려앉았다.

"생각해보니, 제대로 된 여행 한 번 한 적이 없더라."

쓸쓸한 목소리로 말하는 우현의 눈빛이 아련하게 빛났다. 두어 번 바다로, 산으로 여행을 간 적은 있었으나 날씨가 흐려서 호텔에만 있었던 기억이 있었다. 무서운 속도로 몰아치는 바다를 그저 호텔 방 창문으로 바라보면서도 그녀의 입가엔 미소가 떠나지 않았었다. 생각해보면 우리 둘 사이엔 웃으며 이야기할 추억거리 하나 없었다.

"그렇지. 갈 때마다 날씨가 따라주지 않았으니까."

날씨를 탓하기엔 여행을 자주 간 것도 아니었다.

"갈까."

"어딜?"

"어디라도."

서로의 시선이 맞닿았다.

"글쎄."

그의 시선을 먼저 피해버린 쪽은 하원이었다.

"가자."

우현이 확고한 어조로 말했다.

"사람이 바뀌면 갈 때 된 거라던데."

이제 와서 왜 이러냐는 의구심 가득한 눈빛이 우현의 얼굴에 닿았다.

"가자, 하원아."

적극적인 태도에 하원은 할 말을 잃었다.

"바다, 산. 골라."

"……."

"난 어느 쪽이든 상관없으니까."

의사도 내비치지 않았는데 여행지를 고르란다. 여행지조차 하원이 고르지 않으면 그가 멋대로 정할 것만 같았다.

"바다."

등산은 젬병이었다. 그의 뒤에 한참 뒤처지다 결국 포기하고 말 것이다.

"이번 주 주말에 가는 거다."

어느덧 일사천리로 일정까지 정해진 후였다. 긍정도 부정도 하지 않은 채 하원은 그저 창밖을 막연히 바라보았다. 이번 주 주말 날씨는 과연 어떨까. 흐리든 맑든 상관없을 것 같았다. 현재로서 하원은 크게 기대하는 여행이 아니기 때문이었다.

지잉, 지잉.

아까부터 울리던 진동음에 하원이 손을 뻗었다.

-한 시간 뒤에 도착한다.

우현의 목소리가 하원의 귀에 들렸다.

"30분만 더 늦춰."

-그래. 준비하고 있어.

달칵. 전화가 끊겼다. 5분만 더, 하고 이불을 머리끝까지 뒤집어
쓰며 하원이 게으름을 피웠다. 어제 늦게까지 야근한 하원은 피곤
함에 절어 있었다. 기획안과 신제품 마케팅 회의 자료를 준비하느
라 화장실 갈 여유조차 없었다. 자정이 다 된 시간에 회사에서 나
오면 기다리는 것은 검은색 쿠페였다. 기다리지 말라는 하원의 말
에도 그는 고집을 꺾지 않고 하원을 안전하게 집까지 바래다주었
다. 마치 그 일이 전부인 것처럼 소임을 다할 뿐이었다. 집에 가는
동안 하원은 잠들기 일쑤였고 집 앞에 도착해서 하원을 깨우는 일
또한 그의 몫이었다. 그리고 오늘, 이른 시간에 모닝콜을 해준 이
유도 하원이 제시간에 일어나지 못한다는 걸 알고 있는 것이다.

문득, 제 생일에 느꼈던 비참함이 떠올랐다. 약속 시각보다 두
시간을 기다린 끝에 하원은 그에게 이별을 고하고 말았다. 매년 생
일 그에게 받은 값비싼 선물은 그녀가 원하는 것이 아니었다. 생일
당일, 약속이 취소된 일이 한두 번이 아니었다. 그런데 그날은, 그
기분을 참을 수가 없었다. 역시, 그날마저 날 혼자 두는 그의 무심
함에 참을 수 없는 서운한 감정들이 휘몰아쳤다. 만약, 그때 자신
이 한 번 더 참았다면 어땠을까. 지금처럼 그가 자신을 간절하게
여겼을까. 신우현의 또 다른 모습을 볼 수 있었을까.

이제는 그에게 우선순위가 되었는데도 하원은 마냥 기쁘지가
않았다. 그동안 그가 아무렇지 않게 지나쳤던 수많은 약속이 먼저

떠올랐기 때문이었다.

베개에 얼굴을 묻었던 얼굴을 들었다. 어깨의 근육들이 뭉쳐서 천근만근 무거웠다. 거실로 나오자 집 안이 쥐 죽은 듯 조용했다. 새벽에 방문이 열리면서 산소에 다녀온다던 엄마의 목소리가 마지막이었다. 하원은 주방으로 가 냉장고에서 생수 통을 꺼내 컵에 물을 따랐다. 반쯤 따른 물을 벌컥 들이켜곤 욕실로 들어갔다. 옷을 전부 벗곤 샤워부스 밑에서 눈을 감았다. 뜨거운 물줄기가 쉼 없이 얼굴에서 턱 끝으로 떨어졌다. 손바닥에 물을 가득 받아 얼굴을 비벼댔다. 일주일 야근으로 피부가 고새 까칠해졌다.

"후."

나는 지금 뭘 하고 있는 걸까. 석 달 후에 지금보다 더 잔인하게 이별을 해서 얻어지는 건 무엇일까. 몸도, 마음도 지쳐 있는 상황에서 이런 일이 무슨 의미가 있는지 뒤늦게 생각에 잠겼다. 하지만 이미 결정 내려버린 일이다. 고민하고 후회해봤자, 귀찮아진다.

기분 좋은 샤워를 마치고 외출 준비를 하였다. 간단한 티셔츠에 리넨 소재의 카디건, 편한 바지를 입었다. 화장대에 올려둔 휴대폰을 터치했다. 그가 도착할 시간이 가까워졌다. 하원은 가방을 들고 집에서 나왔다. 먼저 도착해서 기다리고 있는 그의 차가 하원의 시선에 닿았다. 가까이 다가간 하원이 차 문을 열었다.

"먼저 도착했으면 전화하지."

"방금 도착했어."

"그럼, 다행이고."

벨트를 매며 하원이 대답했다. 잠깐이나마 미안한 마음이 사라졌다. 우현이 일회용 커피 용기를 하원에게 건넸다.

"집 앞에 새로 카페가 생겼더라."

"아, 잘 마실게."

시원한 커피를 한 모금 마시며 하원이 대답했다. 달달한 커피를 마시니 피로가 싹 달아나는 기분이었다.

"오늘도 조금 흐리네."

"그러게."

구름이 잔뜩 낀 하늘은 금방이라도 쏟아부을 것처럼 흐렸다. 오늘의 목적지는 강원도 속초였다. 하원은 휴대폰으로 속초 날씨를 검색했다.

"속초도 저녁엔 비 온다던데."

이미 속초 날씨 확인을 끝낸 우현의 말투였다. 검색을 완료한 화면은 그의 말대로다.

"그러네."

"오늘도 날씨는 안 따라주네."

우현이 허탈하게 웃었다. 오랜만에 하원과 같이하는 여행이었다. 괜히, 제멋대로 여행 날짜를 오늘로 정한 것이 후회되었다.

"흐리면 흐린 대로 보지, 뭐. 바다가 별거 있나."

자책하는 우현의 얼굴을 보기 싫어 하원이 감흥 없는 얼굴로 말했다. 애당초 당신과의 여행은 기대조차 하지 않았다는 듯이. 그러면 그가 조금 덜 자책할 것 같았다. 날씨까지 따라주면 좋겠지만, 여행은 사랑하는 사람이 곁에 있는 것 자체만으로도 즐거운 일이다. 그는 아직 그 사실을 모른다. 갑작스럽게 비가 내려도 그와 함께 있는 것만으로도 충분했으니까.

"그렇겠지."

출발한 차는 골목 어귀를 지나 국도를 달리기 시작했다. 몇 년 만에 온 여행인지 모를 만큼, 가물가물했다. 여행에 대한 설렘 같은 건 애당초 없는데, 흐린 날씨에도 불구하고 하원은 살짝 들떠 있었다. 지금까지 일에 치여 있다 오랜만에 시외로 나가는 것이 좋은 모양이었다.

예상대로 속초에 도착하니 비가 내리기 시작했다. 보슬보슬한 비가 굵은 빗줄기로 순식간에 변했다. 어쩔 수 없이 두 사람은 예약한 호텔에 체크인을 하고 방으로 들어갔다. 커다란 창문으로 찰싹거리며 바위에 부딪히며 부서지는 파도가 보였다. 비바람까지 더해져 파도가 더욱 거칠게 몰아쳤다.

"파도 장난 아니네."

모래사장엔 지나가는 사람조차 없었다. 투둑, 투둑 하고 빗방울이 창문을 타고 떨어져 내렸다. 빗방울 때문에 시야가 점차 흐려졌다.

"맥주 한잔할래?"

"맥주, 좋지."

이 먼 곳까지 와서 고작 하는 게 호텔에서 맥주를 마시는 게 전부라고 할지라도, 상관없었다. 추적추적 내리는 빗줄기가 술 한잔 하기 좋은 분위기를 만들어내고 있었다. 우현이 전화로 룸서비스를 주문했다.

"저녁엔 비가 그치려나."

"글쎄."

어느덧 우현이 하원에게 가까이 다가왔다. 하원의 옆에 선 채로 그가 정면을 응시하고 있었다. 비를 바라보는 건지, 빗물로 가득한 바다를 바라보는 건지 알 수 없었다. 조금 후, 초인종 소리가 울렸다. 주문한 룸서비스가 도착한 모양이다.

캔 맥주 여러 개와 간단한 과일 안주가 테이블에 세팅되었다. 두 사람은 테이블을 사이에 두고 마주 앉았다. 캔을 딴 맥주를 우현이 하원에게 건넸다. 맥주를 건네받으며 하원이 어색하게 웃었다.

"공주님이라도 된 기분이네."

말의 의미를 이해하지 못한 우현의 시선에 하원이 덧붙였다.

"당신이 이렇게 자상한 남자인 줄 처음 알았어."

"별거 아니잖아."

하원은 맥주를 한 모금 들이켰다. 알싸한 알코올이 코를 찔렀다.

"별거 아닌데, 그동안은 왜 해주지 않았어?"

생각해보면 그에게 늘 원하는 건, 사소한 것들이었다. 특별한 것을 기대한 적도 없었다. 아침에 일어나서 잘 잤느냐고 물어봐 주는 것, 때 되면 식사 맛있게 하라는 메시지 정도, 그리고 생일엔 축하한다는 진심이 느껴지는 축하 인사, 그리고 조금 특별한 날엔 같이 얼굴을 마주 보고 있는 것들이었다.

"왜 그랬을까. 한심하기 짝이 없군."

물음에 대한 답을 할 수 없다는 얼굴이었다. 하원은 대답을 강요하지 않았다. 이제 와서 들어봤자 무슨 소용이란 말인가. 일일이 따지고 재는 것이 이젠 귀찮아졌다.

"자책은 이제 소용없다는 거 알잖아."

하원은 우현에게 원망을 쏟아부을 힘조차 없었다. 그저 담담하게 그를 다그칠 뿐이었다. 스스로에 대한 자책이든 실망이든 너무 늦었다고.

"아는데……."

맥주를 한 모금 들이켠 우현이 촉촉하게 젖은 입술을 열었다.

"그래도 후회가 되는 건 어쩔 수가 없다."

하원은 딱히 해줄 말이 없었다. 나와 같은 처지가 되니, 이제야 내가 이해가 되느냐고 비웃어주고 싶지도, 난 당신보다 더 아팠다고 소리치고 싶지도 않았다. 후회를 담은 그의 얼굴을 보는 것이 힘겨웠다.

"어떻게 하면 될까?"

"뭘?"

"네가 떠나지 않으려면, 내가 어떻게 해야 하느냐고."

피식, 하원이 허탈하게 웃었다.

"뭐, 당신이 마술이라도 써서 시간을 되돌린다면 달라질지도 모르겠지."

"……."

"하지만 그건 불가항력이잖아."

그러니까 결국 우현은 어떤 일을 하든지 하원의 결심은 변하지 않는다는 말이었다.

"하원아."

"그리고 시간을 돌린다고 해도, 당신은 변하는 게 없을 거야."

오늘따라 맥주가 잘 들어간다. 하원은 안주엔 눈길조차 주지 않고 맥주만 마셔댔다.

"왜 그렇게 생각해?"

"왜냐고? 사람은 변하지 않아. 변하는 척하는 거지. 본성은 쉽게 변하지 않는다는 걸 당신한테 깨달았어."

확고한 하원의 대답에 우현의 눈빛이 측은하게 변했다. 매일 그녀 생각에 우현의 머릿속은 터질 것 같았다. 매일 자정까지 하원의 회사 앞에서 기다렸다가 집에 데려다주고는, 우현은 다시 회사로 가서 하던 일을 마저 했다. 회사에서 거의 매일 밤새우다시피 일했지만, 잠깐이라도 하원의 얼굴을 보는 것만으로도 피로가 눈 녹듯 사라지곤 하였다.

이렇게 안 보면 죽을 것 같은데, 그동안 왜 그녀를 방치했을까. 그녀의 얼굴에, 표정에, 목소리에 귀 기울여주지 않았을까. 한심하다는 말뿐이 나오지 않았다.

하원과 우현은 말없이 맥주를 마셨다. 가끔 파도가 몰아치는 소리가 적요를 갈랐다. 우현은 어떻게 해야 하원의 확고한 마음을 돌릴 수 있을지, 생각하고 또 생각했다.

"바다 보러 갈래?"

"바다?"

반문하는 하원의 시선이 우현의 등 뒤 너머 창문으로 향했다. 미친 듯이 쏟아부었던 비가 어느덧 그쳤다. 날은 여전히 흐렸지만 걷기엔 괜찮을 것 같았다.

"그래."

하원이 준비해온 점퍼를 걸쳐 입었다. 맥주 한 캔밖에 마시지 않았는데 취기가 올라왔다. 얼굴이 터질 것처럼 뜨겁게 달아올랐다. 반면, 우현은 얼굴색 하나 변하지 않은 모습이었다. 비가 와서 축축 처지는 날씨인데도 그의 모습은 여느 때와 다를 바 없이 깔끔하고 멋진 모습이었다. 호텔에서 나와 두 사람은 돌계단을 따라 아래로 내려왔다. 발밑의 느낌이 이상했다. 축축하게 젖은 모래사장을 걷는 모습은 그다지 분위기가 있어 보이지 않았다. 바람이 불자 하원은 점퍼를 여몄다. 우현은 입고 있던 점퍼를 벗어 하원의 어깨에 걸쳐주었다.

"괜찮아."

"그냥 있어. 이 정도 호의도 안 돼?"

"알았어."

고개를 끄덕이며 하원은 어쩔 수 없다는 듯 그대로 있었다. 바람을 타고 온 짠 내에 하원의 콧방울이 찡그러졌다. 바람에 머리가 흐트러졌는데도, 그 나름대로 그는 멋있었다. 태생이 원래 이렇게 잘난 남자 같았다. 다시 바다를 따라 모래사장을 걸었다. 모래사장을 따라 두 사람의 발자국이 새겨졌다.

"운치 있네. 아무도 없는 모래사장 걷는 거."

"그러게."

하원은 흩날린 머리를 버릇처럼 귀에 꽂았다. 이내 손에 잡히는 짧은 머리에 어색하게 미소를 그렸다.

후두두.

먹구름이 낀 하늘에서 빗방울이 떨어지기 시작했다. 우현은 하원의 어깨에 걸쳐둔 점퍼를 하원의 머리 위로 올렸다.

"나 비 맞는 거 좋아해."

하원은 그의 손에서 점퍼를 빼앗아 다시 어깨에 걸쳐두었다. 가는 빗방울이 점차 굵어져 머리부터 온몸을 적셨다. 하원과 마찬가지로 우현도 전부 젖었다. 머리부터 신발까지 전부.

"비 맞는 거 좋아하는지, 우현 씨는 몰랐지?"

"응."

작게 대답하며 우현이 고개를 끄덕였다. 하원은 그럴 줄 알았다는 듯 웃었다. 더 이상 실망할 것도 없었다. 거듭되는 실망은 심장도 강철로 만드는 모양이다.

"역시."

하원은 멀뚱히 서 있는 우현을 지나쳤다. 쉼 없이 젖는 속옷도, 옷도, 신발도 모두 찝찝했지만 기분은 좋았다. 비를 맞고 있으면 걱정, 근심거리 다 모두 씻겨 나가는 기분이었다.

한 걸음, 두 걸음, 그리고 막 세 걸음 떼었을 무렵이었다. 하원의 오른쪽 팔이 뒤로 당겨지더니 그대로 우현의 가슴에 풀썩 안기고 말았다. 놀라 벌어진 입술 사이로, 그의 입술이 포개졌다. 비에 젖어 물기를 머금은 입술이 맞닿았다. 하원의 오른팔을 잡고 등허리를 다른 손으로 바친 채, 제법 짙은 키스가 시작되었다.

"우현……."

입안으로 빗물이 들어왔다. 하지만 다시 그의 입술이 하원의 입술을 점령했다. 젖은 입술은 차가운데, 키스는 뜨거웠다. 그에게 잡힌 오른손을 움직여도, 그는 놓아주지 않았다.

"사랑해."

들릴 듯 말 듯 들린 그의 고백으로 인해 하원의 집요하게 닫혀 있던 입술이 벌어졌다. 그 틈으로 말캉한 혀가 들이닥쳤다.

박하원, 더 이상 여기서 뭘 기대하는 건데…… 사랑한다는 말 한마디에 다 잡은 이성이 무너질 게 뭐냐고. 기대하고 무너지는 건 수 없이 해왔잖아. 그런데…… 그 고백이 왜, 지금 이 순간 심장을 들뜨게 하는 걸까. 정말 못났다, 못났어. 사랑을 구걸하는 네 모습 정말…….

이성과 감정 사이를 드나들던 하원은 짙어가는 키스에 정신을 놓았다. 맞물린 입술 안으로 빗물이 들이닥치고, 뺨을 쓰는 그의 손이 더없이 따스했다. 아무도 없는 모래사장에서, 비를 맞으며 시작된 키스는 꽤 길어졌다. 부끄러움도, 민망함도 없었다.

끝나지 않을 것 같은 키스가 뜨거운 열기와 함께 끝이 났다. 입술을 뗀 우현이 젖은 눈으로 하원을 응시했다. 키스로 부풀어 오른 붉은 입술이 섹시했다. 시선을 아래로 내리깐 하원이 눈을 치켜떴다. 머리를 타고 쉼 없이 빗줄기가 흘러내렸다. 하원의 얼굴이 밉게 일그러졌다. 눈가가 시큰해지더니, 뜨거운 무언가가 흘러내렸다.

7. 그 자리에 있어

차박차박.

뜨거운 물줄기가 바닥으로 낙하했다. 실컷 비를 맞고, 두 사람은 호텔로 들어왔다. 우현이 하원에게 먼저 씻으라고 화장실로 밀어넣은 덕에 하원이 먼저 씻고 있었다. 하원은 같이 씻자고 말하려다, 그런 말 하는 자신이 이상한 것 같아 혼자 씻고 있었다. 입고 있던 옷은 우현이 룸서비스를 맡긴다며 화장실 밖으로 내놓은 상태였다. 비를 맞아서일까, 온몸이 부들부들 떨렸다. 한기까지 느껴지는 듯했다.

"후우."

하원은 손으로 입술을 매만졌다. 아직까지 뜨거운 열기가 피어오르는 것 같았다. 김이 서린 거울을 손으로 문질러 제 얼굴을 살폈다. 입술이 부풀어 오른 것 같았다. 완강히 그를 밀쳐냈어야 했을까. 그를 밀어내고, 키스 따위는 하지 말았어야 했다. 이성과 감정의 조절이, 이리도 어려웠던 걸까. 완강히 붙잡은 그의 손을 거냉정하게 밀쳤어야 했다. 키스 한 번에 무너질 결심이 아니었는데…….

그저 석 달이란 시간은, 부질없음을 그가 깨닫길 바랄 뿐이었는데, 마치 그 시간이 저를 위한 것처럼 느껴졌다. 왜, 왜…….

"언행불일치."

마른 한숨이 터졌다. 샤워부스를 끄고 한참이나 거울 속 제 얼굴을 바라보았다. 심장이 터질 것 같다. 속절없이 질주하는 이 심장이 미친 게 분명하다. 선반에서 수건을 꺼내 물기 묻은 몸을 닦았다.

똑똑.

노크 소리가 들렸다.

"으응."

갈라진 목소리로 하원이 대답했다.

"일단 가운이라도 입고 있어. 밑에 내려놓을게."

"응. 고마워."

하원은 문을 살짝 열어 손을 뻗어 바닥에 잘 개어진 가운을 들었다. 지금까지 꽤 오랫동안 사랑을 나누었던 관계였는데, 마치 이제 갓 시작한 연인이 된 기분이 들었다. 이런 풋풋함은 연애 초기에도 느껴보지 못한 감정이었다. 하원은 수건으로 머리를 감싸 올리고 아무것도 입지 않은 몸 위에 가운을 입었다. 당일치기 여행이었기에, 당연히 갈아입을 옷이나 속옷을 챙겨 오지 못한 까닭이었다. 깊게 팬 틈 사이로 하원의 가슴골이 보였다. 뒤늦게 욕실에서 나온 하원은 지금까지 젖은 옷을 입고 있었을 그에게 미안했다.

"오래 걸려서 미안."

"씻을게."

테이블에 앉아 있던 그가 일어나 욕실로 향했다. 욕실 앞에서 입고 있던 옷을 전부 벗곤 그대로 안으로 들어갔다. 잘 빠진 그의 뒤태를 바라보다 하원이 시선을 딴 곳으로 돌렸다. 의자에 앉아 남은 맥주를 들었다. 머리를 말릴 생각도 하지 않고, 이미 색이 바랜 사과 하나를 집어 입속에 넣었다. 푸석해진 사과로 인해 버린 입안을 맥주로 달랬다.

"후."

술에 취한 건지, 분위기에 휩쓸린 건지…….

아니면…….

차락차락. 물줄기가 떨어지는 소리가 하원의 귀에 닿았다. 결국 비에 옷이 젖어 하루를 묵어야 할 것 같았다. 계획에 없던 일에, 괜히 긴장이 되었다. 마지막 하나 남은 맥주를 반쯤 마셔갈 즈음, 욕실 문이 열렸다. 나체면 어디로 시선을 돌려야 하나, 잠깐 스쳤던 고민이 우습게도 그는 가운을 입고 있었다. 허리춤에 느슨하게 끈이 묶여 있었다. 젖은 머리를 수건으로 대충 닦아낸 그가 화장대 앞에 섰다.

"이리 와."

"응?"

"앉아."

하원은 캔 맥주를 내려놓고 그쪽으로 걸어갔다. 화장대 의자에 앉자, 짧은 머리를 감싸고 있던 수건이 바닥으로 떨어졌다. 우현은 드라이어를 들고 하원의 머리를 털어내며 말렸다.

"머리 금방 마르겠다."

"응. 짧으니까."

하원이 짤막하게 대답하며 머리를 매만졌다. 이렇게 짧은 단발은 오랜만이라, 하원조차 적응이 되지 않는다.

"머리 기르려면 한참 걸리겠네."

"일 년은 있어야겠지."

겨우 길렀던 머리를 자르면서, 그에 대한 마음도 모두 버렸다고 생각했다. 하지만 머리를 매만지는 그의 손길에 어째서 이리도 떨리는 걸까. 바보 같다, 정말. 한심한 건 말할 것도 없고. 하원은 떨리는 마음을 들키지 않기 위해 표정을 숨겼다.

하원과 우현 사이에 적막이 흘렀다. 위잉, 하고 돌아가는 드라이어가 소리만이 유일한 소리였다. 달칵, 하고 드라이어 소리가 멈추었다.

우현이 하원의 머리를 정돈해주었다. 그래 봤자 바람으로 흩날린 머리를 가지런하게 매만져 주는 것이 전부였다. 왜 진작, 이렇게 해주지 못했을까. 이렇게 결 좋은 머리카락을 가지고 있었는지 우현은 알지 못했다. 우현이 허리를 내려 하원의 머리에 코를 묻었다. 저와 같은 향기가 난다.

"좋다."

"……."

"나와 같은 향기 나."

144

"그야 욕실에 있는 샴푸를 썼으니까."

대수롭지 않은 투로 말하려고 했으나, 하원은 저도 모르게 목소리 끝이 가늘게 떨고 있음을 깨달았다.

"그러네."

정면을 바라본 거울로 여민 가운 사이로 단단한 그의 가슴이 하원의 눈에 들어왔다. 아무렇게나 묶은 매듭이 금방이라도 풀어질 듯 아슬아슬하게 여며 있었다.

"저녁 먹으러 나가야 하는데 차림이 이래선……."

그가 제 모습을 보며 웃었다. 긴장과 떨림이 공존하는 감정을 다스리느라 하원은 배가 고픈 줄도 몰랐다. 하지만 그의 말대로 이런 차림으로는 밖에 나가서 식사할 수 없었다.

"난 별로 생각 없어."

배는 고프지만, 입맛이 없었다.

"그럼 맥주나 더 할까."

"그러든지."

하원의 시선이 창밖으로 향했다. 여전히 빗줄기는 창문을 세게 때리고 있었고, 흐릿한 밖은 어두컴컴했다. 원래 예정대로라면 지금 집으로 출발해야 했을 시간이었다. 하지만 오늘은 속초에서 밤을 보내야 했다. 오늘따라 잘 들어가는 맥주, 찰싹거리며 바위를 때리는 파도 소리, 깊어가는 속초의 밤. 별것 없지만 익숙하지 않은 하루에 하원은 깊어가는 밤과 함께 떨림도 짙어지고 있었다.

하원은 캔 맥주를 내려놓았다. 룸서비스로 시킨 맥주가 유난히,

목 넘김이 좋았다. 취기가 올라와 머리가 어지러웠다. 두 사람은 바닥에 편한 자세로 앉아 맥주를 홀짝였다.

"당신은 몇 살 때부터 친척 집에서 살았어?"

맥주를 내려놓은 하원이 물었다. 우현에게 있어 상처이고, 예민한 부분이란 것을 알기에 하원은 궁금해도 묻지 않았었다. 그런데 술 한잔 들어가서일까. 없던 용기가 생긴 것인지 하원은 대담하게 묻고 말았다.

"열네 살."

우현은 담담하게 하원의 물음에 대답했다.

"그렇구나. 열일곱 살 때부터는 큰집에서 있었다고 했었지?"

"응, 그랬지."

우현은 대수롭지 않은 얼굴로 고개를 끄덕였다.

"큰고모, 둘째 고모, 작은집에서 일 년씩 지냈었지. 할아버지께서 불러서 더 이상 옮겨 다니지 않고 큰집에서 쭉 고등학교 시절을 보낼 수 있었어."

우현은 그때 일을 회상했다. 아마도 할아버지께서 큰아버지께 자신을 3년 동안 맡는 대신 재산 일부를 상속해주겠다고 약속하신 듯했다. 거래가 없었다면, 큰집에서 3년이나 자신을 도맡을 생각 따위는 하지 않았을 것이다. 어차피 지난 일이고, 오래전 일이라 우현은 크게 신경 쓰지 않는 부분이었다. 물론, 그 당시 친척 집에 얹혀사는 것이 눈치 보이고, 어린 나이에 상처를 많이 받았지만, 그 덕에 지금의 자신이 있을 수 있다고 생각했다.

"힘들지 않았어?"

"뭐, 조금."

"조금?"

여전히 담담한 표정과 목소리만 보면, 별 탈 없이 지냈을 거로 생각했을지도 모른다. 하지만 하원은 이미 그의 몸에 있는 화상 자국을 보았다. 응당 큰집뿐만 아니라 다른 집에서도 그가 얼마나 많은 괴롭힘과 하대를 당했을지, 안 봐도 상상이 갔다. 그런데 그는 되레 괜찮다는 얼굴이다. 마치 다른 사람 이야기하듯, 조금이라고 대답하는 신우현 당신, 진짜 못났다. 그리고 이런 상황에 어떤 말을 해야 할지 모르는 나 자신은 말할 것도 없고.

"오래전 일이니까."

"그래도……."

안타깝게 물든 하원의 표정에도, 우현의 목소리는 굳건했다.

"정말이야."

그가 괜찮다는데 되레 하원의 가슴이 먹먹해졌다. 여전히 자신은 그에게 위로조차 건넬 수 없는 사람인가 보다. 기댈 수조차 없는 존재. 여전히 이렇게 벽을 치고 더 이상 다가오지 말라고 한 걸음 물러나는 이 남자. 다가가려면 멀어지고, 멀어지려면 다가오는 참 이상한 관계, 그 끝은 어디일까.

"그런데……."

젖은 목소리로 불쑥 그가 말을 꺼냈다.

"가끔은, 외롭긴 하더라."

애써 미소를 그리며 하는 말에 하원은 그의 어깨를 감싸 안아주고 싶었다. 말없이 등을 토닥여 주며, 이제 괜찮다고 말해주고 싶었다. 하지만 그럴 수가 없었다.

"어쩔 수 없다고 머리로는 이해하면서도, 그게 잘 안 되더라."

"사람이니까."

당신도 사람이구나. 이성과 감정을 자유자재로 조절할 줄 아는 사람인 줄 알았는데 결국 당신도 똑같은 사람이었구나. 그런 줄도 모르고, 기계 같다느니 감정도 없다느니 나는 뭐라고 지껄인 걸까. 그저 아픔과 상처, 슬픔을 표현할 수 없었던 것뿐이었는데.

"당신 이야기 처음 들어."

"처음이던가?"

우현도 몰랐다는 얼굴이다.

"응. 당신 얘기 잘 안 했어."

"별로 좋은 이야기도 아닌데, 뭘."

벌써 취한 건가. 묻는 말에 대답해 준 것뿐이지만 집안 이야기를 하는 건 처음이었다. 취기가 올라와 약간 알딸딸한 기분이 나쁘지 않았다.

"그래도 난 듣고 싶었어."

"⋯⋯."

"당신 이야기."

일부러 숨긴 것은 아니었지만, 그녀의 눈엔 그렇게 보였을지도 모르겠다. 사실 그녀만은 제 아픔도 상처도, 모두 몰랐으면 좋겠다는 생각을 하기도 했으니까. 이렇게 불편한 표정으로 저를 바라보는 시선이 동정 같아서 견디기 힘들었다. 동정 어린 시선은, 어릴 적부터 저를 줄곧 따라다니던 것이었다. 익숙해질 법도 한데, 하원에게서만큼은 받고 싶지 않은 동정이었다.

"당신에 대해 많이 알고 싶었어. 그리고 많이 안다고 생각했었는데 이제 보니 아니었네."

"……."

"내가 제일 당신에 대해 모르고 있었나 봐."

허탈한 하원의 미소가 우현의 가슴을 아프게 찔렀다.

"하원아."

"제일 가까이 있었으면서."

자책과 질책의 말이 절로 하원의 입술을 비집고 흘러나왔다. 은연중 그가 먼저 말해주길 기다리고 있었으나, 의외로 덤덤한 그의 표정에 하원은 진작 물어볼 걸 후회했다. 그랬다면 조금 더 일찍, 그에 대한 이야기를 들었을 텐데. 지금처럼 우리 사이가 엇나가진 않았을 텐데. 내가 더 보듬었을 수도 있었을 텐데…….

"5년……."

한숨을 하듯 그의 입술이 달싹거렸다.

"그거 짧은 시간 아니었는데."

"응."

"그 시간 동안 애썼잖아."

우현이 손을 쭉 뻗어 하원의 머리를 쓰다듬었다. 그 손길이 꼭 '고생했어.' 하고 토닥이는 것 같아 하원은 울컥했다.

"애 취급 하지 마."

마음과 다르게 하원은 머리를 쓰다듬는 우현의 손을 쳐냈다. 맥주로 시선을 돌린 하원은 벌컥 들이켰다.

"이제는 내가 할게. 네가 했던 거, 다 내가 할게."

"……."

"그러니까 그 자리에 있어. 더 멀리 가지 말고."

그녀를 잃었을 때, 그 두려움은 두 번 다시 느끼고 싶지 않았다. 소중한 사람이면서도, 그녀에게 표현을 하지 못했다. 사랑한다고 하면서, 그녀를 외롭게 했다. 외롭다는 게 어떤 기분인지 알면서, 곁에 있으면서 아무것도 해주지 못했다. 결국은 상대방에게 마음이 닿지 않으면 부질없음을 너무 늦게 깨달았다. 조금만 더 일찍 깨달았다면, 우리의 관계가 지금보다 나았을까. 나는 너에게 지금보다 더 좋은 남자가 되었을까. 부질없는 후회를 담은 그의 시선이 하원에게 향하였다. 우현은 손을 뻗어 하원의 뺨을 감쌌다. 취기가 올라온 뺨이 뜨거웠다. 우현은 상체를 앞으로 기울여 하원과 거리를 좁혔다. 아까, 모래사장에서 비를 맞으며 했던 키스의 연장선을 해도 될까. 하원을 바라보는 우현의 눈빛이 그윽하게 변했다. 뺨에 닿은 그의 손이 따스해서, 하원은 차마 밀쳐내지 못했다. 얼굴을 내려, 우현이 하원의 입술에 입 맞추었다. 잠깐이지만, 살풋 하원의 입술이 떨렸다.

"밀어내지 마."

시선을 아래로 내린 하원의 턱을 추켜올린 뒤 우현이 시선을 마주했다. 이젠 두 번 다시 그녀를 외롭게 방치하지 않겠노라 다짐했다. 깨달음이 너무 늦은 것이 아니기를, 후회를 만회할 기회가 바로 지금이기를, 우현은 바라고 또 바랐다.

하원의 입술에 우현의 입술이 내려앉았다. 알싸한 알코올 향이 하원의 코를 간질였다. 그마저도 기분 좋게 하는, 이 밤. 이 분위기에서 차마 그를 밀어내는 것이 어려웠다. 우현의 다른 손이 하원의 뒷머리를 잡았다. 부드럽고 촉촉한 입술 안으로 혀가 밀고 들어왔다. 훅, 하고 내뱉는 숨결을 우현은 들이마셨다. 타액과 혀가 엉키면서 질척한 소리가 났다. 우현은 조심스럽게 하원의 입술에 짙은 키스를 이어갔다. 쪽쪽, 하고 아랫입술을 빨아 당기다가 놓아주고는 서로의 입술 사이로 입술이 포개졌다. 하원은 발끝부터 저릿해 오는 감각에 정신을 잃지 않기 위해 우현의 가운을 움켜잡고 있었다. 키스만으로도 이렇게 충분히 쾌감을 느낄 수 있다는 사실에, 하원은 놀랐다. 이런 생각을 하는 스스로에게 한 번, 그가 이렇게 키스를 잘하는 사람인 줄 처음 안 것에 한 번, 그리고 그를 밀쳐내지 않은 스스로에게 놀라는 중이었다. 놀랄 것투성이다. 오늘 하루만으로도, 그에 대해 많은 것을 듣고 알게 되었다.

하원의 턱을 움켜쥐고 있던 우현의 손이 아래로 내려왔다. 깊게 팬 틈 사이로 우현의 손이 들어왔다. 놀라 하원의 몸이 잠깐 움찔거렸다. 이내 그의 손안에 가슴이 들어찼다. 그득하니 가슴을 쥐고는 딱딱하게 솟은 돌기를 비틀었다.

"으으……"

그의 입안에 하원이 신음을 토해냈다. 아무렇게나 벌어진 틈 사이로 그의 손이 자유자재로 움직였다. 타액으로 젖은 우현의 입술이 아래로 내려왔다. 틈을 더 넓게 벌리곤 입술이 정점을 핥았다. 하원의 몸은 저절로 바닥으로 눕혀졌다. 다른 쪽 가슴은 이미 그의 엄지와 검지로 비틀었다. 하원의 다리 사이로 그가 들어갔다. 여전히 그의 혀가 분홍빛 정점을 이로 잘근 씹어대고 있었다. 짜릿한 감각, 아찔한 공포, 하원은 눈앞이 아득했다. 두려웠다. 그를 더욱 원하게 될까 봐, 붙잡을까 봐 덜컥 겁이 났다.

"흐으."

제멋대로 흐트러진 하원의 숨이 그의 귓가에 스몄다. 지금까지 섹스를 하면서 받아본 적 없는 진한 애무였다. 제 살을 만져주고, 입술로 핥아주며, 흐트러진 머리를 쓰다듬어 주는 손길 또한 그녀가 그토록 원하던 것이었다. 그토록 바라던 순간이 왔는데 어째서……. 어째서 눈앞이 흐릿해지는 걸까. 아파서, 고통스러워서 흐르는 눈물이 아니었다. 좋아서, 그의 손길이 더없이 좋아서, 왈칵 감정이 치솟은 것뿐이었다.

탁, 하고 단단하게 묶어놓은 매듭이 풀렸다. 하체를 가리고 있던 천 쪼가리에 불과했던 가운이 양옆으로 벌어졌다. 우현의 입술이 아래로 내려왔다. 납작한 복부에 잔 키스를 퍼붓던 입술이 옆구리로 옮겨갔다. 곡선을 따라 내려간 입술이 허벅지에 머무르고 이내 다리 사이로 옮겨졌다. 하원의 양다리를 넓게 벌렸다. 허벅지 안쪽의 여린 살을 애무하기 시작했다. 섹스는 삽입이 전부라고 생각했다. 그때부터 느끼는 희열이라고. 하지만 지금 제 아래에 깔려 흐느끼듯 신음을 뿌리는 하원을 보니, 우현은 제 생각이 틀렸음을 깨달았다. 몸을 부르르 떨며, 하체가 움찔하고, 하원의 손이 우현의 머리카락을 헤집었다.

얼굴을 더욱 깊게 묻은 우현은 거웃 아래에 있는 여린 살을 머금었다. 물기 어린 그곳을 혀로 핥고, 물기를 마셨다. 마시고 또 마서도, 계속해서 애액이 흘러넘쳤다. 입구 앞에서 진입을 시도하였다. 혀를 세우고 좁은 입구를 달래듯 핥아 내렸다.

"하, 하아……."

하원이 허리를 비틀며 격한 반응을 보였다. 전기가 오듯, 찌릿해지는 감각이, 손끝과 발끝에 머물렀다. 우현은 가운을 벗어 테이블에 그것을 깔았다. 그 후 하원을 안아 들고는 그 위에 눕혔다. 넓게 벌린 하원의 다리 사이로 충분히 솟은 남성을 밀어 넣었다. 질척하게 젖은 꽃잎으로 남성이 막힘없이 들어왔다.

"윽."

남성을 옥죄는 느낌에 우현의 등허리가 곧게 펴졌다. 양 허벅지를 쥐고는 우현이 허리를 비틀기 시작하였다. 하원의 가슴이 동그란 원을 그리며, 예쁘게 움직였다.

"하원아……."

번들거리는 입술로 우현이 그녀를 불렀다. 하원은 대답할 수 있는 상황이 아니었다. '응.'이라고 대답하기 전에, '아악.' 하며 신음을 먼저 질러댈 것 같았다.

"으윽, 하원아……."

애처로운 목소리로 우현이 다시 불렀다. 부르고 또 불러도 언제나 '응.' 하고 대답할 것만 같은 그녀였다. 언제나 곁에 있을 거라고 자만했던 그였다. 그녀가 떠난다는 생각만으로도 피가 바짝 마르는 고통이었다.

너는, 이토록 내게 소중한 존재였는데 어째서 나는, 나는 너를 아프게 했을까. 이것밖에 안 되는 남자가 되었을까. 할 줄 아는 거라곤 자책과 질책뿐인 나를 너는 그렇게 많이 사랑해주었는데. 그 순간 우현은 하원의 말이 주마등처럼 스쳤다.

"우현 씨는, 스스로조차 사랑하는 법을 몰라."

정말 그럴까. 나는, 나 자신은 스스로조차 사랑하지 못하는 사람이었나. 아니라고 부정해봐도 인정할 수밖에 없는 사실이었다.

"우린 너무 늦었을까?"

찰박이며 아래가 맞물렸다. 더없이 야하고, 더없이 색정적인 소리였다. 그전의 섹스는 단순히 욕정을 푸는 행동이었다면 지금은 달랐다. 사랑을 나누고, 몸을 나누는 기분을 하원은 느낄 수 있었다.

언제나 했던 기대.

기대하면 할수록 실망과 허탈함은 배가되어 하원의 가슴을 채웠다. 이젠 그에게 그 어떤 기대도, 미련도 갖지 않으리라 하원은 다짐했다.

"하원아, 제발……."

그득하니, 안에 채워졌다가 공허하게 빠져나갔다. 채워지고, 반쯤 물러나기를 반복하였다. 남성을 완전히 빼낸 그가 하원을 안아들고 커다란 창문으로 다가갔다. 여전히 밖은 아무도 없었다. 가는 빗줄기가 내리고 있었다. 창문을 짚고 하원이 엉덩이를 뒤로 빼냈다. 엉덩이 사이로 남성이 들어찼다.

"핫."

밤이 끝나지 않을 것 같았다. 덩달아 섹스도 계속될 것만 같았다. 창문을 짚은 하원의 입에서 헉헉거리며 뜨거운 숨이 연신 터졌다. 골반을 붙잡고 질주한 그의 허릿짓은 좀처럼 그칠 줄 몰랐다. 창문에 가슴이 뭉개지고, 한쪽 뺨이 짓눌렸다. 쫙 펴진 손이 쾌감에 동그랗게 말아 쥐이며 전율하였다. 온몸이 땀으로 치덕거렸다. 맞물린 아래는 더없이 색정적인 소리가 커졌다. 골반을 잡고 있던 우현의 손이 앞으로 나왔다. 거웃을 지나 아래로 미끄러진 손이 클리토리스를 애무하였다.

"흣……."

"아, 윽."

서로의 입안에 신음을 터트리며, 키스가 이어졌다. 서로의 입술이 포개지고, 우현은 하원의 타액을 마셨다. 온몸이 불덩이처럼 뜨거웠다. 밖에서 누가 볼까 하는 부끄러움 따위는 없었다. 지금 이 순간은 오롯이, 더없이 좋은 그의 손길을 받고 싶었다.

퍽. 퍽. 퍽.

엉덩이 사이를 가르는 남성이 거칠게 몰아쳤다. 손톱이 살에 깊게 파일 정도로 하원은 주먹을 꼭 말아 쥐었다. 턱 끝까지 차오르는 신음을 가까스로 토해냈다.

"하아, 으으윽!"

엉덩이를 잡고 전율하던 우현이 절정을 맞이했다. 하원의 엉덩이 사이로 뜨거운 느낌이 느껴졌다. 마른 입술 사이로 숨을 몰아쉬었다. 심장이 터질 것처럼 쉬이 진정이 되지 않았다. 금방이라도 쓰러질 것 같은 그녀를 우현이 등 뒤에서 안아주고 있었다. 양손으로 하원의 작은 몸을 가둔 채 목덜미에 입술을 묻었다.

"좋다."

그 한마디가 하원의 심장이 찌르르 울렸다.

"네가, 너무."

다시 울컥 눈물이 터질 것 같았다. 하원은 입술 안을 아프게 깨물었다. 창문에 비친 그의 얼굴로 하원이 시선을 돌렸다. 이미 어둑해진 밤처럼 그의 눈빛도 똑같이 물들었다.

나는, 당신과 어떻게 하고 싶은 걸까.

당신을 놓고 싶었는데…….

더 이상 부질없는 희망과 기대는 버리고자 다짐했는데.

이제야 날 흔드는 당신.

밉다, 당신.

너무 미워서, 미워할 수도 없는 내 마음을 알기나 할까.

당신은 이제 시작인데, 나는 이제 끝인 것 같을까.

당신은 이 자리에 있으라고 했지만, 나는 더 멀리 달아나고 싶어.

왜일까. 이제야 당신이 날 제대로 바라봐 주기 시작했는데.

룸서비스 맡긴 옷은 깔끔하게 세탁이 된 후였다. 그동안 거의 밤새우다시피 무리한 덕분에 피곤했는데, 우현은 오랜만에 제대로 된 숙면을 취한 기분이었다. 하원은 커다랗게 하품을 하며, 커튼을 걷어냈다.

"와, 사람 많네."

밤새 내리던 비가 그치고 하늘이 맑게 개었다. 덩달아 바닷가엔 많은 인파로 가득하였다.

"잠깐 내려가서 바다 보고 가자."

"지금 내려가도 차 많이 막힐 텐데."

손목시계로 시간을 확인하며 하원이 걱정하는 얼굴로 말했다.

"지금 출발하나, 조금 이따 출발하나 막히는 건 비슷해."

"그래, 그럼."

호텔 체크아웃을 끝내고 두 사람은 바다를 보러 모래사장을 걸었다. 여전히 밟히는 모래는 축축했으나, 넓게 퍼진 푸른 바다는 장관이 따로 없었다.

찰싹거리며 파도가 밀려들자 하얀 포말이 피어올랐다. 괴석에 부서지는 포말이 마치 은빛처럼 반짝거렸다.

"오늘은 못 볼 줄 알았는데."

바다를 바라보는 하원의 눈이 커졌다. 얼굴 가득 그려진 미소는 사라질 줄 몰랐다.

"날씨가 개어서 다행이다."

"응."

끼룩끼룩, 울며 갈매기가 머리 위에서 비행하였다. 이내 먹이를 주는 사람들 틈으로 몸을 낮추더니 이내 착지하였다. 부는 바람은 어느 때보다 시원했고, 부서지는 햇볕은 따스했다.

"좀 걸을까?"

하원이 고개를 끄덕였다. 어른, 아이 할 것 없이 많은 인파가 모여든 곳은 떠들썩하였다. 이런 분위기는 오랜만이었다. 그와는 처음이고.

"바다도 안 보고 그냥 갔으면 섭섭할 뻔했네."

"다음에 또 오면 되지."

우현의 말에 하원은 어색한 미소를 그렸다. 아직 연인이란 관계로 있지만, 석 달 후엔 어떻게 변할지 모르는 관계였다. 그의 말대로 다음을 기약할 수 없을지도 몰랐다.

"너무 멀잖아."

조심스럽게 하원이 거절 의사를 내비쳤다. 확신할 수 없는 약속은 하고 싶지 않았다.

"뭐, 어때."

"그럼 그때 봐서."

점퍼 주머니에 손을 넣고 하원은 걸었다. 새벽 내내 뒤척여도 우현은 하원을 건들지 않았다. 나체로, 한이불을 덮고 있지만 그는 그저 하원을 꼭 안아줄 뿐이었다. 마치 이거면 된다는 듯이, 더 이상 그녀를 안지 않았다.

새벽, 목이 타서 하원은 잠에서 깼다. 일어나려던 하원은 그대로 누워 있을 수 없었다. 옆이 휑한 느낌이 든다 했더니, 우현이 창문 앞에 서서 창밖을 바라보고 있었다. 모델처럼 완벽한 검은 실루엣이 우현이라는 것을 하원은 알 수 있었다. 창밖으로 던져진 우현의 눈빛이 촉촉하게 젖어 있었다. 추적추적 내리는 빗줄기 소리와 밀려드는 파도 소리만이 정적을 가르고 있었다. 그렇게 쓸쓸한 얼굴로 서서, 당신은 무슨 생각을 했을까. 젖은 당신의 눈동자는 어딜 그렇게 바라보고 있었을까. 밖으로 던진 그의 눈빛이, 자꾸 하원의 시야에 아른거렸다.

"이제 가자."

몸을 반쯤 비튼 하원이 우현에게 말했다. 우현이 말없이 고개를 끄덕였다. 주차장으로 걸음을 옮긴 우현의 걸음이 멈추었다. 뒤돌아 푸른 바다를 눈에 담는 눈빛이 아련하게 빛났다.

다시, 올 수 있을까.

같이 볼 수 있을까.

반짝거리는 예쁜 바다를, 눈에 또 담을 날이 올까.

8. 우리가 정말 사랑했을까

[오늘부터 박람회 참석이야.]

같이 저녁 먹자는 우현의 메시지에 도착한 답장이었다. 매년 이
맘때쯤 열리는 화장품 박람회였다. 그때마다 하원은 부산으로 내
려가 며칠 동안 박람회 참석으로 바빴다. 예전 같았으면 진작 들었
을 일정을, 당일에 듣게 되다니. 그것도 자신이 저녁 식사 이야기
를 꺼내지 않았다면 듣지 못했을 말이었다. 씁쓸한 기분을 뒤로한
채 우현은 메시지를 보냈다.

[언제 와?]

문득, 예전 일이 떠올랐다. 갑작스럽게 잡힌 해외 출장 일정이었

다. 통보하듯 당일이 돼서야 겨우 하원에게 알렸다. 그때 그녀는 이같이 물었다. 이런 질문을 하는 것 자체가, 거리감이 느껴진다는 것을 모른 채, 그녀에게 매번 같은 질문을 하게 했다.

[5일 후에.]

답장을 간단명료했다. 5일 후라. 너무 멀기만 하다. 그때까지 그녀를 보지 않고 참을 수 있을까. 야트막한 한숨이 터졌다. 점차 벌어지는 그녀와의 거리를 어떻게 좁혀야 할지 모르겠다. 그녀의 입장이 되고, 지금껏 저를 기다리던 그녀의 심정을 이해하는 중임에도 그는 아무것도 할 수 있는 게 없었다. 그녀를 더 이상 기다리지 않게 하는 것 외엔.

과연 자신이 잘하고 있는 것인지 의문이 들었다가, 혹 그녀를 더 힘들게 하고 있지는 않은지 자책했다가, 하루에도 수십 번 마음이 갈피를 잃는다. 계속 그녀가 저에게 다시 마음을 열지 않는다고 해도 계속해서 그녀를 보고 싶었다. 욕심이라는 걸 알지만, 너무 늦었다는 걸 알지만 그럼에도 아직 잡는 것 외엔 아직 그녀를 위해 아무것도 한 게 없었다. 그러니까 조금만 더 욕심을 부려본다.

우현은 팔을 뻗어 캔 커피를 들었다. 자판기에서 뽑은 지 얼마 안 된 것 같은데 벌써 바닥을 드러냈다. 그가 빈 캔을 들었다가 다시 내려놓았다.

지금까지 워커홀릭이란 별명이 붙을 정도로 지독하게 일만 하면서 지냈다. 특별한 이유가 있었던 것은 아니었다. 몸은 힘들지언

정 잡생각을 하지 않아서 좋았다. 처음 신입사원으로 입사했을 땐, 뭣 모르는 열정을 불태우기도 했으나 그것은 곧 성과와 직결된 문제였다. 새벽에 퇴근해 불 꺼진 집에 들어와 씻고 바로 취침하는 것이 그의 일상이었다. 어차피 집에 가도 반겨주는 이 하나 없으니, 일이나 하자고 그리 생각했다. 지독한 외로움을 이기는 방법은 그것뿐이었다. 그러나 그녀를 만나고 생활 패턴이 점차 변하기 시작했다. 가끔 일찍 퇴근하기도 하고, 퇴근 후 집에 가면 그녀가 맞아주기도 하였다.

그녀로 인해, 생활 패턴은 변했는데 어째서 나, 자신은 변하지 못했을까. 왜 그대로일까. 여전히 일에 미친놈처럼, 일만 파고들까. 정말 나란 인간은 아직도 멀었구나, 다시 실감하였다. 바다를 보면서 행복한 미소를 그리는 그녀를 보면서 가슴이 저릿해졌다. 이게 뭐라고, 이렇게까지 행복한 얼굴을 하고 있는 것인지. 애당초 여행 가자고 몰아붙인 사람은 자신이었다. 그녀는 오히려 어쩔 수 없이 승낙하였다. 하지만 바다를 보러 오길 잘했다는 생각과 동시에 그녀가 바라는 것은 지극히 단순한 것이라는 걸 깨달았다. 이렇게나 자신은 그녀에 대해 아는 것이 없었다.

받는 것에 익숙하지 않았던 자신이 그녀에게 과분한 사랑을 받고도 어쩌면 그것이 당연하다고 여겼는지도 몰랐다. 굳이 말하지 않아도, 제 마음 또한 그녀도 알고 있을 것이라 여겼다. 같이 보낸 시간이 제 마음을 증명해주는 것이라고. 하지만 그 긴 시간이 부질없음을 깨닫는 순간 제 마음이 산산조각 나 있었다.

책상 위에 있는 전자시계로 우현의 시선이 닿았다. 곧 시작할 신제품 회의에 참석하기 위해 우현은 서류를 들고 자리에서 일어났다. 사무실에서 나와 긴 복도를 끝에 있는 회의실 안으로 들어갔다. 각 부서장이 자리에 앉아 있었다.

이번 회의는 LTE 사업에 대한 신제품 논의였다. 경쟁 업체와 작년 상반기까지만 해도 1, 2위를 다투고 했었지만, 하반기 실적에선 완전히 뒤처지는 참패를 맛본 것이다. 그것도 그럴 것이 변화하는 시대에 제대로 대응을 하지 못해 적자를 기록하고 말았다. LTE 사업의 개발팀과 공장 가동을 두 배 가까이 늘리면서 총력에 기울이고 있었다. 올해 하반기까지 무조건 LTE 사업을 1위로 이끌겠다는 야심 찬 목표를 세웠다.

연구개발팀 직원이 앞으로 나와 스크린을 내렸다. 불이 꺼진 가운데 화면이 밝아졌다. 모두 숨죽인 채, 회의가 시작되었다.

일찍부터 시작한 박람회는 순조로웠다. 경쟁업체 600여 회사가 참석한 박람회는 풍성하였다. 초청장을 받고 박람회에 참석한 인파가 모여들기 시작했다. 하원의 회사 '(주)블랑'에서는 미세먼지가 잦은 시기에 피부를 보호할 수 있는 고보습 고영양 달팽이크림과 자연스러운 피부 톤 연출이 가능한 봉봉 CC크림도 새롭게 출시한 신제품을 선보였다. 고객들에게 무료 샘플 제공과 함께 간단한 설문 조사도 함께하고 있었다.

"박 대리랑, 지윤 씨 먼저 식사하고 와."

김영은 과장이 말했다. 하원의 직장 선배이기도 하였다. 이럴 땐 빨리 식사하고 와서 교대하는 것이 서로를 위한 일이라는 것을 잘 아는 하원은 막내 지윤과 함께 부스에서 나왔다. 늦은 시간까지 자리를 지키려면, 체력이 받쳐줘야 했다. 근처 식당에서 한정식을 주문하였다. 밑반찬 몇 가지와 맑은 콩나물국이 테이블에 세팅되었다.

"어휴, 너무 힘들어요."

높은 하이힐을 신고 오전 내내 고객들을 응대했던 지윤이 우는 소리를 냈다.

"매년 해야 하는데 힘들어서 어쩌려고 그래?"

"그러게요. 대리님은 이걸 매년 혼자 준비하셨다면서요."

"처음엔 선배들이 같이 도와줬지. 지윤 씨도 잘할 수 있을 거야."

하원은 콩나물국을 한 숟갈 떴다. 저도 지윤처럼 막 입사한 신입사원일 때는 덜컥 겁부터 났으니 지윤이 걱정하는 것도 당연했다.

지잉.

재킷 주머니에 넣어놨던 휴대폰이 짧게 진동이 울렸다. 하원은 젓가락을 내려놓고 휴대폰을 확인했다.

[그럼 주말에나 볼 수 있겠군.]

오전에 보낸 메시지에 대한 답장이 이제 도착했다. 뭐, 바쁜 사람이니까. 포기하면 편해진다는 걸 이제는 하원도 알고 있었다. 그에 대한 기대치는 이제 바닥을 치고 있었다.

[그렇겠지.]

"남자 친구분이에요?"

메시지를 입력하는데 불쑥 지윤의 목소리가 날아왔다.

"응."

"좋겠다."

"뭐가?"

부러운 눈빛을 보내는 지윤을 향해 하원이 물었다.

"오랜 애인이 있다는 거요. 전 최소 5년 이상 연애하다가 결혼하는 게 꿈이거든요."

"그렇게나 오래 연애를 해?"

"뭔가 서로에 대한 믿음이 더 커질 것 같거든요."

아직 제대로 된 연애를 한 번도 하지 못한 모솔다운 대답이었다. 오랜 연애에 대한 로망은 생각보다 그리 로맨틱하지 않다는 걸 지윤이 알 리가 있을까.

"지윤 씨가 생각하는 것보다 연애는 호락호락하지 않아."

"그 말은 꼭 대리님은 행복하지 않다는 말로 들려요."

식사를 마친 하원은 수저를 내려놓았다.

"뭐, 죽을 만큼 행복했던 적도 있고, 미치게 힘든 적도 있고 그렇지. 하지만 꿈과 환상만으로 하기엔 힘든 게 연애인 것 같아."

"어떨 때 제일 행복하신데요?"

지윤의 물음에 하원이 곧장 대답했다.

"사랑하는 사람과 같이 있을 때."

"힘들 때는요?"

잠깐 생각에 잠긴 하원이 뜸 들이다 대답했다.

"사랑하는 사람과 같이 있을 때."

"엥? 아까랑 같은 대답이잖아요."

지윤의 항의에 하원은 어색하게 웃었다. 사랑하는 사람이 나에게 무관심한 것만큼 견디기 힘든 것이 또 있을까. 차마 그 말만큼은 하원은 할 수 없었다.

"그래도 대리님 부러워요. 멀리 떨어져 계신데도 이렇게 메시지라도 주고받는 거. 뭔가 애틋하다고나 할까."

"연애의 로망은 겪어보면 다 없어질걸?"

생각처럼 연애가 솜사탕처럼 달달하기만 하면 얼마나 좋을까. 현실은 서로를 이해하지 못하고, 서로의 가슴에 생채기를 내는 것뿐이거늘. 애틋하다는 표현 자체가 자신에게는 해당 사항이 없음을 스스로가 제일 잘 안다.

"한 가지 확실한 건, 본인이 더 좋아서 시작한 연애는 힘들다는 거."

"왜요?"

"마음의 무게가 다르거든."

마치 남의 이야기 하듯 하원이 웃으며 말했다. 미련하게 붙들고 있었던 기대를 내려놓고 나니 이토록 가슴이 가벼울 수가 없다. 줄곧, 그도 이렇게 가벼운 마음으로 저를 만났겠지. 아무것도 하지 않고, 신경 쓰지도 않고, 헤아려주지도 않은 채……. 이렇게 편한 걸 왜 이제야 선택했나 싶다. 바보처럼 붙들고 있던 오랜 시간이 아까울 지경이다. 결국 남는 건 상처뿐이었는데.

"대리님 식사 다 하셨어요?"

"응."

"아직 반이나 남았는데요?"

하원은 시선을 아래로 내려 밥그릇을 바라보았다. 아직 반이나 남았지만, 이상하게 별로 입맛이 없었다. 하원은 거짓말로 둘러댔다.

"소화가 잘 안 되네."

"뭐 잘못 드셨어요? 약이라도 드셔야 하는 거 아니에요?"

"괜찮아. 지윤 씨 다 먹었으면 일어나자."

하원이 먼저 자리에서 일어났다. 소화 안 된다는 말 한마디에 당장에라도 약국에서 약을 사 올 것처럼 후배도 걱정해주는데 우현은 정말 연인 그 이상도 이하도 아닌 관계였나 보다. 어쩌면 저 혼자 일방적인 애정을 쏟아부은 걸지도 모르겠다.

"날씨 한번 좋네."

후덥지근하기까지 한 부산의 날씨였다.

다른 직원들보다 일찍 호텔로 들어온 하원은 샤워를 마쳤다. 박람회 끝날 무렵, 김영은 과장이 하원에게 먼저 호텔로 들어가 쉬라고 한 것이다. 소화가 안 된다는 말은 그저 입맛이 없다는 말을 둘러댄 것뿐인데 내일 박람회 일정까지 빠듯하니 약 먹고 쉬라는 김영은 과장이 억지로 보냈다. 결국 못 이기는 척하고 호텔로 먼저 들어온 하원은 마음이 편치 않았다. 하원은 커다란 창문 앞으로 다가가 야경을 감상했다.

지잉, 지잉─

작은 탁자 위에 올려놓은 휴대폰이 몸을 떨었다. 하원은 다가가 휴대폰 액정을 확인했다.

"여보세요."

─오늘 바빴어?

대뜸 날아오는 우현의 목소리였다.

"박람회가 다 그렇지."

내일은 또 얼마나 많은 고객이 올지 벌써부터 긴장될 지경이었다.

─저녁도 걸렀다면서.

"아, 그냥 입맛이 없…… 그걸 당신이 어떻게."

느긋한 목소로 대답하던 하원이 놀란 어조로 순식간에 바뀌었다.

─아까 박람회 갔다 왔거든.

"뭐?"

인천에서 부산의 거리가 족히 5시간 이상 운전이 소요되는 거리였다. 그런데 그의 말투는 꼭 가까운 공원이라도 다녀온 말투였다.

─부스도 이 정도면 괜찮고, 고객들도 많고. 그동안 박람회 준비로 많이 고생했겠던데.

"당신, 설마 정말로……"

딩동.

때마침 초인종 소리가 울렸다. 하원은 문으로 다가갔다. 조용한 목소리로 그가 하원의 궁금증을 해소해주었다.

-문 열어.

달칵. 조심스럽게 문을 열자, 휴대폰을 귀에 대고 통화하던 우현의 얼굴이 보였다. 하원의 눈이 커졌다.

"어떻게 왔어?"

"5시간 넘게 밟아서."

구두를 벗은 우현이 테이블 위에 봉투를 내려놓으며 느긋한 얼굴로 대답했다.

"그게 아니라……."

"일단 앉아. 저녁도 안 먹었다면서."

우현이 하원의 손을 잡아끌고 소파에 앉혔다. 근처 도시락 가게에서 사 온 뜨끈뜨끈한 도시락을 하나둘씩 꺼내놓았다. 그러곤 나무젓가락을 뜯어 반으로 포갠 뒤, 하원의 손에 쥐여 주었다. 아직 사태 파악이 덜 된 얼굴로 하원은 우현을 바라보았다.

"먹어."

인천에서 부산까지 장거리 운전으로 피곤할 법도 한데, 무모한 행동을 해놓고 그는 태평하다.

"응."

하원은 나무젓가락을 고쳐 잡고는 밥을 입에 넣었다. 편의점에서 사 온 생수를 종이컵에 따라 목을 축이며 하원이 입을 열었다.

"설마 나 저녁 먹이겠다고 일부러 온 건 아닐 테고. 부산이 인천에서 서울 가는 거리도 아니고, 볼일 있어서 온 거야?"

"볼일 보고 있잖아. 지금."

"우현 씨."

그가 이토록 무모한 사람이었나.

"5일은 너무 길어서. 내게 남은 시간은 얼마 없잖아."

"그래도."

"코엑스 갔더니, 너 먼저 호텔에 갔다고 하더라."

점심도 제대로 먹지도 않고 저녁까지 걸렀다는 말은 지윤에게 들었을 것이다. 하원은 작게 한숨을 내쉬었다. 또다시 다섯 시간을 운전해 올라갈 우현 생각에 마음이 편치 않았다.

"입맛 없을 때마다 소화 안 된다는 핑계 대는 건 여전해."

"무슨 말이야?"

"점심에도 소화 안 된다고 제대로 밥도 안 먹었다며."

하지만 조금 전 그와 통화할 때 하원은 입맛이 없다는 말을 하고 말았다. 그러니까, 지윤에게 적당히 둘러댄 거짓말을 들킨 셈이었다.

"뭐, 그냥."

"남기지 말고 다 먹어."

하원은 더 이상 변명이나 핑계를 대는 것을 그만두고 밥을 먹었다. 다섯 시간을 내리 달려 도시락을 사 들고 온 그의 마음 때문이었다.

"다시 인천에 내려가야 할 거 아냐."

"새벽에 출발해도 돼."

별거 아니란 듯한 우현의 반응이었다.

"그때까지 어디 있으려고?"

"바로 옆방 체크인 했어."

"뭐?"

놀란 하원의 목소리가 커졌다.

"왜 놀라? 내가 이 방에 있겠다는 것도 아닌데."

2인 1실로 지윤과 같이 묵는 방이었기에 그와 같이 있을 수는 없었다. 그도 그걸 알고 다른 방에 체크인을 한 것이다.

"놀라긴……."

뭐랄까. 바로 옆방에 그가 있다는 생각에 잠이 올까, 하는 생각을 했다. 이렇게 가까운 곳에 그가 있다는 것이 실감이 되지 않았다.

"도시락은 입에 맞아?"

"응."

밥은 3분의 1 정도뿐이 줄지 않았다. 그와 이런저런 대화를 하다 보니, 좀처럼 양이 줄지 않는다. 이별 후, 연애도 아니고 이게 도대체 무슨 상황일까. 그렇게 무뚝뚝하고 표현하지 않던 사람이 인천에서 부산으로 달려올 줄이야. 뭔가 신기하고, 묘한 기분이 들었다. 다른 사람과 연애하는 기분이 들었다.

도시락 양이 너무 많아 결국 남기고 말았다. 오랜만에 하는 식사라 그런지, 허겁지겁 먹었던 것은 아닐까 하원은 뒤늦게 생각했다. 아까까지만 해도 분명, 입맛이 없었는데 도시락은 반이 줄었다.

"나갈래?"

하원이 물었다. 하원이 식사하는 모습을 지켜보기만 하던 우현이 고개를 끄덕였다.

"드라이브라도 하자. 날씨 좋더라."

"옷 갈아입고 나갈게. 밑에서 기다려."

하원은 우현을 밖으로 보내놓고 아직 짐 정리도 하지 못한 캐리어에서 편하게 입을 만한 옷을 찾았다. 무릎까지 내려오는 면 원피스와 카디건을 입었다. 화장기 하나 없는 얼굴이 신경 쓰이긴 했으나, 아무렴 어떠한가. 편안한 차림으로 갈아입고 나가려는데 호텔 방문이 열렸다.

"대리님, 남자 친구분은 잘 만나셨어요?"

안으로 들어오자마자 지윤이 물었다.

"응. 내가 빠져서 고생했겠다. 미안."

"고생은요. 참, 남자 친구분, 너무 잘생겼더라고요. 저 처음 봤는데, 모델인 줄 알았다니까요."

지윤의 칭찬에 하원이 머쓱한 얼굴이 되었다.

"과찬이야."

"대리님 보겠다고 인천에서 부산까지 날아오다니. 너무 낭만적이에요. 멋있어."

혼자만의 상상의 나래에 빠져 있는 지윤을 보고 하원이 귀엽다는 듯 바라봤다.

"나 잠깐 나갔다 올게. 쉬고 있어."

가방을 챙겨 하원이 호텔에서 나왔다.

"낭만적?"

후우, 하원이 작게 웃었다. 낭만이니, 로망이니 하는 건 남의 연애라고 생각했다. 자신은 그저 지극히 평범한 연애를 하고 있을 뿐이고, 어쩌면 그 기준치에도 못 미치는 연애일지도 모른다고 생각했었다. 하지만, 어쩌면 자신이 바라보았던 타인의 연애도 실상은 저와 같은 건 아닐까? 실제로 그들이 되어보지 않은 이상, 겪어보지 않은 이상은 모르는 거니까.

로비를 지나 밖으로 나오자 선선한 바람이 불었다. 후덥지근했던 낮의 기온과 확실히 대비되는 날씨였다. 멀리서 봐도, 누구인지 알 것 같은 남자의 뒷모습이 보였다. 하원의 걸음이 멈추곤, 우현의 뒷모습을 바라보았다. 말끔한 슈트 차림의 남자의 뒷모습이 참 작아 보였다. 더 이상 소년 신우현이 아닌, 남자 신우현인데…….

"우현 씨."

야트막한 목소리고 하원이 그를 불렀다. 하원의 목소리를 듣지 못했는지 우현은 아무런 미동이 없다. 그제야 하원이 몇 걸음 다가가 그의 팔을 잡았다.

"왔어?"

"아, 응."

하원은 반쯤 벌렸던 입술을 닫았다. 조금 전에 왔었다고 말하려다 말았다.

"타."

하원은 보조석에 몸을 실었다. 우현이 운전석에 앉고 나서 출발하였다. 하원의 원래 생각은 근처 카페에서 차 한잔하는 거였다. 하지만 멀리서 온 사람의 의견을 존중한 것이다. 잠깐이라도 자신을 보기 위해 인천에서 부산으로 건너왔으니까.

하원은 창문을 반쯤 열고 들이닥치는 바람을 맞았다. 오늘 하루의 피곤함이 사라지는 기분이었다. 가슴이 뻥 트였다. 그런 하원의 모습을 잠깐 바라보던 우현의 시선이 정면으로 향했다. 이미 그녀와 한번 가보고 싶은 곳이 있었다. 신천대로에서 범곡로터리 방면으로 지하 터널을 지나, 직진하였다. 국도를 달리는 차는 막힘없이 질주했다. 시원한 밤바람과 시원한 공기가 하원의 폐에 가득, 들어찬 기분이었다.

"어디 가는 거야?"

"곧 도착해."

우현의 턱 끝이 정면으로 향했다. 한적한 어느 동네의 오르막길을 오르고 있었다. 하원은 멀뚱히 주변을 둘러보았다. 하지만 곧 눈부실 정도로 아름다운 야경이 하원의 눈에 담겼다. 바다를 가로지르는 부산항대교와 부산항을 오가는 여객선, 빽빽한 빌딩들 사이에 있는 아파트와 한옥 불빛이 어우러진 야경은 그야말로 장관이었다. 마치 별이 바닥에 뿌려진 것처럼, 눈이 부실 지경이었다. 오르막길 정상까지 올라온 우현이 차를 멈추었다. 튕기듯 하원이 차에서 내렸다.

"와."

탄성이 절로 터졌다. 발밑에 깔린 주황 불빛들이 너무 아름다웠기 때문이다.

"어때?"

"완전 예뻐."

수줍은 미소로 답하며 하원은 길을 따라 걸었다. 부산에 이렇게 아름다운 야경을 볼 수 있는 곳이 있을 줄은 몰랐다. 그저 4박 5일 동안 박람회 일정을 무사히 소화하고 회사로 복귀할 생각만 했었다. 그런데 지금 하원은 그에게 큰 선물을 받은 기분이었다.

"여긴 어떻게 알았어?"

"들었어. 네 회사 후배한테."

"지윤 씨?"

머리를 귀에 꽂으며 하원이 물었다. 우현은 저가 말하는 사람과 그녀가 말하는 사람과 동일 인물임을 깨닫고 고개를 끄덕였다.

"너랑 한번 가보라는데."

"그렇구나. 하여튼, 오지랖은."

혼잣말을 하며 하원은 산책로를 따라 걸었다. 야경이 예쁘긴 하지만 인적이 드물어 혼자 오기엔 음침한 곳이었다. 특히나 여자 혼자는 힘들 것 같았다.

"꼭, 놀러 온 기분이야."

"나도."

우현은 시선을 내려 하원의 손을 바라봤다. 닿을 듯 말 듯, 아슬아슬하게 손이 가까웠다.

"오늘 되게 피곤했었는데 피로가 다 풀렸어."

"그렇다면 다행이고."

"하지만 당신은 나 때문에 피로가 쌓였겠지?"

피식 하원이 웃었다.

"왜?"

"왜긴. 인천에서 부산이 뭐, 동네 공원 가는 거야?"

"차만 안 막히면 금방 가."

우현은 대수롭지 않게 대답하며 야경을 바라보았다. 번쩍번쩍한 불빛이 모여 있어 제법 그럴싸한 그림을 만들어냈다.

"우현 씨, 요즘 회사 땡땡이치는 거 아냐?"

하원의 말을 이해 못 한 우현의 표정에 다시 입을 열었다.

"왜 안 하던 짓을 해. 그러지 마."

하원의 목소리가 낮게 가라앉았다. 회사 일을 뒤로한 채 저에게 올인하는 것은 저를 위한 일이 아니었다. 위치에 맞게 바쁜 사람이었다. 늘 제 눈으로 직접 확인하고 제 손을 거쳐야 직성이 풀리는 사람이었다. 그러니 늦은 시간까지 야근을 할 수밖에 없는 사람이었다. 그런 그가, 정시에 퇴근해 줄곧 자신의 회사 앞에서 늦은 시간까지 기다리고, 주말에 같이 시간을 보내는 일 또한 하원은 원한적 없었다. 그로 인해 우현이 피곤해질 것을 그녀는 알고 있었다.

"알아서 잘하고 있어."

"어떻게? 깐깐하기로 소문난 당신이 부하 직원이 하는 일을 대충 확인할 리는 없고."

"지금 나에겐 지금 이 순간이 소중해."

"……."

"너만큼 절실한 건 없어."

깊고 검은 눈동자가 하원에게 향했다.

"그 시간은 지났는데."

"……."

"나는."

타이밍 한번, 정말 안 맞네. 하원이 속으로 중얼거렸다.

"지금이 편해."

"하원아."

"전전긍긍, 발을 동동 구르며 눈치 볼 필요도 없고. 사랑을 구걸하지 않아도 되고. 마음이 가벼워."

우현은 말없이 하원을 응시했다. 바람이 불었다. 두 사람 사이를 빠르게 가른 바람이 사라졌다. 하원의 얼굴이 밉게 일그러졌다.

"그런데 나보고 그 짓을 또 하라고?"

우현의 손이 하원의 얼굴로 향했다. 하지만 하원은 피해버렸다.

"너무 잔인한 거 아니니?"

"모두 내가 한다고, 내가."

답답한 얼굴로 우현이 소리쳤다. 이젠 다 준비되었는데, 그녀는 아니라고 한다. 싫다고 도망간다. 어떻게 해야 할까. 어떻게 해야 달아나려는 그녀를 잡을 수 있을까.

"그건 내가 싫어. 나보고 당신 입장이 되어 당신이 내게 했던 짓 고대로 갚아주며 희열을 느끼고 싶지 않아."

생채기를 가득 담은 눈동자가 우현의 얼굴을 담았다. 하원의 얼굴에 쓸쓸한.미소가 그려졌다. 그리고 달싹거리며 움직이는 입술 사이에서 들릴 듯 말 듯 한 작은 목소리가 우현의 귀에 닿았다.

"가끔 그런 생각이 들어."

"……."

"우현 씨."

"응."

하원의 표정이 아프게 변했다.

"우리가 정말 사랑했을까."

그에게 대답을 듣고자 하는 물음이 아니었다. 어쩌면 저 스스로
에게 던진 물음일지도 몰랐다. 촉촉하게 젖은 눈으로 우현을 담았
다가 이내, 아름다운 야경을 눈에 담았다. 시야가 흐릿해졌다. 하
원은 또다시 물음을 던졌다.

우리가 다시 시작할 수 있을까.

아니, 내가 당신을 예전처럼 다시 사랑할 수 있을까.

9. 그 순간만큼은
오해하고 싶지 않아

뒤척이던 우현은 결국 눈을 떴다. 도통 잠이 오지 않았다. 평소에도 깊이 잠들지 못했는데 오늘은 유독 심했다. 결국 침대에서 몸을 일으킨 우현은 탁자 위에 올려둔 손목시계를 들었다. 아직 자정도 되지 않았다. 두 시간 후에 인천으로 출발하려면 잠깐이라도 눈을 붙여야 했으나, 아무래도 오늘 잠들긴 그른 듯했다.

"우리가 정말 사랑했을까."

그녀의 말이 맞는지도 모른다. 스스로도 사랑할 줄 모르고, 제대로 사랑하는 방법을 모르는 놈이 어떻게 사랑한다고 지껄일 수 있는가. 누군갈 소중히 하는 방법도, 상처 주지 않는 방법도, 행복하게 해주는 방법 따위는 우현과 먼 이야기였다.

스스로가 행복한 삶을 살아온 것도, 가슴엔 수많은 멍을 가지고 있는 주제에 늘 괜찮은 척 허세를 부리면서 살아왔다. 상처투성이의 나 자신은 누군갈 사랑할 자격조차 없었다. 이런 자신을 오히려 사랑한 대가로 가시에 찔린 사람은 그녀였다. 자신의 말 한마디가, 눈빛이, 표정이 그녀를 아프게 하는 줄도 모른 채, 수많은 생채기를 냈다. 괜찮다는 말 한마디에 정말 괜찮은 줄 알고서, 그렇게 오랜 시간을 그녀의 가슴에 상처를 냈다.

우현은 침대 끄트머리에 걸터앉았다. 어둑한 어둠이 깔린 밖이 창문을 통해 보였다. 한껏 일그러진 제 얼굴도 함께.

까칠한 제 얼굴을 손으로 쓸어내리면서, 눈을 감았다. 야경을 바라보는 행복하게 빛나던 하원의 얼굴이 보였다. 그동안 좀처럼 볼 수 없었던 예쁜 미소까지. 그 미소를 다시 볼 수 있어서 참 다행이라고 생각했다.

갈증이 일었다. 침대에서 일어나 냉장고 쪽으로 걸었다. 냉장고를 열고 생수를 꺼내 뚜껑을 열곤 그대로 입에 갖다 댔다. 벌컥벌컥, 숨도 쉬지 않고 물을 마셨다. 물이 흘러 입술을 비집고 흘러내려 턱 아래로 떨어졌다. 그러나 개의치 않고 계속 마셨다. 호텔 근처에서 구입해 갈아입은 셔츠가 젖었다.

"후."

생수 통에서 입술을 뗐다. 그제야 정신이 좀 나기 시작했다. 더욱이 정신이 말짱해져서 아마 출발할 때까지 뜬눈으로 시간을 보내야 할 것 같았다. 우현의 시선이 왼쪽 벽으로 향했다. 이 벽 너머로, 그녀가 있다. 겨우 이곳까지 왔는데, 한 것이라곤 아무것도 없다. 그저, 널 보러 왔다는 말 한마디면 충분했을 텐데. 손을 뻗어 벽을 짚었다.

자고 있을까? 잠들었을 것이다. 시간이 시간이니만큼, 내일도 박람회로 인해 정신없이 바쁠 테니 일찍 잠들었겠지. 그런데 왜 이렇게 가슴이 허할까.

전부였다고 생각했던 사람이 떠난다는 것보다 아픈 얼굴로 저를 바라보는 것이 더욱 견디기 힘들었다. 눈에 아른거리며 날카로운 칼날이 되어 심장을 찔러대고 있었다. 곁에서 이렇게 상처를 받는 그녀를 알지도 못한 채, 분에 넘치는 사랑을 받았다.

잠깐 바람이라도 쐴 생각으로 우현은 방에서 나왔다. 바로 옆방으로 우현의 시선이 멈추었다. 의지와 상관없이 빼앗긴 시선으로 인해 어느새 우현은 방 앞으로 다가갔다.

형편없는 내 곁에서 그동안 얼마나 힘들었니. 그러고도 괜찮다며 웃었던 너. 조금만 일찍 너를 알아차렸다면 내가 지금보다 덜 형편없는 놈이 되었을 텐데.

바보같이, 왜 이제야……

측은한 시선이 오랫동안 문 앞에 머물렀다. 차마 발을 떼지 못하고 집요하게 바라만 보았다. 우현은 이내 뒤돌았다. 복도 끝에 있는 엘리베이터로 가기 위해서였다.

달칵.

그 순간이었다. 문이 열리는 소리가 들렸다.

"우현 씨?"

조용히 울리는 그녀의 목소리와 함께였다. 우현은 걷던 걸음을 멈추고 뒤돌았다. 바로 눈앞에 하원이 서 있었다.

"안 자고 왜 나왔어?"

"그건 내가 할 소린데."

우현의 물음에 하원이 가볍게 응수했다.

"그냥, 잠이 안 와서 바람이나 쐴까 했지."

"잠자리가 바뀌어서 그런 거 아냐?"

아니면서도 우현은 고개를 끄덕였다.

"너는?"

"아, 나도 그런가 봐."

거짓말이란 걸 우현은 알아차렸다. 그녀는 어디에서나 베개에 누우면 곧장 곯아떨어지는 여자였다. 적당히 둘러댄 말이었다.

"재워줄까."

어쩌면 저에게 필요한 말일지도 몰랐다. 지독하게 깊어가는 밤, 유난히 잠이 오지 않는 이 밤, 그녀의 살 내음을 맡으면 잠이 잘 올 것 같았기에. 이 또한 과분한 욕심일지도 몰랐다.

그답지 않은 말에 하원의 눈이 커졌다. 하지만 이내 아무렇지 않은 얼굴로 대답했다.

"괜찮아."

"그러면, 날 재워주든가."

진담이었다. 농담으로 그냥 던진 말이 아니란 걸 하원은 알아차 렸다. 그윽하게 빛나는 검은 눈동자가, 웃음기 하나 없는 그의 표 정이 농담이 아님을 증명하고 있었다.

"아무 짓 안 해."

그가 말하는 '아무 짓'을 할까 봐 걱정돼서 미적거리는 것이 아니었다. 오히려 그 반대였다. 속초에서, 그의 품이 그렇게 따뜻하다는 것을 깨달아버렸기에 어쩌면 자신이 안길지도 몰랐다. 그는 눈치채지 못했겠지만 눈물이 날 정도로 그의 손길이 좋았다. 처음이었다. 지금까지 단 한 번도 거부한 적 없지만, 그 순간만큼은 그를 거부할 수 없었다. 그득하니 채워지는 빈 가슴이 그토록 벅찰줄 몰랐으니까.

"내가 무슨 말을……."

대답 없는 하원의 모습에 자책하며 우현이 어색하게 웃었다. 여전히 자신은 되지도 않는 욕심을 부리며 저밖에 모르는 이기심으로 똘똘 뭉쳤다. 그녀를 곤란하게 할 생각은 아니었는데, 표정을 보아하니 저의 실수인 듯싶었다.

"늦었으니까 들어가."

그렇게 말하곤 우현이 뒤돌았다. 찬바람을 쐬다가 다시 인천으로 내려가면 되었다.

"……줄게."

들릴 듯 말 듯 작은 목소리에 몇 걸음 걷던 우현이 뒤돌았다.

"재워준다고."

선명하게 들리는 하원의 목소리가 우현의 귀에 박혔다.

자신이 묶는 방과 똑같은데 분위기는 묘하게 달랐다. 아마 이 방에 그와 함께이기 때문일 것이다. 슬리퍼를 벗고 안으로 들어간 하원은 주변을 살폈다. 그가 입고 있던 슈트는 깔끔하게 옷걸이에 걸어져 있었다.

"자자."

우현이 침대를 툭툭 쳤다. 더 이상 가슴 아픈 말로 서로의 가슴에 상처 주지 말고, 아픈 말도 하지 말고, 지금 이 순간은 그냥 잠들고 싶었다. 하원이 침대로 다가왔다. 이불 안으로 들어가자 와락 그의 품에 안겨졌다. 더욱이 싱글 침대라 섣불리 몸을 움직일 수도 없었다. 우현의 손이 하원의 등허리를 꼭 붙들었다. 떨리는 심장을 어찌하지 못하고 하원은 그의 품에서 숨죽였다. 시원한 스킨 향이 하원의 코에 닿았다. 하원이 좋아하는 향이었다. 오랫동안 맡아온 향인데 마치 처음 맡는 것처럼 새로웠다. 생각해보면, 그는 자신이 사용하는 것을 특별히 바꾸는 법이 없었다. 스킨로션, 슈트, 옷, 가방 모두 자신이 쓰던 브랜드만 고수하였다. 예전엔 별로 신경 쓰지 않았는데, 이제 와 되짚어보니 특이하다는 생각이 들었다. 새로운 브랜드나 유행하는 브랜드에 민감하지 않은 이 남자가. 그러면서도 늘 그는 빛이 나는 남자였다.

"왜 안 자?"

하원의 머리 위에서 나른한 우현의 목소리가 들렸다.

"침대가 너무 좁다."

"그래도 자."

이기적인 말투지만 간절함이 느껴졌다. 하원은 잠자코 그의 품에 안겨 있었다. 하원의 손바닥에 그의 가슴에 닿았다. 쿵. 쿵. 쿵. 쿵. 불규칙한 심장 소리가 전해졌다. 하원의 다리 사이로 우현의 다리 하나가 들어왔다. 하원의 다리 사이로 우현의 긴 다리가 겹쳐졌다. 아무것도 한 것도 없는데, 시작도 않았는데 야릇한 분위기였다. 그저, 같은 침대에 누워 서로를 바라보고 있는 것만으로도 모든 감각이 깨어 있는 것처럼 예민해졌다.

그의 팔에 갇혀 있던 팔을 뻗어, 하원은 그의 등을 감쌌다. 하원의 행동에 놀란 듯 그의 어깨가 잠시 흠칫거렸다.

"재워주기로 했잖아."

하원이 고개를 들자 우현의 입술이 닿을 듯 가까이 있었다.

"그러면 더 확실히 재워줘야지."

말의 의미를 묻기도 전이었다, 하원의 입술 위로 그의 입술이 내려앉은 것은. 부드럽다 못해 달콤하게 포개진 입술 사이로 말캉한 혀가 들어왔다. 하원의 등 언저리에 닿은 손이 강하게 끌어당겨졌다. 우현의 셔츠 자락을 꽉 움켜쥔 채, 하원이 눈을 감았다. 싫지 않았다. 그의 입술이, 저를 꽉 끌어당기는 그의 손이, 다리 사이로 포개진 그의 다리가, 싫을 리가 없었다. 여전히 이불이 맞닿은 채로 우현은 하원의 몸을 위로 올렸다.

그리고 계속되는 키스.

타액으로 촉촉하게 젖은 입술을 핥아 내렸다. 시작은 우현이었으나, 하원은 거부하지 않았다. 오히려 기다렸다는 듯 그의 키스를 받아들이고 이어 나가고 있었다. 오르락내리락하는 가슴이 부딪혔다. 하원이 숨을 뱉으면 그는 들이마셨다. 우현의 손이 하원의 뒷머리를 눌렀다. 입술이, 뜨거운 숨이 더 깊게 맞닿았다. 너무 뜨거워서 재가 될 것만 같았다.

신우현, 이 남자가 이토록 키스에 노련할 줄이야.

제 앞에서 내숭을 떨었던 걸까, 아니면 키스를 하고 싶지 않았던 걸까.

집요하게 혀를 낚아채고 뭉개는 그의 입술이 거칠어졌다. 상체부터 하체까지, 서로의 몸이 딱 붙어 있는 가운데 제법 농도 짙은 키스가 이어졌다.

아무 짓도 하지 않는다는 남자의 말을 믿은 건 아니었다. 우현의 말을 믿지 못한 것이 아니라 남자의 본능을 믿지 못했다. 하지만 키스 한 번에 이성이 와르르 무너지는 저 또한 다를 바가 없었다. 그것도 마치 기다렸다는 듯 응하는 키스라니.

츕츕, 거리는 소리가 방 안을 채웠다. 섹스보다 더 흥분되는 키스였다. 하원의 짧은 머리카락 사이로 손을 집어넣었다가 쓸어내리듯 목덜미로 내려와 하원의 뺨을 감쌌다. 그의 손이 스친 곳에 야릇한 감각이 피어올랐다. 형언할 수 없는, 묘하고 짜릿한 느낌이었다.

새벽인데도 제법 방 안이 후덥지근했다. 더운 공기 때문인지, 마치 술 한 잔 한 것처럼 뺨이 달아올랐다. 이렇게 긴 시간 동안 하는 키스는 처음이었다. 연애 초기 때도 하지 않았던 긴 키스가 시작되자 좀처럼 입술이 떨어질 기미가 없었다. 입안을 훑는 혀의 느낌이 간질거리고, 제 혀를 낚아챘다 놓았다 하는 움직임이 짜릿했다.

미칠 것만 같은 긴 키스 속 적요.

그저 키스만으로도 저릿한 감각을 선사하다니.

이전엔 미처 몰랐던 쾌감이었다.

마침내 입술이 떨어졌다.

"하아."

나른한 숨이 하원의 얼굴에 닿았다.

"이제, 정말 자자."

그러면서 우현이 양팔로 하원의 몸을 감쌌다.

"이러고?"

"응."

"불편하잖아."

그의 몸 위에서 내려가려는 하원의 몸을 그가 더욱 꽉 붙들었다.

"그래도."

"잠은 다 잤네, 뭐."

"그러니까 조금만 더 이러고 있자."

우현이 하원의 목덜미에 얼굴을 묻었다. 오뚝하게 솟은 그의 콧날이, 그리고 부드러운 입술이 하원의 목덜미에 닿는 느낌이 들었다. 그가 숨을 쉴 때마다 간지러워서 하원의 이마가 찡그러졌다.

그는 아무렇지 않은 걸까, 아니면 아무렇지 않은 척을 하는 걸까. 저에게 그런 말을 듣고도 키스를 하는 그의 속내는 무엇일까. 물론, 이제 와 물어봤자 돌아오는 것은 상처뿐이란 것을 알면서도 묻고 싶었다. 정말 날 사랑하긴 했느냐고. 그리고 그를 더 이상 이해하지 못하는 나 자신에게도.

중심부에 딱딱한 느낌이 들었다. 색정적인 느낌에 퍼뜩 정신이 들었으나 하원은 내색할 수 없었다. 그의 옆으로 자리를 옮겨 눕고 싶은데 저를 꽉 안은 손이 요지부동이다.

귀에 닿는 이 심장 소리가 제 것인지, 그의 것인지 알 수가 없다. 새벽과 참 잘 어울리는 울림이었다. 부산에서, 이 새벽에, 이렇게 그의 몸과 포갠 채로 잠을 잘 줄 알았을까. 불편해서 당장 내려오고 싶지만, 귀에 가만히 울리는 이 심장 소리가 더없이 좋게 느껴졌다.

그래서 가만히, 가원은 그의 가슴에 귀를 갖다 댔다.

두근. 두근두근. 두근.

울리는 이 심장 소리에 맞춰 제 심장 소리도 따라 울렸다.

따사로운 햇살에 하원이 눈을 찌푸리며 떴을 때 그는 없었다. 이불이 가슴까지 덮여 있었다. 손을 뻗어 그가 누워 있었을 자리를 매만졌다. 새벽에 출발해 꽤 피곤했겠다. 혹시 가다가 졸음운전은 하지 않았겠지. 걱정과 우려의 눈빛이 빈자리에 향했다. 침대에서 몸을 일으키자 가슴께까지 올라와 있던 이불이 스르륵 내려갔다. 침대에서 내려오는데, 탁자 위에 쪽지 하나가 보였다. 반쯤 접힌 종이가 스탠드 밑에 깔려 있었다. 꼭 떨어지지 않도록 고정한 것 같았다. 하원은 손을 뻗어 쪽지를 꺼냈다.

우리가 정말 사랑했을까…….
그 순간만큼은 오해하고 싶지 않아.
복잡했던 머리가 맑아졌어. 박람회 잘 마치고 보자.

정갈한 글씨체를 바라보는 하원의 가슴이 괜히 먹먹해졌다. 그리고 묻고 싶었다. 무엇이 그의 머리를 복잡하게 했고, 또 무엇으로 인해 머리가 맑아진 건지.

쪽지를 꼭 쥐고서 하원은 창가로 다가갔다. 방 안으로 성큼 들어온 따사로운 햇살이 오늘 박람회를 격려해주는 듯했다.

"우현 씨, 당신."

그 먼 길을 한달음에 달려와 잠깐 내 얼굴을 보고 간 당신. 저녁을 걸렀다며 오자마자 도시락부터 꺼내곤 젓가락을 쥐여주는 당신. 멋진 야경을 내게 선물로 주고선, 되레 상처만 받은 당신. 원래 당신은 안 그렇잖아. 이러지 않았잖아. 가족들에게 받은 상처에서 나까지 보태고 싶지 않았는데, 어째서 날 이렇게 못된 사람으로 만드는지…….

하원은 손을 올려 입술을 매만졌다. 기나긴 키스로 입술이 도톰하게 올라와 있었다. 그도 저와 마찬가지로 입술이 부풀었겠지. 참, 우습다. 이게 뭐 하는 짓인지. 그런데도 그와 했던 키스가 다시 떠오르자마자, 생경한 그 느낌이 다시 떠오르다니.

솜사탕처럼 부드럽고, 초콜릿보다 더 달콤했던 키스였다. 정신이 아득하게 물들고, 마치 전기가 오는 것처럼 손끝이 찌릿하게 저렸다. 거기다, 들뜬 이 심장은 말할 것도 없고.

키스를 이어 나가던 그 순간만큼은, 그것이 전부인 양 굴었다. 집요하게 입술을 빨고, 타액이 얽히고 숨결이 엉켰다. 섹스보다 더 야한, 키스였다. 흐트러진 그 숨결조차 야했다.

"후우……."

얼굴이 뜨거웠다. 심장은 요동치고 있었다. 복부에 닿았던 딱딱한 그것의 느낌이 떠올랐다. 오랜 시간을 느꼈던 그것이 어제는 생소하게 느껴졌다. 이미 남성은 흥분한 상태였으나, 우현은 억누르고 있었다. 참고 있다는 걸 알 수 있었다. 이성보다 감정이 먼저 움직이는 사람이 저라면, 그는 감정보다 이성이 먼저인 사람이었다. 하지만 그렇다고 욕구를 이성으로 조절한다고 조절이 가능한 것은 아니었다. 조절 가능한 범위 외에 있었다.

어쩌면 그가 말했던 '아무 짓'의 범위 내엔 키스는 포함 밖이었는지도 모르겠다. 그 이상은 하지 않겠다는 암묵적으로 자신과의 약속을 한 걸지도.

고급 빌딩들이 아우러져 있는 곳을 내다보던 하원의 눈이 감겼다. 이제부터 박람회 준비로 바빠질 터였다. 더 이상 딴생각은 금물이었다. 욕실로 들어간 하원은 샤워부스 밑에서 뜨거운 물줄기를 맞았다.

집에 들러 샤워하고 옷만 갈아입고 다시 회사로 출근했다. 의자 등받이에 기대 잠깐 눈을 붙인 우현은 직원들의 인사 소리에 눈을 떴다.

지잉.

책상 위에 올려놓은 휴대폰이 짤막한 소리를 냈다.

[출근 잘했어?]

하원에게서 온 메시지였다. 하원의 연락은 오랜만에 받는 듯했다.

196

[왜, 졸음운전이라도 했을까 봐?]

농담 섞인 메시지를 입력하는 저 자신이 어쩐지 낯설게 느껴졌다. 자판기에서 뽑아놓고 마시지 않은 캔 커피로 마른 입술을 적셨다. 피곤이 좀처럼 물러나지 않는다.

[멀쩡한 것 같아 다행이네.]

걱정한 걸까. 이른 아침부터 메시지를 보낸 것을 보면, 우리의 관계가 조금이라도 개선된 걸로 봐도 무방할까. 괜한 기대감에 가슴이 부풀었다.

비좁은 침대에 그녀와 겹쳐 누운 채로 잠이 들었다가 깼을 땐 이상하게 머리가 맑아졌다. 도통 잠이 오지 않았었는데 잠깐이라도 눈을 붙인 게 정말 다행이었다. 그렇지 않았다면 인천으로 오는 길에 졸음운전을 했을지도 몰랐다. 한 시간가량 잤을까. 제법 자신도 피곤한 모양이었다. 그렇게 불편한 자세로 잠든 것을 보면.

달큰한 키스가 꽤 오랫동안 지속됨에 따라 흥분도 점차 커졌다. 들뜬 가슴을 뒤로한 채 흥분을 가라앉혀야 했다. 하원의 등 언저리로 넘어간 손이 스커트 속을 밀고 들어가 보드라운 살결을 만지지 않으려 얼마나 애를 썼는지 모른다. 그 후에는 어떤 일이 벌어질지 알고 있었으니까. 분명 그녀에게 아무 짓도 하지 않겠노라 호언장담해놓고 정작 그녀와 키스를 하면서 자신이 했던 말을 무르고 싶었다. 당장에라도 스커트를 들어 올리곤 속옷을 단숨에 벗기고 싶었으나, 키스의 여운을 잠깐이라도 즐기고 싶었다. 출발하기 전까지 이어질 것 같은 기나긴 키스를 가까스로 끊어내고, 그는 한참을 그녀를 품에 가뒀다. 품 안 가득 들어오는 그녀의 체구가 이리도 작았었나 싶었고, 솜털처럼 가볍다는 걸 깨달았다.

서로의 뺨을 맞댄 채, 들뜬 심장이 좀처럼 제어가 되지 않은 채, 새벽이 길어질 것만 같았다. 시간이 멈추었으면 좋겠다고 생각했다. 이 순간이 영원했으면 좋겠다고.

[금요일에 데리러 갈게.]

우현은 답장을 보냈다. 부산으로 가는 길은 혼자지만, 돌아올 때는 함께일 것이다. 먼 길을 달려가는 그 길이 가깝게 느껴졌다.

마지막 박람회 날까지 행사장 안엔 인파가 가득했다. 더욱이 신상품을 박람회 기간 동안만 할인 판매하는 파격적인 행사까지 하고 있어 사람들의 발길이 끊어질 줄 몰랐다. 타 부서 남직원들까지 발 벗고 도와준 덕에 행사는 차질 없이 마무리가 되고 있었다.

마지막 날이라 그런지 마음이 가벼워졌다. 일사천리로 행사가 마무리되어 다들 한껏 들떠 있었다. 그중 제일 들뜬 사람은 하원이었다.

"세 시 마무리죠?"

하원에게 가까이 다가온 지윤이 물었다. 손엔 설문지를 가득 들고 있었다.

"응."

"과장님께서 인천 올라가면 저녁 식사하자는데 괜찮으세요?"

곤란한 표정으로 하원이 입을 열었다.

"어쩌지……."

"약속 있으시구나. 혹시 남자 친구분이 데리러 오세요?"

"아, 응."

하원이 쑥스러운 얼굴로 고개를 끄덕였다.

"와, 대단하다."

지윤의 부러움에 하원이 얼굴을 붉혔다.

"저녁은 나 빼고 해야겠네. 참석 못 해서 미안해."

수고했다는 의미에서 부장님이 회식을 제안한 것이 분명하였다. 지금까지 이런 자리를 빠진 적이 없었기에 하원으로선 마음이 편치 않았다.

"미안하긴요. 이런 날은 일찍 집에 보내주는 게 최곤데. 그쵸?"

다른 사람들 귀에 들리지 않도록 지윤이 하원의 귀에 속삭였다. 입사한 지 이제 막 6개월 차 접어드는 지윤은 하원을 가장 편하게 대했다. 그렇다고 선을 넘거나, 도를 넘어서지는 않았다. 불쾌하지 않은 선에서 하원을 편하게 대하는 것에선 하원도 좋았다.

"그러게. 참, 저번에 우현 씨랑 야경 보러 갔었는데 아주 끝내줬어."

"좋았겠다."

"지윤 씨가 알려준 곳이잖아."

"제가요?"

금시초문이라는 듯 지윤이 되레 반문했다.

"응, 그렇다던데."

"에이, 착각하셨나 보다. 전 그때 대리님 점심 식사도 제대로 안 하고 저녁까지 걸렀다는 말만 했는걸요. 그래서 도시락이라도 사 가야겠다고 하셨는데."

"아, 그래⋯⋯."

하원은 어리둥절한 얼굴로 말끝을 흐렸다. 그때 분명, 우현은 후배가 알려준 곳이라고 했었다. 구태여 거짓말을 할 필요는 없었는데, 어째서.

재킷 안주머니에서 잠잠한 휴대폰을 꺼냈다. 지금 출발해야 행사가 마무리되는 시간에 맞춰 도착할 수 있었다. 하원은 잠깐 자리를 피해 우현에게 전화를 걸었다. 하지만 긴 신호음 끝에 전화 연결이 되지 않았다.

"바쁜가."

하원은 다시 자리로 돌아왔다. 행사 담당자였기에 오랜 시간 자리를 비울 수 없었다. 이따 다시 우현에게 전화를 걸기로 하였다.

"설문조사 하시고 샘플 받아 가세요. 새로 나온 신상품 50% 파격 세일입니다."

지윤이 부스 앞에서 사람들에게 팸플릿을 나누어주고 있었다. 한쪽에선 피부 타입별 화장품 소개와 시연 중이었다.

지잉, 지잉.

하원은 급하게 휴대폰을 꺼냈다. 하지만 이내 발신인을 확인하곤, 실망한 표정이 되었다.

"응, 민경아."

-오늘 퇴근하고 뭐 해?

이번 주 내내 박람회 때문에 부산에 내려와 있다는 사실을 고새 잊은 모양이었다.

"나 부산."

-아아, 맞다. 내 정신 좀 봐.

"정신 좀 차려."

하원이 핀잔을 주었다.

-피곤하겠다. 몇 시에 끝나?

"3시쯤 끝날 듯."

주변을 살피며 하원이 눈치 보며 대답했다.

-아, 그럼 내일 저녁이나 먹자.

"그래, 전화할게."

민경과 짤막한 통화를 끝낸 하원은 액정을 확인했다. 출발한다는 메시지조차 아직 없었다. 아침에 잠깐 메시지를 주고받은 것이 전부였다. 출발할 때 분명 연락한다던 그였다. 하원은 예전 일이 떠오르면서 불안했다. 또 이런 식으로 약속이 취소되는 건 아니겠지.

박람회 일정이 모두 종료되었다. 뒷정리를 마치고 직원들과 호텔로 들어왔다. 짐을 챙겨 호텔 체크아웃을 하고 로비에 모였다.

"박 대리는 애인이 데리러 온다고?"

김영은 과장이 물었다. 부산으로 내려올 때 법인 차량을 타고 같이 내려왔기에 회사까지 갈 때도 같이 가는 걸로 알고 있던 김영은 과장은 지윤에게 들은 모양이었다.

"아, 네."

하지만 지금 그와 연락이 닿지 않은 상황에서 그를 마냥 기다려도 좋은지 고민하던 하원이 뒤늦게 대답하였다.

"애인은 출발했어?"

"글쎄. 아직 연락이 안 와서요. 조금 기다려야 할 것 같아요."

"곧 있으면 도착하겠지. 그럼 우리 먼저 출발할게."

로비 앞에 법인 차량이 멈추었다. 하원은 김영은 과장과 다른 직원들에게 인사했다.

"과장님, 회사에서 뵐게요. 지윤 씨도 수고했어."

"그래, 박 대리도 수고했어. 월요일에 보자."

김영은 과장을 비롯해 다른 직원들이 로비를 빠져나가 차에 탑승하는 모습을 지켜보았다. 그때까지도 우현에게선 감감무소식이었다. 하원은 다시 우현에게 전화를 걸었다. 긴 신호음 끝에 음성 사서함으로 넘어가버렸다. 하원은 캐리어를 끌고 로비에서 나와 택시를 탔다. 일단 부산역으로 갈 참이었다. 택시를 잡아타고, 부산역으로 가는 동안에도 휴대폰은 잠잠하였다. 괜한 불안함이 하원의 몸을 감쌌다.

"당신, 정말……."

혹시 무슨 일이 있는 건 아닐까 걱정했다가, 늘 이런 식으로 약속을 어기던 그였으니 그답다는 생각도 했다. 1분 동안 마음이 수십 번 왔다 갔다 했다. 끝끝내 우현과 연락이 닿지 않았다. 부산역에 앉아 하원은 마지막으로 그에게 전화를 걸었다.

-고객님의 전화기가 꺼져 있어…….

그래, 신우현. 이래야 당신이지. 정말 당신답다.

허탈한 미소가 하원의 입가에 걸렸다. 잠깐이나마, 다시 그를 기대하려 했던 스스로가 이토록 우스울 수가 없다. 그렇게 당해놓고, 뭘 더 기대할 게 남았다고 미련을 버리지 못했을까. 그에게 단 한 번도 1순위이길 바란 적도, 만사 제치고 저를 위해 달려오길 바란 적도 없었다. 하지만 최소한 저를 생각하고, 위하는 마음을 바랐다. 사치라고, 욕심이라고 생각하지 않았다. 하지만 신우현 그에겐, 그런 사소한 것들이 사치고 욕심인 모양이다.

"후우……."

혼자 남겨졌다는 비참함에 하원의 눈에서 뜨거운 눈물이 흘렀다. 기대한 만큼 실망도 큰 법이란 걸 이미 몸소 경험해놓고 같은 실수를 반복하고 말았다. 이젠 더 이상 그에게 이런 식으로 상처받는 건 그만하고 싶었다. 그래, 그만하자. 5년을 봐온 사람이다. 그동안 변하지 않던 사람이 한순간에 변한다는 건 말도 안 되는 일이다. 사람은 쉽게 변하지 않는다. 결심을 굳힌 하원은 자리에서 일어났다.

10. 살아 있어서 참 다행이다

한 시간을 기다려 인천으로 가는 KTX 열차를 타고 하원은 집에 도착하였다. 집엔 아무도 없었다. 하원은 캐리어를 방 한쪽에 놓아두고는 침대에 얼굴을 묻었다. 여전히 연락 한 통 없는 이 남자를 자신은 아직도 무슨 미련이 있어서 기다리는 걸까. 하지만 제 연락조차 받지 않은 그에게 일방적으로 또다시 이별을 통보하고 싶지 않았다. 적어도 그의 목소리에 대고, 똑똑히 새겨주고 싶었다.

"흐윽."

눈시울이 뜨거워졌다. 감은 눈에서 하염없이 흐른 눈물이 베개를 흠뻑 적셨다. 못 올 상황이라면 적어도 연락 한 통 정도는 해줘야 하는 것이 아닌가. 같이 놀이공원에 가기로 했던 날, 그때처럼 사정이 생겼다고 뒤늦게 연락 올 것이 뻔했다. 늘 이런 식으로 저와의 약속을 무참히 깨버리는 남자였다. 근래 그의 어릴 적 이야기를 듣고 하원은 그에 대해 정말 아는 것이 없다는 걸 깨달았다. 정말 아무것도 모르는 사람은 그가 아니라 어쩌면 저였을지도 모른다고 잠깐이나마 자책했던 자신이 이렇게 한심할 수가 없다. 쉽게 그의 손을 놓은 것이 미안했고, 가슴이 아파졌다.

혹시, 이번엔, 어쩌면……

그렇게 하원은 또 기대했다. 야경을 보면서 던진 질문의 대답은 뒤로 미룬 채, 어쩌면 다시 시작할 수 있을 것이라고 기대했었다. 쉽진 않겠지만, 그래도 노력을 해보고 싶었다. 아직 놓지 않은 그의 손을 다시 잡고 싶었다.

어떻게 당신은 끝까지 날 실망시키니.

내가 그렇게 우습니. 나는 당신이 함부로 대해도 괜찮은 사람이니?

사랑한다며. 믿어달라며. 노력한다며. 기다리겠다며.

당신은 마지막 내 믿음을 무참히 깨버렸어.

"나쁜 놈……. 흐윽……."

잠깐이라도 그를 믿었던 저를 질책해본다. 결국 이리될 거, 뭐하러 다시 시작했을까. 후회와 실망은 뒤로하고 하원은 침대에서 몸을 일으켰다. 눈가에 묻은 눈물을 손등으로 닦아냈다. 굳이 지금 시간을 확인하지 않아도 늦은 저녁이 되었을 것이다. 하원은 욕실로 들어갔다. 옷도 전부 벗지 않은 채 뜨거운 물줄기 밑에서 웅크려 앉아 있었다. 머리에서 얼굴로, 턱으로 하염없이 물줄기가 흘러내렸다. 온몸이 젖을 동안 하원은 웅크린 채 미동도 하지 않고 있었다.

그렇게 얼마나 지났을까. 몸을 감싸는 냉기로 인해 하원은 퍼뜩 정신을 차렸다. 젖은 옷가지를 벗고 새 옷으로 갈아입었다. 물기가 떨어지는 머리는 그대로 둔 채 다시 침대에 앉았다. 이번엔 그에게 어떤 변명도 핑계도 듣지 않고 끝내야겠다. 하원은 백 속에서 휴대폰을 꺼냈다. 통화목록에서 가득 찬 그의 이름을 터치하였다.

열차를 타기 전까지만 해도 꺼져 있던 휴대폰이 연결음으로 넘어갔다. 하원은 애써 마음을 다 잡았다. 집요한 연결음 끝에, 달칵하며 통화 연결이 되었다.

-신우현 부장님 휴대폰입니다.

하지만 전화를 받은 이는, 낯선 사람이었다. 목 끝까지 올라왔던 말을 집어삼킨 하원은 그저 입술만 벙긋거릴 뿐이었다.

"저……."

-안 그래도 전화드리려던 참이었는데, 지금 부장님께서 입원하셨습니다.

"입원이요?"

반문하는 하원의 눈이 커졌다.

"어디 다친 거예요? 사고 났어요? 아니, 아니 어느 병원이에요?"

미친년처럼 연달아 질문을 쏟아부으면서 하원은 집에서 뛰어나왔다.

반쯤 눈을 떴다가 우현은 깊게 다시 눈을 감았다 떴다. 주변을 살피던 그가 힘겹게 몸을 일으켰다. 링거주사 바늘이 우현의 손목

우리가
정말
사랑 했을까

에 꽂혀 있었다. 병실 문이 열리더니, 부하 직원인 김 대리가 들어왔다.

"부장님, 정신이 드세요?"

"여긴 병원인가?"

걱정스러운 얼굴로 김 대리가 대답했다.

"네. 아침에 갑자기 쓰러지셔서 병원으로 왔습니다. 괜찮으십니까?"

"응, 말짱해."

우현은 담담한 얼굴로 대답했다. 그러고 보니 오전에 회의실로 이동하던 중에 정신을 잃은 것 같기도 했다. 갑자기 현기증이 일면서 그 뒤론 기억이 없었다.

"담당 의사 말로는 과로라고 하셨으니까 3일 쉬면 회복될 거라고 하셨습니다."

우현은 침대에서 내려오다 현기증에 몸을 비틀거렸다. 다행히 김 대리가 우현을 부축했다.

"누워 계십시오. 필요한 게 있으면 말씀하시고요."

"괜찮으니까 그냥……."

벌컥, 병실 문이 열렸다. 엉망인 얼굴로 병실 안으로 들어온 사람은 다름 아닌 하원이었다. 우현은 그제야 그녀를 데리러 가겠다고 한 약속을 지키지 못했음을 깨달았다.

"우현 씨!"

눈물범벅이 된 얼굴로 하원이 우현의 품에 안겼다.

"전화가 와서 말씀드려야 할 것 같아서……. 그럼 전 이만."

김 대리가 깍듯하게 고개를 숙이곤 몸조리 잘하라는 말을 남기고 병실에서 나갔다. 아무리 그래도 자신이 병원에 입원한 사실은 그녀는 몰랐으면 좋겠다고 생각했다. 그녀가 몰라서 다행이라고 생각했고. 그런데 난데없이 나타난 그녀의 얼굴은 눈물로 일그러져 있었다. 막 샤워를 한 모양인지 채 마르지 않은 축축한 머리가 우현의 뺨에 닿았다. 홈웨어 차림 그대로 입고 나온 그녀가 얼마나 놀랐을지 짐작이 갔다. 거기다 맨발에 슬리퍼 차림. 그것도 짝이 맞지 않은 슬리퍼를 대충 신고 나왔다.

"하원아."

작은 어깨가 들썩였다.

"우현 씨. 흐윽."

무사한 얼굴을 확인하자마자 터진 눈물이 좀처럼 그칠 줄 몰랐다. 그가 무사해서 다행이라는 안도감과 함께 또다시 그를 불신했던 마음이 뒤엉켜 울컥 밀려들었다. 미안하고 또 미안해서, 결국은 그를 믿지 못했다는 자책감에 눈물이 좀처럼 그칠 줄 몰랐다.

"미안, 미안해……."

이 말밖에는 할 말이 없었다. 차마 미안해서 그의 얼굴을 제대로 볼 수가 없었다. 아무것도 묻지 않고 그저 등을 토닥여주는 우현의 손길에 하원은 더 목 놓아 울어버렸다.

"미안한 건 난데. 또 약속 지키지 못했잖아."

"……흐윽."

"미리 연락도 못 했고."

"당신, 바보야?"

그의 가슴에서 얼굴을 뗀 하원이 다그치듯 소리 질렀다.

"난 끝까지 당신을 믿지 못했다고. 난, 나는 또 당신이⋯⋯."

"머리도 안 말리고 이게 뭐야. 감기 걸리겠다."

"우현 씨."

전화 한 통화에 뭐에 쫓기듯 한달음에 달려온 이 여자를, 어찌 미워할 수 있을까. 우현은 하원의 등을 가만히 감쌌다.

"그래도 눈뜨자마자 보이는 얼굴이 너라서 다행이다."

하원은 가슴이 먹먹해졌다.

"직원 말로는, 당신 과로로 쓰러졌다던데. 괜찮은 거야?"

"응."

"정말이지?"

하원이 재차 물으며 대답을 요구했다. 우현은 너그러운 얼굴로 고개를 끄덕였다.

"여기 앉아 있어."

우현은 하원을 침대에 앉혀놓고 서랍에서 마른 수건 하나를 꺼냈다. 그러곤 하원의 머리를 툭툭 털어주었다. 머리에 수건이 감싸지자 하원의 눈에서 뚝뚝 눈물이 떨어졌다. 무릎 위로 하염없이 눈물 자국이 새겨졌다. 이렇게 다시 그의 따뜻한 손길을 받을 수 있어서, 정말 다행이라고 바닥까지 추락했던 심장이 제 기능을 하자마자 다시 눈물이 흘렀다.

"이런 말 하면, 거창한 병에 걸린 줄 알겠지만."

"⋯⋯."

"살아 있어서 참 다행이다."

과로가 아닌 죽을병에 걸려 그대로 즉사했다면 정말 억울할 뻔했다. 제 걱정에 한달음에 달려온 하원의 모습을 보지 못할 뻔했으니까. 깊어가는 밤을 붙잡고 싶을 정도로 우현은 지금 이 순간, 너무 행복했다.

회진하는 의사가 돌아갔다. 다행히 앞으로 무리하지 않으면 회복할 수 있을 거라는 김 대리의 말과 같은 말을 들었다. 대신 3일 동안은 무조건 입원해야 한다고 강조하는 덕에, 하원이 그동안 곁에 있기로 했다. 씻고 잠자리에 든 우현이 벽 쪽으로 몸을 붙이곤 침대를 툭툭 쳤다.

"올라와."

"아냐, 괜찮아. 이제 집에 가야지."

의자에서 몸을 일으키려는 하원의 팔을 우현이 끌어당겼다.

"가긴 어딜 가?"

"우현 씨."

"시간 늦었잖아. 택시도 요즘 위험해."

완강한 우현의 말에 하원이 어쩔 수 없다는 듯 침대로 올라왔다. 우현은 이불을 하원의 가슴까지 덮어주었다.

"우현 씨."

"응."

"머리가 맑아졌다는 말, 무슨 뜻이야?"

우현의 품에서 고개를 든 하원이 물었다.

"어떻게 널 붙잡아야 할지 막막했었는데 너의 물음을 듣고 나서 깨달았지."

"무엇을?"

"널 붙잡을 게 아니라 내가 변해야 한다는 걸."

"아……."

어둠 속에서 검은 눈동자가 그윽하게 빛났다. 하원은 그의 가슴에 더 깊이 파고들었다. 하원의 등을 감싼 우현의 손에도 힘이 들어갔다.

"오늘 널 데리러 가면서 그 말을 하려고 했었어."

우현의 목소리에 하원의 코끝이 다시 찡해졌다. 눈물을 흘리지 않기 위해 마음을 다잡았다.

"나도 참 바보 같았어."

조심스럽게 말을 꺼내놓는 하원의 목소리가 울먹임으로 변했다.

"당신을 이해한다고 해놓고 실은 전부 이해하지 못했으니까."

참으로 어렵고 힘들게 속마음을 털어놓았다. 우현의 입가에 희미한 미소가 번졌다. 그간 보았던 어색하거나 힘들어 보이는 미소가 아니었다. 하원은 손을 뻗어 우현의 뺨을 감쌌다. 고새 피부가 까칠해져 마음이 아팠다. 한쪽 팔로 침대를 지탱한 채 우현의 입술이 하원의 얼굴로 내려앉았다. 이마에, 콧등에, 뺨에 닿았던 입술이 하원의 입술로 포개졌다. 하원은 손을 뻗어 우현의 목을 감쌌다. 더 깊게 입술이 맞물렸다. 타액으로 젖은 입술이 촉촉하게 빛났다. 반쯤 열려 있는 창문 사이로 들어오는 달빛에 의지한 채 시작된 키스는 깊어져 갔다. 타액을 들이마시고, 숨결을 나누고, 마음을 나누었다. 우현의 손이 티셔츠 속으로 들어왔다. 납작한 복부를 지나 브래지어를 들어 올리곤 그대로 가슴을 움켜쥐었다. 흐읏, 하고 터질 것 같은 신음을 가까스로 억누른 채, 들뜬 심장은 좀처럼 제어가 되지 않았다. 부드러운 살갗을 매만지며 돌기를 비틀거리자 하원은 찌릿한 감각에 몸을 움찔했다. 장소가 장소인지라, 이러면 안 된다는 걸 알면서도 하원은 멈출 수가 없었다. 제 몸을 뜨겁게 타오르게 하는 그의 손길을 차마 거부하기 어려웠다.

"우현 씨……."

제 아래에 깔려 섹시한 음성으로 저를 부르는 하원의 모습은 미치도록 아름다웠다. 나른하면서 부드럽게 젖은 음성. 우현은 하원의 바지와 함께 속옷을 벗겼다.

"잠, 잠깐."

"왜?"

허리춤에 머물러 있던 손이 그대로 정지된 채 물었다. 설마 이 기막힌 타이밍에서 안 된다고 거절하는 건 아니겠지? 불길한 표정으로 우현이 하원을 내려다보았다.

"병원에서 이래도 돼?"

아무리 1인 병실이라고 할지라도 집이나 호텔이 아닌, 병원에서 이래도 되나 싶었다. 하지만 금방이라도 바지를 벗을 듯 허리춤에 머무른 그의 손을 보니, 멈추라고 해도 그만할 것 같지 않았다. 의지대로 제어할 수 있는 것이 아니란 것 정도는 하원도 알고 있으니까.

"돼."

"우, 우현 씨."

바지와 함께 속옷을 벗자 남성이 튀어 올랐다.

"안 그럼 내가 미칠 것 같아."

"그, 그래도……."

허락이 떨어지지 않자, 우현의 손가락이 하원의 다리 사이로 파고들었다. 이미 키스로 이렇게 질척하게 젖어놓고 더 이상 뜸 들일 게 뭐란 말인가. 거웃 아래로 미끄러진 손가락 하나가 입구 앞에서 간질였다. 미간을 모은 채 인상을 찌푸리곤 터질 듯한 신음을 양손으로 막았다. 우현은 하원의 반응에 손가락을 깊숙이 진입했다. 물기 어린 그곳에 손가락이 쉽게 들어갔다.

"아!"

저도 모르게 터진 신음에 하원이 입술을 깨물었다. 혹시 밖에서 누가 듣진 않았는지, 심히 걱정스러웠다.

"이래도?"

"나빠, 정말……."

지그시 입술을 깨문 입술 위로 우현이 입술을 묻었다. 으흐흣, 하고 터진 신음이 우현의 입안으로 사라졌다. 물기 어린 그곳을 손가락을 비틀며 하나 더 보태곤 끝까지 밀었다.

"……해."

결국 하원의 허락이 떨어졌다. 하원의 몸을 옆으로 눕혀놓고 그 뒤로 몸을 겹쳤다. 하원의 엉덩이 사이로 남성이 들어갔다. 그러곤 축축하게 젖은 꽃잎에 남성이 들어찼다.

"홋."

의지와 상관없이 흐트러진 신음이 제멋대로 날뛰었다. 우현의 한 손이 가슴을 주무르곤, 허리를 비틀었다. 처음 하는 체위라서 그런지, 낯선 감각에 더욱 흥분되었다. 등 뒤로 느껴지는 그의 들뜬 심장 소리, 억누르는 신음, 그리고 제 가슴을 자유자재로 주무르며 애무하는 손길까지 하원은 모든 것이 흥분되었다.

"하원아."

"……으응."

하원은 그의 부름에 겨우 대답했다.

"하원아."

"우현 씨."

하원의 엉덩이와 그의 중심부가 막힘없이 맞닿았다. 최대한 소리가 나지 않도록 우현은 허릿짓을 강도를 높이지 못했다.

"네가 왜 섹스할 때 내 이름을 부르는지 알겠어."

"응……."

"하원아. 하원아."

조용히 제 귀에 스미는 우현의 음성에 하원의 가슴이 젖어들었다.

"사랑해."

울컥, 하고 감정이 차오른다. 벅찬 감정에 하원의 심장이 빨라졌다. 그득하니 가슴에 그의 마음이 채워지기 시작한다.

"나도, 나도……."

차마 말을 잇지 못하고 하원은 고개를 돌려 그의 얼굴을 마주했다. 그리고 이어지는 키스. 입술과 입술 사이로 포개지면서, 서로의 타액을 나누었다. 바라보는 눈빛이 어느 때보다 간절하고 애절하게 변했다.

사랑, 사랑…….

"사랑해."

그를 사랑한다고 고백했던 수많은 순간 중, 지금이 가장 설레었다. 이렇게 가슴 벅찬 순간이 닥칠 줄이야. 미처 예상치 못했던 순간이 맞닥뜨리자, 눈물이 그렁그렁 맺혔다. 너무 행복해서, 그토록 간절했던 순간이어서, 하원은 그만 울음을 터트리고 말았다. 우현은 그저 하원의 눈가에 맺힌 눈물을 손가락으로 쓸어내릴 뿐, 아무런 말이 없었다. 하원의 눈가에 가볍게 입을 맞추었다.

울음이 점차 잦아들었다. 우현은 하원의 몸을 돌려 침대 위에 엎드리게 했다. 높게 치솟은 엉덩이 사이로 남성이 다시 들어찼다. 하원은 베개에 얼굴을 묻고는 침대 시트를 꼭 쥐었다. 목까지 차오르는 신음을 참기 위해 입술을 깨물었다. 적요 속에서 찰박이는 마찰음만이 가득하니 퍼졌다.

"흑, 하아……."

줄곧 참았던 신음을 터트리는 우현의 허릿짓이 빨라졌다. 절정에 달한 격한 움직임에 침대가 삐걱거리면서 움직였다. 덩달아 하원의 심장도 요동쳤다.

"으으윽."

낮게 신음을 흘린 우현이 하원의 등에 맥없이 무너졌다. 온몸이 땀으로 질척였지만 등 뒤로 느껴지는 심장이 달음질하는 소리에 하원의 입가에 미소가 그려졌다. 이제야 조금씩 서로에 대해 알아가기 시작한다. 그리고 서로를 이해하기 시작했고. 좀처럼 섹스의 여운이 사라지지 않는다.

추적추적.

비가 내리는 소리가 창문을 때리는 소리에 하원이 반쯤 눈을 떴다. 우현의 팔베개를 한 채로 누워 있는 등 뒤로 그의 고른 숨결이 느껴졌다. 티셔츠가 반쯤 올라간 채로 가슴을 만지던 우현의 손이 그대로 머물러 있었다. 목이 말라 하원은 조심스럽게 일어나 생수를 꺼내 목을 축였다. 다시 침대로 올라오자 스르륵 티셔츠 안으로 손이 밀고 들어왔다. 그러곤 여과 없이 가슴을 주무르기 시작한다.

"깼어?"

"응."

나른하면서 조용한 음성이 하원의 귓가에 스몄다.

"밖에 비 오나 봐."

"그런 것 같아."

대답하며 우현이 하원의 허리를 바짝 끌어당겼다.

"내일 당신 집에 가서 갈아입을 속옷이랑 필요한 것 좀 챙겨 올게."

하원의 목덜미에 고개를 묻은 우현이 고개를 끄덕였다. 하지만 이내 제 차림을 인식한 하원이 다시 입을 열었다.

"아, 집에 가서 일단 옷 좀 갈아입어야겠구나. 내 차림이 참……."

"집에 가면 쇼핑백 있을 거야. 그 옷 입어."

"무슨 옷인데?"

"그냥 예뻐서 샀어."

생각지도 못한 말에 하원이 몸을 돌려 우현을 바라봤다.

"당신이?"

"왜, 난 그러면 안 돼?"

의외였다. 신우현이 옷가게에서 예쁘다고 옷을 살 줄은.

"아니."

"생일 선물도 같이 있으니까 가져와."

낮은 중저음의 목소리가 새벽의 빗소리와 잘 어울렸다. 우현의 집엔 그녀의 구두나 화장품이 하나둘씩은 있었다. 신발이나 화장 같은 건 문제 될 게 없었다.

"응."

그가 이번엔 생일 선물로 무엇을 골랐을지 하원은 궁금했다. 하지만 제가 직접 확인하고 싶은 마음에 일부러 묻지 않았다.

"큰집엔 연락했어?"

"무슨 연락?"

하원의 물음을 오히려 그가 반문했다. 하원은 대답하기 곤란한 얼굴로 조심스럽게 입을 열었다.

"당신 입원한 거, 큰집 가족들에겐 알려야 하지 않나 싶어서."

혹시 괜한 말을 꺼낸 걸까 후회가 들었다. 그에게 그다지 좋은 기억이 없는 곳일지라도 고등학생 3년을 같이 살았다. 알아야 하지 않을까 싶었다.

"그럴 필요 없어."

싸늘하게 굳은 얼굴로 우현이 대답했다. 순간 하원은 아차 싶었다.

"아, 내가 괜한 말을 했네."

"독립한 뒤로 크게 왕래하던 곳이 아니라서."

"아……."

이제야 그의 말을 하원은 이해하였다. 그래도 유일한 가족이란 울타리인 셈인데 환영받지 못하는 존재는 굉장히 슬플 것 같았다. 가족이라 생각했다면, 그가 연락을 취하기도 전에 알아서 병원으로 들이닥쳤을 것이다. 괜찮냐는 따뜻한 말 한마디 듣지 못할 남보다 더 못한 사이로 지내는 그의 기분은 어떨까.

"퇴원하면 놀이공원 가자."

"놀이공원?"

"못 갔으니까."

솔직히 생일에 꼭 놀이공원을 가고 싶었던 것은 아니었다. 그날, 그가 늦을 것 같다는 메시지 한 통만 보냈어도, 놀이공원에 가지 못한다는 실망은 하지 않았을 것이다. 그러면 놀이공원은 다음으로 미루고, 간단히 점심 식사를 해도 하원은 행복했을 것이다. 중요한 건, 무엇을 하느냐가 아닌 누군가와 함께하느냐는 사실이니까. 그런데 우현은 그 사실을 깨닫지 못한 모양이었다. 이렇게나 제 마음을 알지 못한 채로, 서툰 표현을 하는 이 남자, 신우현을 하원은 제대로 바라보기 시작했다.

"그래, 가자."

내내 그 사실을 마음속에 담아두었을 그를 떠올리니 심장이 아렸다.

"우현 씨."

그의 가슴에 얼굴을 묻은 채로 하원이 그를 불렀다.

"응."

"당신 어릴 적 이야기 듣고 싶어."

"그렇게 썩 유쾌하진 않을 텐데."

"괜찮아."

손을 뻗어 다 큰 남자의 등을 꼭 안으며 하원이 대답했다.

"몇 살 때부터 말해줄까."

"아무 때나."

"음……."

그렇게 우현은 한참을 뜸 들였다.

"중학생 때는 1년에 한 번씩 학교를 옮겨야 했기 때문에 친구를 만들 기회가 없었어. 뭐, 내가 만들지 않은 쪽이 더 가깝겠지."

"어째서."

"어차피 1년 뒤엔 다른 학교로 전학 가야 할 테니까."

목소리를 덤덤한데, 듣는 하원의 마음은 젖어들었다. 소년이었던 우현의 마음이 어땠을지 고스란히 느껴졌기 때문이었다. 그를 안은 팔에 힘주어 더 꽉 그를 안았다.

"큰집엔 나와 한 살 터울 나는 형이 있었어. 그 형이 다니는 고등학교에 진학했지."

"응."

"날 별로 마음에 들어 하지 않았어. 뭐, 굳이 날 반길 이유도 없었지만."

하원은 조용히 그의 음성을 귀에 담았다.

"날 반기지 않은 사람은 친척 형뿐만 아니라, 어딜 가나 그랬지. 난 환영받는 사람은 아니었어. 그 당시엔."

하원은 그 이유를 묻지 않았다. 굳이 그의 입을 통해 듣지 않아도 알 것 같았다. 다 큰 청소년인 남자아이를 저들이 떠맡게 될까 봐 다들 피한 거겠지. 원치 않은 혹으로 여겼을 것이다.

"그다지 살가운 성격이 아닌 것이 한몫했을 거고."

"우현 씨……"

"날 싫어하는 사람들에게 일부러 내가 다가갈 이유도 없다고 생각했지만."

점점 나른해지는 그의 목소리. 그러나 선명하게 하원의 가슴에 박힌다. 그가 받았던 상처들이 하나하나 하원의 가슴에 새겨지는 듯했다.

"그리고……."

"우현 씨, 그만 잘까."

이만하면 되었다. 조금씩, 조금씩 듣고 싶었다. 한 번에 그가 많은 이야기를 하기엔 힘들 것 같았기에 하원은 잠을 핑계 댔다.

"응."

순순히 대답하는 음성에 하원은 뭔가 안도가 느껴졌다. 낮은 한숨과 함께. 어쩌면 그의 어릴 적 이야기를 하는 거 자체가 그에겐 고통일 수도 있었다. 미안한 마음에 하원은 그의 등을 토닥여주었다. 하지만 그로 인해 그를 더욱 사랑하게 되었다. 그의 아픔과 상처를 더욱 이해하게 되었고, 보듬어주고 싶었다. 제대로 우현과 마주한 것 같은 기분이 들었다.

　하원의 머리 위로 뿌려지는 그의 숨소리와 함께 추적추적, 굵은 빗줄기 소리만이 병실을 가득 메웠다. 조용하고도 나른한, 그의 숨소리를 자장가 삼아 하원의 눈꺼풀이 깊게 감겼다.

11. 다시 시작한 우리

　그의 집은 오랜만이었다. 다시 이 집에 오게 될 줄 생각도 못했다. 현관에서 느껴지는 익숙한 공기, 익숙한 분위기에 하원의 입가에 미소가 그려졌다.

　짝이 다른 슬리퍼를 벗고 익숙한 걸음으로 하원은 생필품을 쇼핑백에 챙겼다. 그러곤 그가 말한 대로 드레스 룸으로 들어가 커다란 쇼핑백을 열어 보았다. 화이트 레이스 원피스에 소라색 재킷이었다. 따뜻한 봄과 잘 어울리는 파스텔 톤의 재킷이었다. 옷을 전부 꺼낸 쇼핑백 바닥에 작은 상자가 보였다. 그가 말한 생일 선물인 모양이었다. 하원은 상자를 열어 내용물을 확인했다. 고급스러운 화이트 골드 주얼리 세트가 담겨 있었다. 예쁘긴 하나, 자신의 스타일이 아니었다.

　가만히 생각해보니 그가 주는 선물을 기쁘게 받아본 적이 없었

우리가 정말
사랑 했을까

던 것 같다. 때늦은 생일 선물이라는 이유와 생일 약속이 보기 좋게 펑크 났기 때문에 기쁠 리가 없었다. 비싼 선물로 마음이 좀처럼 풀리지 않았었다. 그저 제 잘못을 만회하기 위해 비싼 선물을 주는 것으로만 보였다.

하지만, 이젠 그의 마음이 조금 이해가 되기 시작한다. 혼자 백화점을 돌아다니며 여성의류와 주얼리를 고르고, 구두를 고르고, 백을 골랐다. 그 순간들이 떠오르자 가슴이 뭉클해졌다. 쇼핑하는 걸 싫어하는 신우현이, 얼마나 고심하고 고민 끝에 골랐을까 처음으로 그런 생각을 했다.

하원은 입고 있던 옷을 벗고 원피스를 입었다. 움직이는 데 불편하지 않을 정도로 옷이 잘 맞았다. 드라이어로 머리를 만지고, 피부 보정 정도의 얇은 메이크업을 했다. 원래 피부가 말간 편이라 평소에도 진한 메이크업을 하지 않았다. 그런데 평소 입지 않은 옷을 입어서 그런지 오늘은 다른 사람처럼 보였다. 낯설지만 싫지 않았다. 드레스 룸에서 나오는 하원의 재킷 주머니에 휴대폰이 움직였다.

"응, 민경아."

-이따 몇 시에 볼까?

오늘 민경과 저녁 약속을 한 것을 잠깐, 잊어버렸던 하원은 아차 싶었다.

"7시쯤 보자."

-그래.

"민경아."

할 말이 많아진 하원의 입술이 간질거렸다.

-응.

"있지, 나 너에게 할 말이 많아."

그동안 힘들었던 순간마다 함께해준 친구에겐 해야 할 말이었다. 이제야, 비로소 우현과 제대로 마주 보게 되었다고.

-너 또 술 마시고…….

"아니야, 안 그래."

-무슨 할 말이 그렇게 많은지 궁금하다. 이따 보자.

민경과 통화를 끝낸 하원은 신발장을 열고 유일하게 있는 단화를 신었다. 이 차림엔 하이힐이 더 잘 어울릴 것 같지만, 없으니 어쩔 수 없었다. 쇼핑백을 들고 하원은 집에서 나왔다. 새벽에 그렇게 쏟아붓더니, 언제 그랬냐는 듯 하늘이 더없이 맑았다. 큰길로 나와, 택시를 잡아타고 다시 병원으로 이동했다.

우현의 입원 소식에 직원들이 한 차례씩 다녀갔다. 오전이 지나서야 조용해진 병실은 따분하기 이를 데 없었다. 지금 이 시간이면, 회사에서 일하고 있어야 할 시간이었다. 이런 날 느긋하게 침대에 누워 때 되면 나오는 식사를 하고, 약을 먹는 것이 어쩐지 이상하게 느껴질 정도다. 별 탈 없는 일상을 조금 더 느긋하게 즐겨도 될 터인데 우현은 몸이 근질거렸다. 집에 다녀온다던 하원마저 자리를 비우자 지루함도 늘어갔다. 막 휴대폰을 들고 하원에게 전화를 걸려고 할 때였다.

"오래 기다렸지?"

병실 문이 열리면서 하원이 들어왔다. 백화점에서 산 원피스와 재킷을 입은 하원의 모습이 너무 예뻐서 우현은 저도 모르게 넋 놓고 바라보고 있었다.

"왜, 별로야?"

그의 시선을 잘못 이해한 하원이 민망한 얼굴로 물었다.

"아니. 예뻐서."

그제야 걱정스러웠던 하원의 표정이 밝아졌다. 차라리 별로라는 말을 듣는 것이 덜 어색하다 싶을 만큼, 왠지 예쁘다는 표현이 부담스러웠다. 하지만 듣기 싫은 말은 아니었다. 하원은 쇼핑백을 펼치곤 챙겨 온 생필품을 서랍장에 차곡차곡 넣어두었다. 다른 때 같았으면 내버려두라고 했을 테지만, 우현은 그냥 하원이 하고 싶은 대로 두었다.

"우현 씨, 목걸이 좀 걸어줘."

작은 상자를 열어 목걸이를 그의 손에 쥐여준 하원이 부탁했다. 그러곤 침대 끄트머리에 앉아 등을 보였다. 우현은 목걸이 고리를 열어 하원의 목을 감쌌다. 목덜미마저 희고 고운 선을 가진 그녀의 목에 목걸이를 걸었다.

"어때?"

몸을 돌린 하원이 물었다. 심플한 펜던트가 예쁘게 반짝이고 있었다.

"잘 어울려."

너무 뻔한 대답이지만, 하원은 기분 좋았다. 하원은 병원 근처 서점에서 산 소설책 두어 권을 침대에 올려두었다.

"웬 책이야?"

책 한 권을 들곤 책장을 넘기며 우현이 물었다.

"당신 심심할까 봐 근처 서점에서 사 왔어."

"네가 있는데 심심할 게 뭐 있다고."

픽, 우현이 웃었다.

"이따 저녁에 민경이와 저녁 약속 있어."

실망한 얼굴로 우현이 하원을 바라보았다. 아침까지 계속 붙어 있었음에도 저녁에 그녀가 간다고 생각하니, 괜한 서운한 마음이 밀려들었다.

"저녁에 올 거야?"

"내일 아침 일찍 올게. 당신 내일 퇴원이잖아."

달래는 듯 하원의 목소리가 나긋해졌다.

"음……."

"당신이 좋아하는 작가 신간도 구해왔잖아."

답지 않은 하원의 애교에 서운한 마음이 눈 녹듯 사그라들었다. 애교의 '애' 자도 모르는 박하원이 이렇게 귀엽게 애교를 부리니 어쩔 수 없지.

"그래, 다녀와."

"응."

고개를 끄덕이며 하원이 우현의 뺨을 감쌌다. 그러곤 몸을 길게 빼 우현의 입술에 키스했다. 아무리 1인 병실이라고 해도 혹시나 벌컥 문이 열리고 누군가 들어올 수도 있었지만, 이토록 사랑스러운 남자의 입술에 키스를 하지 않을 수는 없었다. 약 냄새와 단내 섞인 냄새가 하원의 후각을 자극했다. 넘어오는 혀와 입술이 더 깊게 포개지면서, 우현의 손이 스커트를 밀고 은밀한 곳을 파고들었다. 그제야 퍼뜩 정신을 차린 하원이 키스를 멈추었다. 어제는 아무도 불이 꺼진 밤이었지만 지금은 벌건 대낮이었다.

"연장전은 내일로."

촉촉하게 젖은 우현의 입술을 손끝으로 문지르며 하원이 우현이 달랬다.

"병원만 아니었어도."

당장에라도 덮칠 듯 우현의 눈빛이 번뜩였다. 목소리에 진심이 묻어나 있었기에 하원은 의자를 끌어다 침대 앞으로 자리를 옮겼다.

"자리를 왜 옮겨?"

"벌건 대낮에 병실에서 풍기문란 일으켰다고 기사에 실리고 싶지 않거든."

"하."

우현이 헛숨을 내쉬며 미간을 좁혔다.

"먼저 키스하지 말든가."

"당신 지금 과로로 입원해 있는 거 잊지 마. 무리하면 안 된다고."

못마땅한 우현의 표정에 하원이 어르기 시작했다. 하지만 그마저도 소용없었는지 우현이 손을 뻗어 하원을 손목을 끌어당겼다. 동시에 포개진 입술.

"그럼 키스까지만."

잠깐 입술을 떨어뜨린 우현이 나직이 속삭였다. 이렇게 섹시하고 허스키한 목소리로 말하면, 하원의 이성도 무너지고 만다.

"정말, 당신……."

싫지 않은 얼굴로 하원이 그의 입술을 받아들였다. 너무나 달콤하고 부드러운 키스에 하원의 눈이 스르륵 감겼다.

저녁 식사 후, 민경과 하원은 근처 카페로 자리를 옮겼다. 시원한 아이스커피 한 잔씩 들고선 마주 앉았다. 밥 먹으며 하원은 우현이 병원에 입원한 사실을 알렸다. 깜짝 놀라며 병문안 가야 하는 거 아니냐는 민경에게 하원은 내일 퇴원이라 다음에 같이 얼굴 보자고 말했다. 더 긴 이야기는 느긋하게 차 한잔하며 하기로 하고 자리를 옮긴 것이다.

"그럼 넌 내일 일찍 병원에 가야겠네."

"응. 퇴원 수속도 밟고, 같이 집에 가야겠지."

물론 우현 혼자서도 할 수 있는 일이지만, 아플 때 혼자 있는 것만큼 서럽다는 걸 알기에 같이 있어 주고 싶었다.

"그런데 너 그 옷 처음 보는 거네. 네가 잘 안 입는 스타일인 것 같은데."

하원의 옷차림에 민경이 말했다. 늘 같이 쇼핑하던 사이니 민경이 이런 말 하는 것이 당연했다. 평소와 다른 옷차림에 신경 쓰이는 사람은 바로 하원이었다.

"우현 씨가 사준 거야."

"어쩐지."

"어색하긴 한데, 그래도 우현 씨가 고른 거니까 입어봤어."

"어색하긴. 예쁘기만 한데."

민경의 칭찬에 하원의 어깨가 괜히 으쓱했다.

"너 좀 달라진 것 같다."

오랜만에 보는 하원의 미소엔 여유가 넘쳤다. 평소와 뭔가 달랐다. 민경은 하원과 전화 통화에서 했던 말을 떠올렸다.

"그래 보여?"

"무슨 일 있었어?"

걱정 반, 기대 반으로 민경이 물었다.

"일이라면 있었지. 해일이 몰아쳤다가 잠잠해진 기분이야."

"무슨 일인데 그래?"

궁금한 얼굴로 민경이 다그쳤다. 하원은 아이스커피 한 잔을 마셨다.

"이제야 우현 씨를 제대로 이해하기 시작한 것 같아. 그동안 하지 못했던 말을 꺼내면서, 내가 참 우현 씨에 대해 몰랐구나, 깨달았어."

그동안 수없이 이별을 고민했던 하원의 모습과는 달랐다. 민경은 고개를 끄덕이며, 하원의 말에 경청했다.

"그동안 참 많이 우현 씨를 기다렸다고 생각했었는데, 돌이켜보면 우현 씨도 기다렸던 것 같아. 내가 먼저, 다가와 주기를. 전전긍긍하며, 혹시나 그의 상처를 건드릴까 봐 어쩌면 한 발짝 뒤로 물러나 있었던 걸지도 모르겠어."

"박하원, 많이 컸네."

민경이 피식 미소를 그렸다. 하원도 덩달아 웃었다.

"그동안 난 혼자 꾹꾹 담아놓기만 하고 아무것도 한 게 없더라. 오해와 오해가 거듭되면서, 내 멋대로 우현 씨를 평가하고 있었어."

민경은 괜한 뿌듯함이 밀려왔다. 하원이 혼자 짝사랑할 때부터 지켜보면서 하원이 힘들었던 순간에 함께 있었다. 이런저런 고민을 털어놓고 공유하면서, 하원이 얼마나 그를 사랑했는지 알기에 민경은 그저 응원하는 것뿐이 없었다. 그런데 이렇게 성숙한 사람이 되어 깨달은 친구를 보니, 민경은 울컥하기도 했다.

"부산으로 데리러 온다던 그가 감감무소식일 때, 역시나 하고 멋대로 실망해버렸지. 또다시 나 혼자 남았다는 비참함이 바닥까지 치는 순간 이젠 우현 씨를 놓으려고 했어."

"그런데 우현 씨는 병원에 입원해 있었고?"

"응. 나 정말 한심하지?"

하원의 눈썹이 아래로 휘었다. 하지만 민경은 하원을 비난하지 않았다. 어쩌면 자신도 하원과 같은 상황이 닥쳤을 때 마냥 이해만 하지는 않을 것 같았다.

"난 네 마음 이해해."

"그렇게 말할 줄 알았어."

"내 친구라서가 아니라, 같은 여자로서."

민경의 대답에 하원이 다시 입을 열었다.

"우리가 정말 사랑했을까, 질문을 던졌어. 사실은 우현 씨에게 날 정말 사랑했냐고 묻고 싶었는데 말이야. 그런데 내 마음을 알기라도 하듯 우현 씨가 쪽지를 남겼어."

"뭐라고?"

"그 순간만큼은 오해하고 싶지 않다고."

"명쾌한 대답이네."

진심으로 사랑했다는 말 한마디보다, 더 가슴에 와 닿는 한마디였다. 물음에 대한 답을 찾기라도 한 것처럼 머리가 맑아졌다고 했다.

"나도 오해하고 싶지 않아."

"잘됐네."

민경이 제 일처럼 기뻐해주었다. 훗날 지금보다 시간이 더 흘렀을 때, 지금 이 순간이 추억이 되기를 바랐다. 자욱하게 어둠이 깔린 밖을 내다보는 하원의 눈이 깊어졌다. 지금보다 더 성숙한 연애가 시작된 것만 같았다.

하원이 병원에 도착했을 때 이미 우현은 퇴원 준비를 마친 후였다. 하원이 준비해 옷으로 갈아입고 챙겨 온 생필품을 정리해 담으며 그녀를 기다리고 있었다. 일찍 온다고 왔는데 그걸 못 참고 우현이 먼저 퇴원 준비를 마친 모습이 그답다는 생각을 했다.

"가자."

먼저 병실을 나가던 우현이 손을 내밀었다. 하원은 손을 뻗어, 큼지막한 우현의 손을 잡았다. 잡은 손에 그가 힘주는 것이 느껴졌다. 그저 손이 맞닿았을 뿐인데, 하원의 가슴이 빠르게 뛰어댔다. 요즘 연애 초기에도 느끼지 못했던 여러 가지 감정들이 하원의 가습에 가득했다. 그와 보폭을 맞춰 걸으며 병원에서 나와 택시를 잡았다. 뒷좌석에 나란히 앉아서도 우현은 하원의 손을 놓지 않았다. 제 무릎 위로 깍지 낀 손을 올려놓고 그 위로 다른 손을 포갰다.

"집에 가서 점심 뭐 먹지?"

제멋대로 날뛰는 심장을 어쩌지 못한 하원이 불쑥 말을 꺼냈다.

"글쎄. 뭐 먹을까."

저에게 향한 눈빛에 하원의 심장이 더 빠르게 달음질하고 말았다.

"집에 들어가기 전에 장 볼까?"

"그래."

그의 냉장고가 텅텅 비었을 거라는 건 안 봐도 뻔한 일이었으니, 결국 장 봐서 들어가기로 했다. 빈틈없이 맞물린 깍지 낀 손을 물끄러미 바라보다, 하원은 창밖으로 시선을 던졌다. 안 그러면 심장이 터질 것 같았다.

한가로운 주말, 낮 시간이라 그런지 거리엔 쏙쏙 사람들이 보였다. 많은 인파가 모여들진 않았지만 평일에 비하면, 사람들이 꽤 모여든 것이다. 이런 날에, 그와 함께라니. 너무 좋잖아.

"날씨 좋다."

하원의 두 눈이 반으로 휘어졌다.

"응. 늘어지고 싶은 날씨야."

"당신이?"

뜻밖의 말에 하원의 목소리가 커졌다.

"왜?"

"지금 이 시간이면, 회사에서 일하고 있을 시간 아닌가? 늘어지고 싶다는 말은 당신과 안 어울려."

하원의 핀잔이 맞는 말이기에 우현은 달리 반박하지 않았다.

"알아. 앞으론 주말에 너랑 같이 늘어져 보려고."

"뭐?"

"오늘부터."

"점점……."

싫지 않은 듯 하원의 얼굴에 미소가 퍼졌다. 그의 건강을 위해서라도 주말엔 푹 쉬었으면 하는 바람이었다. 우현의 부하 직원의 전화를 받고, 눈앞이 캄캄했던 경험은 한 번으로 족했다.

택시는 어느새 우현의 집 근처에 미끄러지듯 멈추었다. 두 사람은 오피스텔이 아닌 마트로 향했다. 카트를 밀며 식품 코너를 돌면서 하원은 하나씩 채우기 시작했다. 우현은 하원 몰래 인스턴트 음식을 맨 밑에 놓고 딴청을 부리며 카트를 밀었다.

"내일은 출근이지?"

"응."

"당분간은 무리하지 않는 게 좋겠어."

하원의 걱정스러운 얼굴에 우현이 고개를 끄덕였다.

"알았어."

여전히 말수는 적지만, 바라보는 표정이나, 눈빛이 이전보다 많이 따스해졌다는 걸 하원은 느낄 수 있었다. 마트 한 바퀴를 돌며 노릇하게 구워진 만두를 하나씩 나눠 먹었다.

"한 봉지 살까?"

하원의 물음에 우현이 고개를 끄덕였다.

"신혼부부인가 봐. 아주 보기 좋네."

판매 아주머니의 말에 하원의 얼굴이 빨개졌다. 우현은 아주머니의 오해가 싫지 않았는지, 한 봉지 더 카트에 담았다.

"수고하십시오."

인사하는 우현의 얼굴에 참을 수 없는 미소가 그려졌다. 별거 아닌 평범한 일상인데도, 자꾸 웃음만 나오는 요즘이다. 이제야 비로소 진짜 사랑한다고 자신 있게 말할 수 있게 되었다. 제 나름대로 하원에게 표현했다고 생각했지만 결국 그녀에게 닿지 못했고, 이별의 문턱까지 갔다 오고 나서야 깨달았다. 표현하지 않은 것은, 결국 상대방을 지치게 하는 것임을. 회를 거듭하는 오해 속에서, 서로에게 남는 것은 상처뿐임을.

마트에서 장 보고 오피스텔로 들어왔다. 오랜만인 집은 여전히 그대로였다. 하원은 봉투를 식탁 위에 올려두곤 냉장고에 넣으며 정리했다. 그녀의 예상대로 냉장고 안은 텅텅 비다 못해 마치 사용하지 않은 것처럼 느껴졌다. 냉장고 안을 가득 채우고 나서야 그녀는 점심 준비를 하였다. 밥을 안치고 채소를 썰며 분주하게 움직였다.

"뭐 하려고?"

"된장찌개."

"맛있겠다."

뒤에서 우현이 하원의 허리를 잡았다.

"나 칼 들고 있어. 다쳐."

하원의 경고에도 불구하고 우현의 손은 유연하게 움직였다. 원피스 아래로 밀고 들어온 손 덕분에 원피스가 반쯤 올라갔다.

"우현 씨."

"왜?"

뻔뻔하게 대답하는 우현의 얼굴에 하원은 할 말을 잃었다. 그의 손은 브래지어를 들어 올리고 가슴을 주무르기 시작했다. 손안 가득 가슴을 쥐고선 정점을 애무하는 손길이 짙어졌다.

"아, 정말……."

우현의 다른 손은 이미 팬티 속으로 들어와 클리토리스를 손으로 뭉갰다. 하원이 다리를 꼭 붙이고 있어서 그의 손은 자유자재로 움직일 수가 없었다.

"벌려."

낮은 속삭임에 하원은 다리를 벌렸다. 한 손은 가슴을 뭉개고, 다른 손으로는 여린 살결을 애무하는 손길에 하원은 정신이 없었다. 들고 있던 칼을 놓고 식탁을 잡은 채 몸을 떨었다. 이미 흥분한 그녀의 아래에서 촉촉한 물기가 어렸다. 그가 손가락을 비틀 때마다 끈적이는 소리가 들렸다.

"젖었어."

"집에 오자마자 이럴 거야?"

싫지 않지만, 무언가 억울한 기분에 하원이 달뜬 얼굴로 소리쳤다. 그렇다고 그가 여기서 그만둔다면, 더 화가 날 것 같았다. 잔뜩 흥분시켜놓고 물러서는 것이 더 싫었다.

"어제저녁에 혼자 버려둔 벌이야."

그렇게 말하며 우현의 손이 팬티를 아래로 끌어 내렸다. 스커트를 밀어 올리곤 무릎을 굽힌 우현이 엉덩이를 깨물었다.

"아!"

억눌렸던 신음이 터졌다. 우현은 다시금 엉덩이를 주무르며 아프지 않게 깨물다 혀로 핥았다. 야릇한 감각에 하원의 허리가 꿈틀댔다. 민망하고 부끄럽지만, 그가 그만두지 않길 바라는 마음이 더 컸다. 엉덩이 골부터 미끄러지듯 그의 혀가 내려와 마침내 여린 살결을 머금었다. 어딘지 모르는 살덩이를 이로 잘근 씹어대다 쪽쪽 빨아 당겼다.

"으흣."

서 있는 두 다리가 덜덜 떨렸다. 심장이 터질 듯 거세게 뛰어댔다. 식탁 모서리를 꽉 움켜쥔 채 하원은 무너지지 않기 위해 안간힘을 썼다. 혀가 미끄덩거리며 애무할 때마다 질퍽거리며 애액이 그의 입속으로 들어갔다. 혀를 세워 자극하다가, 이내 부드럽게 쓸어내린다. 시작도 하기 전에 하원은 쓰러질 것만 같았다. 우현은 애액으로 미끌거리는 입술을 혀로 핥아 냈다. 바지 버클을 풀자 터질 듯 부푼 남성을 꺼냈다. 하원의 엉덩이를 뒤로 빼낸 후 그 사이로 남성을 찔렀다.

"흡."

반쯤 남성을 넣었다가 전부 밀고 들어갔다. 만족스러운 쾌감에 엉덩이를 붙들고 허릿짓을 시작했다. 산산이 부서진 꽃잎이 남성을 옥죄는 쾌감에 우현의 허릿짓에 불을 집혔다. 질퍽거리며 살이 부딪치는 소리가 요란하게 났다. 병원에서 섹스했을 때 소리를 내지 않기 위해 무던히 노력해야 했다. 하지만 지금은 눈치 보지 않고 마음껏 소리를 내지를 수 있었다. 이 집은 자신의 집이면서도 그녀의 공간이기도 했다. 우현의 거웃에 애액이 묻었다. 땀으로 얼룩진 우현은 티셔츠도 마저 벗었다. 동시에 하원의 원피스도 위로 끌어 올렸다. 아무렇게나 가슴에 걸린 브래지어를 들어 올리고 가슴을 움켜쥐었다.

"……좋다, 좋아."

골반을 잡고 질주하던 우현의 움직임이 느려졌다. 조금 더 느끼고 싶다. 그녀의 내부에 들어찬 제 것이 느껴졌다.

"우현 씨……."

흐트러진 얼굴로 하원이 고개를 돌렸다. 우현은 하원의 입술을 뭉갰다. 하원의 입술 안으로 혀를 밀고선 타액과 숨결을 모두 들이마셨다. 그의 입술에서 떨어지지 않기 위해 하원이 턱을 치켜들고 그의 뺨을 감쌌다. 젖은 눈동자가 하원의 얼굴에 닿았다.

"미칠 것 같아."

이토록 솔직한 반응에 하원의 몸이 더 뜨겁게 타올랐다. 이전엔 그저, 섹스를 행위처럼 후다닥 해치우곤 끝냈었는데 지금은 아니었다. 전희를 확실히 느끼고 난 후에 삽입으로 쾌감은 고조되었다. 더 이상 그와 섹스하는 것이 고통스럽지 않았다.

"나도 좋아……."

제 가슴을 애무하는 손길도, 엉덩이를 쥐고 꽃잎을 뭉개는 입술도, 달큰한 그의 입술까지 이제는 정말 사랑하게 되었다. 이제는 매일 그의 품에 먼저 달려들지도 몰랐다.

"하악."

하원의 목덜미에 잔키스를 뿌리던 우현이 낮은 신음을 흘렸다. 전율하는 남자의 몸짓은 더없이 거칠었고 하원을 쾌락의 나락으로 빠져들게 했다.

퍽. 퍽. 퍽.

쉼 없이 부딪치는 살결이 부서지는 소리가 났다. 예민한 곳이 수없이 부딪치며 흥분의 고조에 달했다. 형언할 수 없는 감정들이 소용돌이치며, 두 사람은 뜨겁게 달아올랐다. 마치 뒤늦게 섹스에 눈뜬 사람처럼, 서로를 원하는 몸짓이 간절했다.

여성에서 남성을 빼낸 우현이 의자에 앉았다. 우현의 하체 위로 하원이 올라탔다. 미끄덩거리는 남성을 깔아뭉개곤 허리를 비틀었다. 우현은 하원의 가슴에 얼굴을 묻은 채, 출렁거리는 가슴을 쥐었다. 입으로 분홍빛 유두를 핥으면서 정점을 이로 뭉갰다. 타액으로 젖은 유두가 더 진한 색으로 물들었다. 우현의 목을 꽉 끌어안은 채로 하원의 허리가 비틀릴 때마다 두 사람의 흐트러진 가슴이 맞닿았다.

"하, 하아."

"하원아."

하원은 차마 그의 부름에 대답할 수가 없어 반쯤 풀린 눈으로 그를 응시했다. 뜨거운 숨이 연신 입에서 터졌다.

"하원아……. 윽."

하원의 허리를 꼭 끌어안은 우현이 쾌감에 부르짖었다. 우린 뭐든지 맞지 않은 사람이라고 생각했었는데, 이제 보니 그렇지도 않앗다. 서로를 꼭 끌어안은 채 집요하게 맞닿은 하체가 끊임없이 질주하는 것을 보면, 서로를 간절히 원하고 있음을 깨닫는다.

"우현 씨……."

"윽."

이젠 그가 대답할 여력이 없는 듯했다. 하원의 가슴에 얼굴을 묻은 채 몸을 떨었다. 다시 하원이 그의 하체 위에서 일어난 하원의 엉덩이 사이로 우현이 남성을 묻었다. 계속해서 체위가 바뀔 때마다 하원은 정신이 하나도 없었다. 들뜬 심장이, 좀처럼 제 자리를 찾기 힘들었다.

"아아악."

하원의 골반을 붙잡고 질주한 우현이 절정에 달한 신음을 터트렸다. 그러곤 하원의 목덜미에 얼굴을 묻었다. 뒤늦게 섹스에 눈을 떠, 맥을 못 출 정도로 질주해갔다. 마치 이제 걸음마를 떼고 아장아장 걷기 시작한 아기 같았다. 이제 다시 시작한 우리 둘과 어쩌면 비슷한 비유일지도 모르겠다.

흐트러진 신음도, 숨결도, 타액도, 끈적한 땀도, 그와 함께라서 더욱 좋았다. 그 앞에서 이 모든 추한 꼴을 보여도 상관없다는 사실을 깨닫자 이제 온전히 그가 자신의 사람이 된 것 같았다.

12. 당신 정말 환영해

지잉, 지잉.

우현은 액정을 바라보았다. 아까부터 울려대는 진동음에 발신 인을 확인한 우현의 표정이 굳어졌다.

"여보세요"

-요즘 어떻게 지내냐? 집에 연락 한 통 없고.

마음에도 없는 안부를 묻는 이는, 다름 아닌 친척 형 도훈이었 다. 큰집에서 3년가량 살면서 원치 않게 많이 부딪친 사람이었다. 되지도 않는 친근한 말투에 우현이 미간을 좁혔다.

"요즘 많이 바빠서."

-세상에 한가한 사람이 어디 있냐. 어머니, 아버지도 너 연락 한 통 없다고 서운하다 하신다.

"그래, 연락드릴게."

우현은 전화 통화를 빨리 끊고 싶었다.

-이번 주 주말 시간 어떠냐?

대뜸 날아온 질문에 우현은 잠깐 침묵을 지켰다. 우현이 대답이 없자 도훈이 용건을 꺼냈다.

-가족끼리 점심이라도 할까 하는데.

"시간 비워둘게."

별로 내키는 자리는 아니지만, 뒷말이 나올 일은 애당초 만들지 않는 것이 나았다.

-듣자 하니 만나는 여자 있다면서. 어머니께서 같이 와도 된다고 하셨다. 궁금한 모양이야.

"물어볼게."

-그래. 연락 좀 자주 하고.

"어."

우현은 짧게 대답하곤 통화를 종료했다. 서로 안부를 물을 정도로 가까운 사이도 아니었다. 그렇다고 특별히 도훈에게 유대감 같은 것이 있을 리도 없고. 예의상 하는 말인 줄 알면서도 느껴지는 이질감은 어쩔 수 없다.

그나저나 이번 주 주말 식사 자리에 가야 한다. 불편한 자리이긴 하나, 빠질 수도 없는 자리였다. 거기다 하원까지 데리고 오라는 말까지 들었다. 일전에 한번 만나는 여자가 있다고 언질을 한 적은 있었지만, 얼굴을 보자고 한 것은 처음이다.

일단 하원의 의견을 물어야 했다. 우현은 하원에게 전화를 걸었다.

-우현 씨.

사무실에서 나와 복도에서 전화를 받는 모양이었다. 목소리가 울렸다.

"이번 주 주말에 시간 어때?"

-이번 주 주말? 별다른 일은 없는데, 왜?

"큰집에 가기로 했는데, 내가 만나는 사람이 누군지 궁금하신 모양이야."

-아아.

의외로 하원의 목소리엔 거리낌이 없었다. 저의 대한 이야기를 듣고 혹시나 거부감을 느끼면 어쩌나 우현은 바보같이 잠깐이나마 걱정했다.

"그래서 같이 점심이나 할까 하고."

-그래. 나도 당신 가족 궁금해.

흔쾌히 하원의 허락이 떨어졌다.

"가족 아……."

-응?

우현은 저도 모르게 가족 아니라고 말할 뻔했다. 하지만 다행히도 하원은 우현의 말을 제대로 듣지 못한 모양이었다.

"아무것도 아니야. 주말에 보자."

우현은 통화를 종료하곤, 낮은 한숨을 쉬었다. 괜히 하원에게 이야기를 꺼낸 것이 아닐까, 잠깐 걱정이 스쳤다. 자신이 듣는 모욕은 괜찮지만 하원에게까지 간다면 참지 못할 것 같았다. 소란스러운 건 딱 질색이지만, 하원을 모욕하는 언행이라면 가만둘 수가 없을 것 같았다.

　고급 아파트 주차장에 진입했다. 적당한 곳에 차를 주차하곤 우
현이 차에서 내렸다. 보조석에서 따라 내린 하원은 옷매무새를 단
정히 정리했다. 아이보리색 블라우스에 무릎 선까지 내려오는 플
레어스커트가 팔랑거렸다. 하원은 긴장한 얼굴로 우현을 바라보
았다. 평소 출근 차림처럼 단정하고 깔끔한 슈트 차림이었다. 아마
도 편한 가족이라면 이렇게 신경 써서 옷을 차려입지 않았을 거란
생각이 하원의 머릿속을 스쳤다.
　"나 오늘 어때?"
　"예쁘네."
　말하는 목소리는 다른 때와 다름없는데, 우현은 표정까지 숨길
수 없었다. 하원은 우현의 손을 잡았다.
　"어떤 분인지 궁금하다."
　"별로 특별한 분들은 아니야."
　"당신을 3년 동안 보살펴주신 분들이잖아."
　"그렇지."
　우현은 불편한 기색을 감추곤 하원을 향해 미소를 그렸다. 하원
의 손엔 꽃다발이 우현의 손엔 케이크 상자가 들려 있었다. 혼자였
다면 구입하지 않았을 것들인데 하원이 처음 인사 가는 건데 빈손
으로 갈 수 없다며, 손수 준비해 온 것들이었다. 많이 달지 않아 어
른들 입맛에도 부담스럽지 않은 고구마 케이크와 카네이션과 러
넌큘러스를 엮어 포장한 꽃다발이었다.

"케이크 입에 안 맞으면 어쩌지?"

"특별히 입맛이 까다롭지 않은 분들이니까 괜찮을 거야."

"그럼 다행이고."

하원은 씩 웃으며 맞잡은 우현의 손을 꼭 잡았다. 두 사람은 엘리베이터에 탑승했다. 우현은 11층 버튼을 누르곤 기다렸다. 집에 가는 것은 오랜만이었다. 작년 명절 때 차례를 지낸 이후로 처음인 듯싶었다. 긴장감에 우현은 저도 모르게 하원의 손을 꼭 움켜쥐고 말았다. 하지만 이내 이성을 되찾았다. 11층에서 엘리베이터가 멈추었다. 무슨 일로 갑작스럽게 점심 먹자고 부른 것인지 궁금했다. 그저 단순히 식사 한 끼 하자고 부른 것이 아니란 것쯤은 우현은 알고 있었다. 친척 집을 전전하면서 나이에 비해 눈치가 빨라진 탓이었다. 우현은 집 앞에 멈추어 초인종을 눌렀다.

-어머, 우현이 벌써 왔구나.

안에서 큰어머니의 목소리가 들렸다.

"네, 저 왔습니다."

달칵, 하며 현관문이 열렸다. 우현은 현관문을 열고 안으로 들어갔다.

"어서 오렴. 여자 친구도 같이 왔구나. 들어와요."

친절한 미소로 큰어머니, 미영이 하원에게 미소를 그렸다.

"처음 뵙겠습니다. 박하원이라고 합니다."

하원은 들고 있던 꽃다발을 미영에게 건넸다. 동시에 우현이 케이크 상자를 건넸다. 양손으로 꽃다발과 케이크 상자를 받아 들며 과한 미소로 화답했다.

우리가 정말 사랑했을까

"어머, 꽃이 예쁘네. 고마워요."

뒤늦게 큰아버지인 최섭과 도훈이 거실로 나왔다. 밖에서 나는 소란에 방에서 나온 듯하였다.

"우현이 왔구나."

"예, 저 왔습니다. 제 여자 친구 박하원입니다."

우현이 깍듯하게 고개를 숙여 인사하며 하원을 소개했다. 하원도 허리를 굽혀 최섭에게 인사했다.

"안녕하세요. 박하원입니다. 식사에 초대해주셔서 감사합니다."

"어서 들어와요."

"그렇게 서 있지 말고 들어오세요."

도훈이 소파를 가리키며 앉으라고 권유했다. 우현과 하원은 소파에 앉았다. 그 맞은편에 최섭과 도훈이 앉았고 미영은 점심 준비 중이었다.

"우현이에게 이렇게 예쁜 애인이 있을 줄 몰랐네요."

도훈이 팔꿈치로 우현의 팔을 툭 치며 장난을 걸었다. 굳어 있던 우현의 얼굴에 어색한 미소가 그려졌다.

"과찬이세요."

부끄러운 얼굴로 하원이 얼굴을 붉혔다.

"우현이 형이고 신도훈이라고 합니다. 앞으로 자주 볼 사이이니까, 불편해하지 마세요."

"네."

이 집에 들어올 때까지만 해도 가득했던 긴장감이 불쾌함으로 바뀌었다. 이 남자가 우현의 몸에 화상을 입힌 사람이었다. 그것도 고의적으로. 다들 다정한 얼굴로 미소 짓고 있지만, 타인인 하원이 봐도 알 수 있었다. 모두 가식적인 미소란 것을. 하지만 우현이 불편하지 않도록 하원은 예의를 차려야 했다.

"점심 다 됐으니까 와서 식사해요."

미영의 말에 다들 자리에서 일어나 식탁으로 갔다. 식탁엔 먹음직스러운 음식이 한 상 가득 차려져 있었다. 다들 자리에 앉은 가운데 최섭이 먼저 수저를 들었다.

"많이 들어요. 차린 건 별로 없지만."

미영이 하원을 향해 다정한 미소를 그리며 말했다.

"네, 잘 먹겠습니다."

차려진 음식은 많은데 하원은 이상하게 손이 가지 않았다. 아까부터 굳어 있는 우현의 표정 때문일까. 하원은 식사를 하러 온 것이 후회가 되었다.

"우현이 넌 회사 일은 잘되어가니?"

"네."

"요즘 바쁜 모양이더구나."

"회사 실적이 말이 아니라서요."

"안 그래도 기사 봤다. TG 전자가 업계 3위로 밀려났다며. 그래도 곧 회복하겠지."

미영의 얼굴 가득 온화한 미소가 그려졌다. 그 미소가 가식이란 걸 우현은 알고 있다.

"네, 그렇겠죠."

"맞다. 이번에 있을 공개 채용이 세혁이 원서를 넣었다고 하더구나. 잘되어야 할 텐데."

세혁이라면 막내 고모의 아들이었다. 우현에겐 친척 동생인 셈이고. 가깝지 않은 친척 동생의 안부까지 알 필요는 없었으나, 미영이 말한 의도를 우현이 모를 리가 없었다.

"노력한 만큼 결과가 따르는 법이니까요. 좋은 결과 있을 겁니다."

TG 전자 입사에 힘을 써달라고 한 말을 우현은 단칼에 거절했다. 우현은 아무렇지 않은 얼굴로 다시 입을 열었다.

"업계 1, 2위도 있으니까 지원해보는 것도 괜찮겠고요."

"그렇겠지."

우현의 대답에 미영의 얼굴이 점차 구겨졌다. 식사 분위기는 말할 것도 없었다.

"참, 하원 씨는 어디 회사 다니죠?"

"아, 저는 (주)블랑 마케팅 부서에 근무 중입니다."

하원의 대답에 미영의 얼굴에 미소가 그려졌다.

"나도 블랑 화장품 쓰는데 괜찮더라고요."

"아, 여기서 또 고객을 만나게 되다니. 기분이 좋네요."

"다음에 하원 씨에게 화장품을 소개받고 싶은데 괜찮을까요?"

뜻하지 않은 부탁에 거절할 수가 없어 머뭇거리는 하원의 얼굴에 우현이 시선을 던졌다.

"요즘 기획안 때문에 바쁘지 않아?"

"응, 그렇긴 한데……."

하원이 말끝을 흐리며, 미영을 바라보았다.

"뭐, 바쁘면 어쩔 수 없고요."

식사 분위기가 점점 엉망이 되었다. 하지만 자기네들끼리 화기애애한 분위기가 느껴졌다. 그 속에서 우현은 딴 세상에 있는 사람처럼 묵묵히 식사만 할 뿐이었다. 웃고 떠드는 그들 가운데 우현이 감히 낄 틈은 없었다.

"그렇지. 내 정신 좀 봐. 이번에 이 녀석이 드디어 사법고시 패스했다."

자랑스럽게 최섭이 떠들었다. 우현의 표정은 여전히 무표정이었다. 결국, 이 식사 자리는 도훈이 사법고시 합격한 것을 자랑하기 위함이었다. 로스쿨에 들어간 지 5년, 매번 1차에서 떨어졌던 도훈이었다. 운 좋게 2차까지 합격하더라도 3차에선 매번 떨어졌다. 그런데 이번엔 제대로 사법고시를 패스했다고 한다.

"잘됐네. 축하해."

우현은 마음에도 없는 축하 인사를 건넸다. 축하 인사치곤 건조하기 이를 데 없었다. 당연했다. 사법고시를 패스하는 데 있어서 이번엔 최섭의 입김이 하나도 들어가지 않았다고 할 수 없을 테니까. 현재 경인대학교 학과장으로 있는 그의 입김 정도면 불가능한 일도 아니었다.

"고맙다. 아는 선배가 로펌 변호사로 있어서 조만간 그곳에서 일하게 될 것 같다."

"형이라면 잘하겠지."

하원은 두 사람을 번갈아 바라보다 그만 물컵을 떨어뜨리고 말았다. 스커트가 금세 차가운 물로 얼룩졌다.

"죄송합니다. 화장실 좀…….."

하원은 얼굴을 붉히며 미영이 안내하는 화장실로 들어갔다. 순식간에 손에 힘이 풀려 그만 물을 쏟고 말았다. 실수했다는 생각에 부끄러웠다.

"박하원, 여기서 실수를 하면 어떻게……."

우는소리를 내며 스스로를 다그쳐 보지만 이미 엎질러진 물은 주워 담을 수가 없었다. 휴지로 스커트를 닦은 후 손을 씻었다. 하지만 좀처럼 무거운 분위기는 적응이 되지 않았다. 앉아 있는 자리가 좌불안석이었다. 식사 자리가 빨리 끝나길 하원은 바랐다. 제 얼굴을 다시 한 번 살핀 하원은 화장실에서 나왔다.

"주제에 아주 괜찮은 여자를 물었네. 너한테는 과분하다, 야."

도훈의 입에서 저속한 말이 흘러나왔다.

"말 함부로 하지 마."

우현이 낮게 으르렁거리며 도훈을 노려보았다. 사이좋은 형제처럼 굴더니, 여전히 뼛속까지 열등감에 찌들어 있었다. 찬물을 끼얹은 듯 우현의 얼굴이 차갑게 변한 모습에 하원은 식사 자리에 끼지 못하고 서 있었다.

"아주 예쁘던데. 나한테 양보하는 게 어때?"

"좋은 말 할 때 그만해."

여전히 포커페이스를 유지한 우현이 도훈을 노려보았다. 뒤늦게 미영이 우현을 탓하며 상황을 일단락 지었다. 이곳에서 우현이 어떤 시간을 보냈을지 안 봐도 뻔했다. 환영받지 못하는 곳에서 3년이란 시간은 지옥과 같았을 것이다.

"널 부른 이유는 다름 아닌 네 할아버지 때문이다. 아버지께서 재산의 반을 너에게 상속하겠다고 하셨는데, 그게 가당키나 한 말이냐? 너에게 그렇게 큰 재산이 필요 없잖아. 네가 가서 할아버지를 설득해보렴."

최섭의 말에 우현의 표정이 싸늘하게 변했다. 결국, 목적은 이거였나? 웃음기 하나 없는 표정으로 우현은 이 집 가족들을 바라보았다.

"제가 왜 그래야 합니까."

"뭐?"

"너 이 자식."

최섭과 도훈이 죽일 듯 우현을 바라보았다. 그리고 그 순간 하원의 걸음이 식탁으로 향했다. 이 집 사람들이 우현을 어떻게 대했는지 안 이상 하원은 더 이상 잘 보일 필요가 없어졌다. 하원은 우현이 마시던 물컵을 들고 도훈의 얼굴에 냅다 뿌렸다.

"말 함부로 하지 마세요."

졸지에 찬물을 뒤집어쓴 도훈이 벌떡 자리에서 일어나 길길이 날뛰었다.

"그쪽이 사법고시를 패스했는지 어쨌는지는 모르겠지만, 그렇게 좋은 변호사는 될 것 같지 않네요. 남의 몸에 큰 화상 자국을 만들어놓고 일말의 죄의식도 없는 걸 보면."

"이, 이게 무슨 짓이야? 신우현, 너……."

"저기요. 한마디 하겠는데, 당신은 내 스타일이 아니에요. 당신 같은 사람 열 트럭을 줘도 사양이에요. 그럼 이만."

이미 상황이 종료하고 나서야 하원은 실수를 저질렀다고 깨달 았지만 이미 늦은 후였다. 하원이 집에서 나오자 안에서 고래고래 소리 지르는 최섭의 목소리가 울렸다.

"식사 마저 하세요, 큰아버지, 큰어머니."

우현은 깍듯하게 인사하며 집에서 나왔다. 끝까지 예의를 차리 지만 사과 한마디 없는 우현의 모습이 큰집 가족들의 화를 돋웠다. 뒤늦게 집에서 나온 우현은 엘리베이터 앞에 서 있는 하원의 손목 을 잡아끌었다.

"미안, 우현 씨. 하지만 참을 수 없었어."

하원의 눈가에 눈물이 가득 고였다.

"나라도 그랬을 테니까."

우현은 담담한 얼굴로 대답했다. 오히려 우현의 담담한 태도에 하원의 가슴이 아팠다. 이렇게 되기까지 우현이 얼마나 상처를 받 았을지 하원은 감히 생각조차 하고 싶지 않았다.

"당신, 정말……."

너무 가여워. 어떻게 이런 집에서 버텼을지 상상이 안 가.

참았던 눈물이 울컥 차올랐다. 차마 하지 못한 말을 목으로 쓰 게 넘기며 하원은 그의 얼굴을 쓰다듬었다. 오기 싫었으면 오지 말 지. 가지 말자고 하지. 왜 굳이 와서 이런 모욕을 듣고 있어, 왜.

"난 괜찮은데 네가 왜 울어."

"괜찮기는, 뭐가 괜찮아!"

울음 섞인 목소리로 하원은 소리쳤다. 이내 하원은 발꿈치를 들 고 우현의 목을 끌어안았다.

"우현 씨, 나는……."

"응."

"당신 정말 환영해."

가느다랗게 떨린 음성으로 하원이 말했다. 자신만큼은 절대, 그를 밀어내지 않겠노라 다짐하면서 그의 목을 감싼 팔에 더욱 힘을 주었다. 이런 줄도 모르고 하원은 그에게 그 사람들을 가족이라고 칭했다. 그 말을 듣는 그의 심정이 어땠을까.

"알았어."

우현의 손이 하원의 등을 토닥였다. 울음은 좀처럼 가라앉을 줄 몰랐다.

우는 하원을 겨우 달래 집으로 보내곤 우현은 집으로 들어왔다. 큰집에서 여러 번 전화가 걸려오긴 했으나 받지 않았다. 지금 전화를 받으면 감정이 격해져, 험한 말을 할지도 몰랐으니까. 대충 옷을 갈아입고 우현은 씻지도 않고 침대에 누웠다. 큰집에서 식사를 하는 둥 마는 둥 했음에도 시장하지 않았다.

손을 머리에 대곤 우현은 천장을 바라보았다. 그러다 저도 모르게 피식, 웃음이 났다. 하원의 돌발 행동에 놀라고 화가 나기는커녕, 오히려 미안했다. 이런 광경을 보게 해서, 모욕과 치욕은 저 혼자뿐이면 되는 것을 같이 겪게 했다는 죄책감마저 들었다. 그런데도 정말 박하원다운 행동이라고 생각하면서 저도 모르게 웃음이 났다. 저를 대신에 엉엉 우는 하원의 모습에 가슴이 찡해졌다.

우현은 탁자 위에 올려놓은 휴대폰을 들었다. 시간은 어느덧 7시를 넘긴 후였다. 목 놓아 울던 하원의 얼굴이 눈앞에 아른거려 가슴이 저릿해진다. 우현은 하원의 번호를 터치했다.

-응, 우현 씨.

대답하는 목소리가 가라앉아 있었다.

"그냥 걱정이 돼서 전화했어. 뭐 하고 있어?"

-아까 집에 오자마자 잠들었나 봐. 우현 씨 전화에 깼어.

"저녁은?"

우현은 침대에서 몸을 일으켰다.

-별로 생각 없어. 화가 나서 밥이 안 넘어가.

"하원아."

저 대신 화를 내는 우현의 입가에 미소가 번졌다.

-응.

"나 지금 네 집 앞으로 간다."

-지금?

"응. 지금 네가 미치도록 보고 싶어졌어."

저 대신 화를 내주고, 엉엉 울어주는 이 여자. 가끔 다혈질의 모습이 보기인 하지만 제 감정에 솔직하고 다양한 표정을 가진 이 여자 덕분에 우현의 가슴이 따스해졌다.

우현은 전화를 끊고 곧장 차 키만 들고 집에서 나왔다. 운전석에 앉아 시동을 켜곤 곧장 하원의 집으로 출발했다. 이렇게 갑작스럽게 찾아가면, 당황할 거란 것을 알면서도 보고 싶은 마음이 주체가 되지 않는다.

제법 한산한 국도를 달려 하원의 빌라 앞에 도착했다. 들뜬 심장이 좀처럼 제어가 되지 않았다. 거치대에서 휴대폰을 꺼내 하원에게 막 전화를 걸려고 할 때였다. 빌라에서 나오는 하원의 모습이 보였다. 우현은 차에서 내려 가까이 다가오는 하원을 단숨에 제 품에 가두었다.

"……우현 씨."

우현의 행동에 놀란 하원이 움찔하는 것이 느껴졌다. 하원의 손이 우현의 허리를 감싸며 물었다.

"무슨 일 있어?"

"아니."

별일은 없었다. 문득, 하원이 미치도록 보고 싶었던 것 외엔. 하원을 안은 팔에 더욱 힘주어 끌어당겼다. 하원은 더 이상 묻지 않고 그의 품에 안겨 있었다.

너는 알까. 이제는 네가 내 전부가 되었다는 것을.

나와 정반대의 성격을 가진 네가 부담스러운 반면 부럽기도 했다는 걸.

하지만 이제는 그런 성격마저 사랑스러워.

너로 온전히 채워지는 기분이야.

좀처럼 제어가 되지 않던 심장이 제 자리를 찾아갈 즈음 하원을 안고 있던 팔에 힘이 풀렸다. 우현은 하원의 손을 잡으며 말했다.

"좀 걸을까?"

"응, 저 앞에 공원 있어."

골목 어귀로 나와 걸으며 하원의 손이 바로 앞에 있는 공원으로 향했다. 나무들이 우거진 가운데 잘 만들어진 산책로가 있었다. 인

적은 꽤 드물었다. 아무래도 시간이 시간인지라 이 시간에 산책을 나오는 사람은 없어 보였다.

"앉자."

우현이 벤치를 손으로 툭툭 털며 말했다. 선선한 밤바람에 가라앉았던 기분이 좋아졌다. 어쩌면 그토록 보고 싶었던 하원을 보아서 그랬는지도 모르겠지만.

"이런 데 공원이 있었네."

"지어진 지 꽤 됐어."

하원의 대답에 우현은 자신이 그동안 얼마나 무심했는지 깨달았다. 머쓱한 얼굴로 머리를 긁적이며 하늘을 올려다보았다. 구름 한 점 보이지 않은 지독하게 어두운 하늘이 보였다. 우현의 시선이 하원의 얼굴에 닿았다. 달빛에 비친 하원의 얼굴은 무척이나 아름다웠다.

"하원아."

우현의 부름에 하원의 시선이 돌아갔다. 하원의 턱을 잡고 우현이 천천히 고개를 내렸다. 붉은 입술에 제 입술을 포개었다. 서로의 코가 맞닿았다. 우현은 고개를 비스듬히 돌려 더 깊게 입술을 맞댔다. 보드라운 하원의 입술을 물고 빨며, 타액을 깊게 빨아들였다. 우현의 손이 저절로 상의 속을 파고들고 있었다.

"으흡."

억누른 신음이 하원의 입술에서 흘렀다. 우현의 손이 브래지어 위로 올라갔다. 브래지어 끈을 아래로 내린 후 가슴을 점령하였다. 지금 이곳이 인적 드문 공원이라는 것을 인식했을 땐 돌기를 애무하는 중이었다. 깊고 진득했던 키스는, 바람이 불어 나뭇잎이 흩날리자 멈추었다. 한껏 달아오른 하원의 양 볼이 귀여웠다.

"여기서 멈추지 못할 것 같아."

"그, 그럼?"

우현은 하원의 손목을 잡아챘다. 길게 늘어진 산책로를 따라 다급하게 걷던 우현은 마침 눈에 띈 공중 화장실로 하원을 데리고 갔다. 불이 꺼진 화장실 내부엔 아무도 없었다. 바닥에 물기가 채 마르지 않은 것으로 보아 화장실 청소를 끝낸 지 얼마 지나지 않은 듯 보였다.

"우현 씨, 설마."

"안 된다고 하지 마. 그건 정말 잔인한 말이야."

진지한 우현의 얼굴에 안 된다고 말하려던 하원의 입술이 닫혔다. 우현은 화장실 문을 잠갔다. 그러곤 다급하게 바지 버클을 풀어 속옷과 함께 발목까지 내렸다. 하원은 팬티만 벗고 스커트를 위로 올렸다. 벽에 손을 짚은 채 하원이 엉덩이를 뒤로 내밀었다. 우현의 손이 엉덩이 골에서 미끄러져 꽃잎으로 향했다. 여린 살덩어리를 손으로 뭉개고 비비자 금세 물기가 어렸다.

"으읏."

한 손으로는 여성을 애무하고 다른 손으로는 가슴을 주물렀다. 하원의 하체에 떨림이 일었다. 혹시나 사람들이 몰려올까 봐 걱정과 두려움으로 가득했던 하원은 만족스러운 전희에 심장이 들떴다. 하원의 엉덩이 사이로 남성이 들어왔다. 단박에 남성을 밀고 들어가, 허리를 비틀기 시작했다. 하원이 고개를 들어 바라본 곳엔 거울로 흥분에 달뜬 자신의 얼굴이 보였다. 제 뒤에서 질주하는 우현의 모습이 그대로 보였다. 미친 듯이 허리를 움직이며, 하원의 목덜미에 키스를 퍼붓는 그의 모습이 지독하게 섹시했다.

"으음, 우현 씨……."

"하아."

목덜미에서 귓바퀴로 다시 뒷목으로 그의 키스가 계속 이어졌다. 간지러우면서 생경한 감각에 하원의 상체가 거울에 짓눌렸다. 찰박이는 소리가, 화장실이라 그런지 울림이 강하게 느껴졌다. 혹시나 지나가는 사람들에게까지 들리면 어쩌지 하는 걱정이 다시금 피어올랐지만 그리 오래가진 않았다. 클리토리스를 자극하는 손길로 인해 아래가 진득하니 젖어들었다. 흐트러진 숨을 토해내는 하원의 입에서 뜨거운 신음이 간헐적으로 흘렀다. 흐으으, 하는 신음과 우현이 전율하며 토해내는 신음이 엉겨 붙었다.

절정에 달한 그의 움직임이 격해졌다. 골반을 잡고 허리를 비트는 움직임이 드디어 멈추었다. 끝날 것 같지 않았던 길고 긴 섹스에, 하원은 기진맥진하여 우현의 품에 쓰러졌다.

13. 사랑스러운 프러포즈

따스한 햇볕이 하원의 등에 뿌려졌다. 베개에 얼굴을 묻은 하원의 얼굴이 우현에게 향한 채 잠들어 있었다. 먼저 눈을 뜬 우현은 엉덩이까지 덮여 있는 이불이 하원의 아름다운 곡선을 바라보았다. 머리를 쓰다듬다가 내려온 손이 등 언저리에서 내려와 이불 속으로 자취를 감추었다.

"으흠."

하원이 낮게 신음을 흘렸다. 하지만 눈을 뜨지 않은 채였다.

"일어난 거 다 알아."

마른 입술에 쪽 하고 우현이 키스했다. 그제야 깊게 감겨 있던 하원이 눈을 떴다.

"졸려."

"일어나. 지금 출발해도 늦어."

우현이 이불을 확 걷어내며 다그쳤다. 그러자 여체가 우현의 시야에 들어왔다. 밤새도록 안고 또 안았음에도 아름다운 여체를 보자, 또다시 아래가 뜨거워지는 것 같았다. 하지만 자신이 말한 대로 지금 출발해도 늦었다.

"우현 씨 때문에 못 잔 거잖아."

피이, 하며 억지로 몸을 일으킨 하원이 우현을 향해 눈을 흘겼다. 그런데도 우현은 요지부동이었다.

"씻자."

자다 일어나 뻗친 하원의 머리를 헝클어트리며 우현이 침대에서 일어났다. 먼저 욕실로 들어간 우현의 뒤로 하원이 머뭇거리며 서 있었다.

"먼저 씻을 거야?"

"아니, 같이."

"같이?"

우현은 저도 모르고 '씻자'는 말을 먼저 해버렸다. 예전 같았으면, 그녀와 함께 샤워하는 건 있을 수도 없는 일이었다. 보이고 싶지 않은 흉터가 있었고, 그로 인해 하원의 표정은 감당하기 힘든 것이었으니까. 하지만 이미, 그녀는 알고 있었다. 이 흉터가 실수가 아닌 고의라는 것을. 큰집에 같이 다녀온 이후로, 그녀에게 큰 치부를 들킨 것 같은 기분이었지만 오히려 가슴이 후련해졌다. 더 이상 그녀에게 그 어떤 것도 숨기지 않아도 된다는 안도감이 들었다. 샤워부스에 몸을 맡긴 우현은 하원의 몸을 꼭 끌어안았다. 제 품에 쏙 들어오는 하원의 허리를 끌어안고 목덜미에 얼굴을 묻었다.

"놀이공원 가면, 하나씩 전부 타보자."

대답 대신 우현은 고개를 까닥했다. 하원의 목덜미로 까끌까끌한 느낌이 났다.

"저녁엔 퍼레이드도 구경할까?"

또다시 끄덕끄덕.

"재미있겠다."

"응, 나도."

우현의 입술이 예쁜 곡선이 그려진 것을 하원은 느낄 수 있었다. 이제 막 연애를 시작해도 지금보다 행복할 수는 없을 것 같았다. 설렘이 가득한 나날의 연속에서 달라진 것은 그가 더 이상은 자신에게 무언가를 숨기지 않는다는 사실이었다. 그것이 무엇보다 하원을 행복하게 했고 이제야 그 스스로의 상처를 돌아보는 것 같았다. 잠깐이지만 큰집에서 우현이 당했던 치욕과 모멸보다 더한 일들을 어린 나이부터 당하고 있었다는 사실이 하원의 가슴을 먹먹하게 만들었다. 자신이 생각했던 것보다 더, 우현은 상처가 많은 남자였다.

하원은 머리 위로 뿌려지는 물줄기를 연신 거둬냈다. 우현은 하원의 몸 구석구석 거품을 칠한 후 제 몸을 닦았다. 하원은 샤워부스 밑에서 거품을 닦아내며 우현의 몸에 칠한 거품을 손으로 닦아주었다. 손에 닿는 단단하고 부드러운 살결에 하원의 얼굴에 희미한 미소가 번졌다.

이 남자는 샤워를 먼저 하고 머리를 감는구나. 머리를 감고 나서 양치를 하고, 면도를 할 땐 면도 크림은 따로 바르지 않고. 별 것 아닌데 하원은 그에 대해 무언가 하나 더 알아가는 기분이었다.

예상대로 놀이공원은 많은 인파로 가득했다. 내리쬐는 햇볕이 따사롭게 하원의 뺨에 스며들었다. 가족, 연인, 친구 할 것 없이 다양한 사람들이 짝을 이뤄 삼삼오오 모여 있었다. 동물 그림의 풍선을 들고 있다 실수로 놓쳐 버린 어린아이는 세상이 떠나가라 엉엉 울기도 하고, 아이스크림 하나씩 나눠 먹으며 놀이기구를 기다리는 사람들도 보였다.

티켓을 끊고 놀이공원에 입장한 지 어느덧 두 시간이 흘렀다. 이곳에선 시간이 물 흐르듯 눈 깜짝할 사이에 지나고 만다. 인기가 없는 놀이기구 몇 가지를 타고 난 다음 바이킹에 타기 위해 두 사람은 기다랗게 늘어선 줄에 합류했다.

"사람 되게 많다, 우현 씨."

"그러게. 오래 기다려야겠네."

"다른 거 탈까?"

길게 늘어선 줄만 봐도 30분은 너끈히 기다려야 했다.

"기다리지, 뭐."

우현이 흔쾌히 대답했다. 실내 놀이공원이라 바람이 불지 않아 후덥지근했다. 점차 줄이 줄어들기 시작했고 하원과 우현은 놀이기구에 탈 수 있었다. 맨 끝자리에 두 사람이 자리 잡았다. 바이킹에 사람들이 인원수에 맞게 차자, 점차 움직이기 시작했다.

"우현 씨, 움직인다."

"어, 어."

하원이 우현의 손을 번쩍 들었다. 사람들의 함성에 맞춰 하원도 소리를 질렀다. 오랜만에 타는 바이킹이라 그런지, 움직일 때마다 짜릿함에 하원이 소리를 질러댔다.

"우현 씨, 재미있지?"

소리를 지르던 하원의 시선이 옆으로 향했다. 소리도 내지르지 못한 우현은 입술을 꼭 다물고 있었다. 한눈에 봐도 겁에 질려 있다는 것을 하원은 알 수 있었다. 몇 번 왔다 갔다 하던 바이킹의 속도가 점차 느려졌다. 지금까지 꼭 붙들고 있던 하원의 손을 우현은 그제야 놓을 수 있었다.

"우현 씨, 진작 말하지 그랬어."

걱정 어린 하원의 얼굴이 우현에게 향했다. 그제야 우현은 겁에 질려 하얗게 뜬 자신의 모습을 발견했다.

"아니……."

"우리 회전목마 타자."

결코 놀리는 것이 아니었다. 하원이 진지한 얼굴로 우현을 끌고 간 곳은 회전목마 앞이었다. 아무리 그래도, 나이 서른 넘어서 회전목마를 타는 모습을 하원에게 보여주고 싶지 않았다. 체면이 제대로 구겨졌다.

"박하원, 아무리 그래도 회전목마는……."

"그럼 다른 거 탈까?"

하원이 죄다 가리킨 곳은 12세 미만의 놀이기구였다. 자존심에 제대로 스크래치가 생긴 우현은 하원의 손을 잡아끌고 어디론가 향했다. 이곳은 180도 회전하는 열차가 있는 곳이었다. 웬만한 사람들도 타기 힘든 놀이기구였다. 하지만 두 사람은 이미 열차에 탔다. 안전장치가 내려오고 잔뜩 신이 난 하원과 반대로 잔뜩 긴장한 우현의 얼굴은 당장에라도 내리고 싶은 얼굴이었다.

곧, 열차가 출발했다.

"음료수 마셔."

속을 잔뜩 게워낸 우현에게 하원이 이온음료를 건넸다. 음료수를 건네받은 우현은 한 모금 마시고 내려놓았다. 하원은 고개를 돌려 웃고 말았다. 천하의 신우현이, 이렇게 약한 모습을 다 보일 때가 있구나, 싶어서. 놀이기구를 못 탄다는 말은 일절 없었기에 웬만큼 타는 줄 알았다. 그런데 이제 보니 무서운 놀이기구는 단 한 가지도 탈 줄 모르는 사람이었다. 완벽한 사람에게 이런 점이 있었다니. 전혀 생각지도 못한 일이었다.

"속은 좀 어때?"

"괜찮아."

짧게 대답을 끊어내는 그의 목소리가 좋지 않았다. 진작 알았다면 놀이공원이 아니라 차라리 동물원에 가는 건데.

"지금까지 많이 돌아다녔으니까 잠깐 쉬자."

"다른 거 타려면 기다려야 할 텐데."

우려의 목소리에 하원의 미소가 어렸다. 이제 더 이상은 사람 많은 무서운 놀이기구는 타지 않을 생각이었다. 그러니까 느긋하게 일어나도 충분했다.

"조금 기다리면 되지. 시간도 널널한데."

손목시계를 바라보며 하원이 대답했다. 그제야 우현도 더 이상 채근하지 않았다. 놀이기구를 타기 위해 바삐 움직이는 사람들을 구경하던 하원이 자리에서 일어났다. 바로 앞에서 파는 솜사탕이 눈에 들어왔기 때문이었다. 솜사탕 하나를 들고 돌아온 하원의 얼굴은 세상 다 가진 표정이었다.

"먹을래?"

대답 대신 우현은 솜사탕을 뜯어 입속에 넣었다. 그러곤 다시 솜사탕을 뜯어 하원의 입속에 넣어주었다.

"맛있어."

"너무 달아."

극과 극의 반응이었다. 달아서 맛있는 하원과 달아서 별로인 우현이었다. 그런데도 우현의 손은 여전히 솜사탕으로 향했다. 하원은 자신이 좋아하는 짜릿한 놀이기구를 타는 것은 다음으로 미뤄야 했지만, 우현과 함께여서 좋았다. 그것만으로 충분했다. 자신이 가고 싶은 곳에 그와 함께라는 사실만으로.

"일어나자."

벤치에서 일어난 우현이 손을 뻗었다. 그 손을 하원이 맞잡았다.

"아까 보니까 저쪽에 재미있는 거 있더라."

"그래, 가보자."

최대한 우현이 자존심 상하지 않도록 하원은 그를 12세 미만 놀이기구로 데리고 갔다. 이번엔 자신이 그의 눈높이에 맞춰 놀이기구를 탈 차례였다.

　빌딩 앞에 차를 세운 우현이 하원에게 전화를 걸었다.

　"나야. 도착했어."

　-바로 내려갈게.

　우현은 차에서 내렸다. 따스했던 봄에서 여름의 문턱 앞이었다. 초여름의 햇볕이 뜨겁게 내리쬐고 있었다. 하원이 이별을 고하고 석 달이란 시간을 달라고 매달렸던 두 사람은, 비로소 진짜 사랑을 하는 중이었다. 이제 그녀를 붙잡기 위한 수단이었던 석 달은 두 사람에게 무의미해진 후였다.

　"우현 씨."

　투명 회전문 사이를 통과하며 밝게 웃는 하원의 얼굴이 우현의 시야에 들어왔다.

　"점심 뭐 먹을까."

　빠른 걸음으로 가까이 다가온 하원에게 우현이 물었다.

　"저쪽엔 부대찌개가 유명하고, 길 건너에 있는 백반집도 맛있고, 저쪽에 있는……."

　회사 주변 식당 메뉴를 줄줄이 읊어댈 것 같은 하원의 말을 우현이 잘랐다.

　"부대찌개 먹어."

　"응."

　하원이 씩 웃으며 대답했다. 빌딩 바로 옆에 있는 식당으로 두 사람이 들어섰다. 맞물린 점심시간 때문인지 손님들로 북적거렸다. 하원과 우현은 가까운 테이블에 자리를 잡았다.

"부대찌개 2인분이요. 라면 사리 추가요."

바삐 움직이는 직원에게 하원이 신속하게 주문을 마쳤다.

"여기 자주 와?"

"한 달에 한두 번?"

하원은 수저와 젓가락을 세팅하고 직원이 놓고 간 물병에서 물을 따랐다. 우현을 냉수로 갈증이 이는 목을 축였다. 곧이어 버너 위에 부대찌개 냄비가 올려졌고 밑반찬과 공깃밥이 세팅되었다. 보글보글 냄비가 끓기 시작했다. 하원은 앞접시에 부대찌개를 담아 우현에게 건네곤 제 것도 마저 퍼 담았다.

"미팅은 어땠어?"

"괜찮았어."

곧 출시될 LTE 휴대폰 신제품 광고회사와 잡힌 미팅이었다. 회사 콘셉트와 요구 사항에 맞은 기획안을 확인했고, 수정 사항을 전달할 예정이었다.

"다행이네. 어서 밥 먹어."

우현은 뒤늦게 수저를 들었다. 거래처 미팅 후 회사로 들어가던 길에 우현은 방향을 틀어 하원의 회사로 갔다. 오랜만에 하원과 같이 점심을 하고 싶었다. 다행히 하원은 별다른 점심 약속이 없었고, 갑작스러운 약속에도 하원은 기뻐했다.

"어때, 입에 맞아?"

"맛있어."

담백하기 이를 때 없는 우현의 대답이었다. 깔끔한 사람이라 부대찌개는 먹지 않을 것이라 여겼는데, 우현은 예상외로 부대찌개를 먹자고 했다. 하원은 회사 주변 식당을 검색해 알아두었다. 하지만 일부러 그럴 필요까진 없었던 모양이다.

식사를 마치고 근처 카페로 자리를 옮겼다. 우현은 멋대로 아이스 아메리카노 다섯 잔을 테이크아웃 주문하고 제 것과 하원의 커피도 마저 주문을 마쳤다. 마시고 갈 커피를 받아 하원이 앉아 있는 곳으로 다가왔다. 시원한 아이스커피 한 잔을 마시는 하원은 이제야 살 것 같은 얼굴이 되었다. 조금 전 식사했던 식당이 꽤나 더웠던 탓이었다.

"우현 씨, 조금 있다 출발해야겠네."

"커피 한잔하고 갈 여유 돼."

채근하지 말라는 말투다. 고개를 끄덕이던 하원의 시선에 카페로 들어온 여직원 무리가 보였다. 그중에 지윤과 유정이 보였다. 그 두 사람이 하원에게 가까이 다가왔다.

"안녕하세요. 오랜만이에요."

유정이 우현에게 알은체를 하며 인사했고 옆에 있던 지윤도 인사했다. 우현은 자리에서 일어나 유정과 지윤에게 인사했다.

"저도 오랜만입니다. 지윤 씨라고 했던가요, 부산에서 보고 오랜만입니다."

"커피 맛있게 드세요."

유정과 지윤이 여직원들이 있는 무리로 사라졌다.

"지윤 씨 이름 기억하네."

박람회에서 잠깐 인사 나눈 사이이니 이름은 고새 잊었을 거로 생각했다. 그런데 우현은 지윤의 이름을 제대로 기억하고 있었다.

"당연하지."

"당연?"

하원이 조금 질투 난 얼굴로 물었다.

"네 후배잖아."

그 한마디에 잠시 잠깐, 질투했던 자신이 부끄러웠다. 마치 심한 홍역에 앓았던 것처럼, 지난 시간이 아득하게 느껴진다. 이렇게 행복해도 되나 싶을 정도로 행복한 나날의 연속이라 두렵기도 했다.

"질투할 걸 질투해라."

하원의 표정을 읽은 그가 픽 웃으며 덧붙였다.

"내가 뭘."

"방금 질투했잖아. 안 그러던 인간이 후배 이름까지 기억한다고 생각했지?"

제 속에 들어갔다 나온 사람처럼 우현이 줄줄 읊어댔다. 하원의 얼굴이 빨개졌다.

"아니거든. 일어나자."

빨개진 얼굴을 보이기 싫어 하원이 먼저 자리에서 일어나 카페에서 나왔다. 뒤늦게 따라 나온 우현이 캐리어를 하원에게 내밀었다.

"가져가."

"웬 커피?"

받으면서 하원이 당황한 얼굴이 되었다.

"부서 사람들에게 네 체면 세워주려고."

"당신, 정말."

고맙고 미안한 얼굴로 하원이 차마 말을 잇지 못했다. 하원은 손을 뻗어 삐뚤어진 우현의 타이를 정리해주었다.

"명색에 TG 전자 부장님 타이가 이래서 되겠어?"

식당이 너무 더워서 느슨하게 풀던 타이였다. 미처 생각지 못한 부분을 하원이 정리해주자 우현은 기분이 좋았다. 마치 신혼부부가 된 기분이랄까.

살랑살랑 부는 바람마저 더운 공기가 섞여 하원의 뺨에 달라붙었다. 여름의 시작, 여전히 우리는 함께였다.

샤워 후 우현은 냉장고에서 음료수 하나를 들고 소파에 앉았다. 시원한 음료가 목으로 넘어가자, 개운해졌다. 저녁을 거른 채 우현은 음료수만 마셔댔다. 혼자 있으니 저녁 생각은 별로 없었다. 만약 하원이 곁에 있었다면 잔소리를 해대며 저녁을 차렸을 것이다. 그리고 또 억지로 수저를 들었겠지. 나 신우현은, 박하원에게 한없이 약한 남자이니까.

이제는 이 큰 집에 혼자 자고, 혼자 밥 먹고 재미있는 프로그램도 혼자 보는 일은 그만하고 싶었다. 뭐든지 혼자 하는 것이 편할 때는 이미 지났다. 그녀가 곁에 있기 시작한 후부터 그는 혼자 하는 것이 따분하고 지겨웠다. 우현은 티브이 전원을 켰다. 채널을 돌리다 주말에 하는 예능 프로그램 재방송이 나오고 있었다. 우현은 웃음기 하나 없는 얼굴로 티브이를 응시하다 바지 주머니에서 무언가 꺼냈다. 작고 반짝이는 다이아몬드가 박힌 반지였다. 점원의 추천으로 사긴 했으나 하원이 좋아할지는 알 수 없었다.

"음……. 언제가 좋을까."

가능한 한 빨리 하원의 손에 끼워주고 싶었다. 그리고 이 반지를 받고 하원이 기뻐한다면 더 바랄 것이 없었다. 사실은 오늘 하원과 저녁을 먹으며 건네주고 싶었으나, 이번 주부터는 바쁠 것 같다는 김빠진 이야기를 들었다. 그러니까 오늘부터 당분간 하원은 야근을 하게 된다는 말이었다. 테이블에 올려둔 휴대폰을 들고, 통화 목록에서 하원의 이름을 터치했다.

-응.

"회사야?"

-회사지. 하암.

하원이 커다랗게 하품을 해댔다.

"저녁은?"

-아까 대충 샌드위치 먹었어.

"나보고는 저녁에 대충 빵으로 때우지 말라더니."

우현답지 않게 하원에게 잔소리를 해대고 있었다. 마치 잔소리를 하려고 전화를 건 사람처럼 말이다. 전화를 건 용건은 따로 있었으면서.

-그렇게 됐어.

"이따 데리러 갈게."

-귀찮은데 뭐하러.

이럴 줄 알았다.

"택시 위험하다고 몇 번 말해?"

말하는 우현의 목소리가 험악해졌다. 여전히 택시 무서운 줄 모르고 밤늦게 택시를 타고 다니는 여자가 여기 있었다.

-에이, 괜찮아.

"내가 안 괜찮아. 이따 데리러 간다."

-하여간 고집은. 알았어.

못 이기는 척 하원의 허락이 떨어졌다. 우현은 대충 옷을 갈아입고 집에서 나왔다. 바지 주머니에 반지를 넣고, 설레는 얼굴로 나섰다.

전화를 끊고 하원은 다시 모니터로 응시했다. 30분 전엔 지윤과 김은영 과장이 퇴근한 상태였고 하원만 사무실에 남아 있었다. 당장 내일 오전까지 회의 자료를 제출해야 했기에 오늘은 어느 정도 마무리가 된 상태여야 했다. 같이 남아서 도와준다는 지윤을 보내느라 얼마나 진땀을 뺐는지 생각하니 하원은 웃음이 났다. 대충 마무리가 되어가고 있어서 조금만 더 하면 될 듯싶었다. 하지만 데리러 온다는 우현의 전화를 받았으니 늑장 부릴 수가 없다. 밑에서 자신을 기다릴 우현을 생각하면서 하원은 서류를 보면서 하던 일을 마저 하기 시작했다.

자정이 가까워질 무렵, 하원은 커다랗게 기지개를 켰다. 파일을 덮고 그대로 책상에 엎어져 자고 싶었다. 눈이 감길 듯 말 듯, 무거웠다. 하지만 이미 한두 시간 전에 도착한 우현은 밑에서 기다리고 있을 게 뻔했다. 택시 타고 집에 간다는 말에 우현은 요즘 택시가 얼마나 위험한지 아느냐고 다그쳤다. 화가 난 목소리에 하원은 결국 수긍하고 말았다. 하원은 책상 정리를 하고 백을 챙겨 사무실에서 나왔다. 마침 도착한 엘리베이터에 탑승했다. 내부에 부착된 거울로 그녀가 제 얼굴을 바라보았다. 이제 야근 시간인데 벌써 얼굴에 피곤이 덕지덕지 붙어 있었다. 바쁜 일정과 맞물린 일이 많아서, 당분간은 이렇게 바쁠 듯싶었다.

띵.

엘리베이터가 1층에서 멈추었다. 투명 회전문을 지나자마자 보는 익숙한 차에 하원의 걸음이 빨라졌다. 부는 밤바람이 시원해서 절로 미소가 그려졌다.

"오래 기다렸지?"

보조석에 몸을 밀어 넣으며 하원이 물었다.

"아니."

대답하며 우현이 시동을 켰다. 안락한 승차감에 하원의 눈꺼풀이 점점 더 무거워졌다.

"일 더 많이 남은 거 아냐?"

"나머지는 내일 오전에 끝내면 될 것 같아."

목소리도 점점 나른해졌다.

"집에 도착할 때까지 눈 좀 붙여."

"으응……."

감길 듯 말 듯 아슬아슬하게 떠 있던 눈꺼풀이 스르륵 감겼다. 그런 하원의 모습에 우현은 걱정 어린 표정이 되었다. 저에겐 매일 무리하지 말라고 잔소리를 해대면서 정작 무리하는 사람은 박하원이었다. 거기다 늦은 시간 택시가 위험한 줄도 모르고 겁도 없이 택시를 타고 가겠다고 한다. 이 여자를 어쩌면 좋을까.

주황색 신호등이 휙휙 지나갔다. 고속도로를 달리다 한산한 국도를 달렸다. 그의 머릿속엔 오늘 반지를 전해줄까, 말까 하는 갈등이 일었다. 피곤한 하원의 모습을 보니 프러포즈는 다음으로 미뤄야 할 것 같지만 하원은 당분간 계속 이렇게 바쁠 예정이었다.

"흐음."

고민하는 그의 입에서 한숨이 터졌다. 제 속을 아는지 모르는지, 그녀는 태평하게 창문에 머리를 기댄 채 깊은 잠에 빠져 있었다. 이러니 박하원이지, 이러니 내가 사랑하지.

어느덧 빌라 앞에 도착했다. 잠든 하원을 깨우려다가 우현은 잠깐만 그녀가 더 자도록 내버려 두기로 했다. 무슨 꿈을 꾸는 건지 미간이 좁혀졌다가, 입가에 미소가 그려진다. 이 여자, 이렇게 자기도 하는구나. 잠든 얼굴을 제대로 보는 것은 오랜만이었다. 손을 뻗어 하원의 머리를 매만지다가 보드라운 얼굴을 쓸어내렸다. 하루 야근했다고 벌써, 피부가 까칠해졌다. 그의 손길에 하원의 눈꺼풀이 파르르 떨리면서 눈을 떴다.

"집에 도착했어."

"나 오래 잤어?"

"아니."

피곤해하는 하원의 모습에 우현이 안타까운 얼굴로 변했다.

"깨우지 않고."

"그러려고 했어."

미안한 얼굴로 하원이 우현을 바라보았다. 차에서 내리는 하원을 따라 우현도 내렸다. 하원이 우현의 가슴에 푹 안겼다.

"이렇게 당신 품에 안겨서 자고 싶다."

나른한 하원의 목소리가 우현의 귀에 스몄다. 결 좋은 머리카락을 쓸어내리며, 우현도 속으로 대답했다. 나도, 나도 그랬으면 좋겠어.

그의 가슴에 얼굴을 묻었던 하원이 고개를 들었다.

"우리, 매일 같이 잘까?"

"응?"

우현의 말을 알아듣지 못한 얼굴로 하원이 반문했다.

"같이 밥 먹고, 같이 씻고, 같이 티브이 보고."

"……."

"가끔은 네가 좋아하는 드라마도 같이 보고. 심야 영화도 보고……."

"우현 씨……."

"이렇게 늦은 시간에 네 집이 아닌 우리의 집으로 가고, 또……."

"……."

"네가 밥을 하면 나는 청소를 하고, 또 네가 청소를 하면 난 세탁기를 돌리고, 참 별거 없긴 한데 문득 그게 하고 싶었어. 너랑 싸우기도 하고 웃으면서 살고 싶다고."

바지 주머니에서 우현이 반지를 꺼냈다. 어둠 속에서 반짝거리는 것이 여실히 보였다. 하원의 네 번째 손가락에 반지를 끼워주었다. 손가락보다 반지 사이즈가 넉넉했다. 그 모습에 우현이 웃고 말았다.

"그거, 알아?"

하원의 눈가에 눈물이 그렁그렁 맺혔다.

"그 생각을 나는 오래전부터 했어."

"하원아."

"당신 많이 늦었다."

하원은 제 손가락에 끼워진 반지를 바라보았다. 이렇게 기다리고, 기다렸던 순간인데 이상하게 눈물이 터졌다. 그와 함께할 미래를 꿈꾸는 반면, 그의 미래엔 자신은 없을 거로 생각하며 기대를 버리기도 했었다. 그런데 그가 이제 손을 내민다. 그 손을 어찌 잡지 않을 수 있을까. 이토록 사랑스러운 프러포즈인걸.

"당신 언제나 늦는 사람이니까. 그래도 봐주는 건 이번이 마지막이야."

떨리는 음성으로 하원이 그의 프러포즈를 받았다. 우현은 하원의 손목을 잡아끌고는 다시 품에 안았다. 그녀를 가둔 팔에 힘을 실어 어느 때보다 꽉, 안았다.

"사랑해, 하원아."

귀에 스미는 진실한 목소리에 하원의 눈에 다시금 눈물이 차올랐다. 이제는 더 이상 뒤돌아보지 않고, 앞만 보고 걸어갈 것이다. 싸우고 토라져도 두 번 다시 헤어지자는 말은 하지 않을 것이다. 문득, 헤어지고 싶은 순간이 올 때마다 지금 이 순간을 떠올리면서 견디고 또 견뎌야지.

그의 품에서 빠져나온 하원이 엉망이 된 얼굴을 들었다. 저를 바라보는 그의 눈빛이 촉촉하게 젖어 있었다. 손등으로 눈물 자국

을 훔치고는, 발꿈치를 들었다. 또다시 흐르는 눈물이 뺨을 타고
흘러내려 맞닿은 우현의 입술에 묻었다. 그렇게 시작된 키스는 끝
을 모르고 오랫동안 이어졌다.

에필로그

예식장은 많은 사람으로 붐볐다. 하원은 우현의 부축을 받으며 신부 대기실로 들어갔다. 하얀 웨딩드레스를 입은 민경의 모습은 어느 신부보다 아름다웠다. 너무 고와서 하원은 절로 탄성이 터졌다.

"너무 예쁘다."

170센티미터 되는 큰 키와 날씬한 몸매에 딱 달라붙어 무릎 선에서 스커트가 퍼져 마치 인어공주처럼 보였다. 우아하고 고급스러운 분위기가 민경과 잘 어울렸다.

"결혼 축하해요."

우현이 옅게 미소를 띠며 축하 인사를 건넸다.

"와줘서 너무 고마워요. 고마워, 하원아."

친한 친구가 결혼하는 기분은 이런 걸까? 기쁘면서도 마치 언니나 동생이 결혼하는 것처럼 섭섭하기까지 한다. 자신이 결혼했을 때도 민경은 이렇게 서운했을까.

하원은 손을 뻗어 민경의 등을 토닥여주었다.

"정말 결혼 축하해."

진심이 묻어나는 축하 인사에 민경은 왈칵 눈물을 쏟을 것처럼 변했다. 하원은 가방에서 손수건을 꺼내 눈에 고인 눈물을 닦아주었다.

"울면 어떻게. 화장 다 얼룩진단 말이야."

"응응."

"식장에서 보자. 떨지 말고 잘해."

마지막으로 민경의 등을 토닥여준 하원은 우현과 식장을 들어갔다. 신부 측에 자리를 잡고 앉자 스크린 화면으로 민경이 연애 시절 찍었던 사진들이 펼쳐졌다. 작년 여름 하원이 결혼할 때 부케를 받은 민경이었다. 하원은 결혼하고 얼마 지나지 않아 임신을 했고 그사이 민경은 지금의 남편을 만났다. 결혼 소식을 전해 들었을 때 하원은 진심으로 기뻤다.

"아까 민경이 정말 예뻤지?"

"응."

"행복해 보여서 다행이야."

우현은 손을 뻗어 볼록 나온 하원의 배를 쓰다듬었다. 이제 임신 8개월 차에 접어든 하원은 요즘 들어 부쩍 숨 쉬는 것조차 힘들었다. 몸이 무거워지면서 따르는 고통에 힘들어하는 하원을 위해 우현은 매일 일찍 퇴근해 곁을 지켰다.

"이 녀석 엄마 그만 힘들게 하고 어서 나와야 할 텐데."

가끔씩 태동이 느껴질 때마다 하원은 갈비뼈까지 아팠다. 얼마나 뻥뻥 걷어차는지 옆에서 보는 우현이 놀랄 정도였다. 아들이라 그런지, 배 속에서부터 힘이 넘쳐나는 것 같다고 주변에선 다들 그렇게 말했다. 그래도 건강하게, 아무 탈 없이 태어나 주면 정말 감사할 것 같았다.

"식, 시작한다."

불이 어두워진 가운에 신랑이 씩씩한 걸음으로 입장했고, 곧이어 면사포를 쓴 민경이 아버지의 손을 잡고 우아한 걸음으로 입장했다. 혼인서약이 이루어지고, 결혼반지를 나눠 낀 두 사람이 진정한 부부가 되었음을 알렸다. 민경의 친구가 무대로 올라와 축가를 불렀다. 괜히 하원의 코끝이 찡해졌다.

"내가 다 눈물이 나네."

눈가에 묻은 눈물을 우현이 손으로 닦아주었다. 눈물을 찔끔 흘리는 하원의 모습을 사랑스럽게 바라보던 우현이 배를 쓰다듬으며 입을 열었다.

"엄마가 참 울보다."

"당신 참……."

금세 빨개진 눈으로 우현을 흘기던 하원은 식을 바라보았다. 자신이 결혼하고 민경이 부케를 받은 것이 엊그제 같은데 자신은 임산부가 되었고 민경은 예쁜 신부가 되었다. 시간이 너무 빨리 지나가는 것 같아 아쉬운 반면, 앞으로의 미래가 기대가 되기도 한다. 언젠가 민경과 같이 학부모가 되어 아이들의 미래를 고민하는 날이 오겠지. 같은 고민을 하고, 같은 걱정을 나누며, 그렇게 성숙한 엄마가 되겠지.

무릎 위로 가지런히 모은 손 위로 우현의 손이 겹쳐졌다. 마치, 울지 말라고 다독이는 것처럼 느껴졌다.

집에 들어오자마자 우현은 하원을 소파에 앉혔다. 하원의 옆에 앉고선 하원의 두 다리를 제 무릎에 쭉 뻗게 했다. 그러곤 다리를 정성껏 주무르기 시작한다.

"뭐 해, 간지럽게."

다리를 접으려는 하원의 다리를 잡아채곤 우현은 퉁퉁 부은 두 다리를 계속해서 주물렀다.

"요즘 걷는 것도 힘들어 보이길래."

"괜찮은데."

요즘 부쩍 걷는 것도 힘들었다. 다리가 시큰거리기까지 했다. 가다가 잠깐 숨 고르기를 몇 번, 그가 그 모습을 보고 마음 쓰고 있을 줄은 몰랐다.

"우현 씨, 나 졸려."

잠투정하는 어린아이처럼 하원이 나른한 목소리로 말하며 하품해댔다.

"자."

"조금 있으면 저녁도 해야 하는데."

"대충 먹지, 뭐."

그럼 그럴까, 하며 하원의 눈꺼풀이 스르륵 감겼다. 소파 팔걸이에 머리를 기대자마자 하원은 깊은 잠에 빠졌다. 우현은 하원의 다리를 주무르는 것을 계속했다. 불과 얼마 전까지만 해도 하원은 입덧으로 꽤나 고생을 했었다. 임산부답지 않게 깡마른 몸에 배만 나온 모양새였다가 최근부터 음식물 섭취가 가능해졌다. 무거운 몸때문에 새벽에도 몇 번씩 뒤척이면서 깨기 일쑤였다. 임신의 고통이 이렇게 큰 줄 알았다면 느긋하게 임신했을 것이다. 하지만 하루에 몇 번씩 안으면서 결혼하고 얼마 지나지 않아 임신이 되었다. 기뻤지만 걱정이 되었다. 자신이 과연, 아빠로서 잘 해낼 수 있을지. 하지만 하원의 배가 불러옴에 따라, 우현은 묘한 기분이 들었다. 뭐랄까, 이제 곧 아이와 만난다는 생각에 설레었다.

우현은 하원의 다리를 소파 위에 내려놓고 주방으로 갔다. 하원 대신 저녁을 차릴 요량이었다. 여전히 요리는 잘하지 못하지만, 잠든 그녀를 깨워 저녁을 차리게 하고 싶지는 않았다. 자는 동안이라도 편하게 푹 자도록 내버려 두고 싶었다.

간이 세거나 자극적인 음식이 아닌 임신부가 먹을 수 있는 음식이 뭐가 있을까. 우현은 냉장고를 뒤적거리다 채소와 된장을 꺼냈다. 채소를 썰어 한쪽에 놓고 냄에 물을 붓고 된장을 풀었다. 그러곤 채소를 넣어 끓이기 시작했다. 달걀을 풀어 남은 채소를 넣어 계란말이를 만들고, 하원이 만들어놓은 밑반찬을 꺼냈다. 갓 지은 기름진 밥까지 하고 나서 우현은 소파로 가서 하원의 뺨에 입 맞추었다.

"으음……."

"저녁 먹자. 오래 잤어."

"몇 시야?"

반쯤 눈을 뜬 하원이 우현의 목을 끌어안았다.

"8시."

"벌써?"

하원의 눈이 커졌다. 우현이 고개를 끄덕이자, 하원이 울상이 되었다.

"왜 안 깨웠어? 배고프지? 저녁 차릴게."

미안한 얼굴로 하원이 소파에서 일어났다. 헝클어진 머리를 하나로 모아 묶는 손이 다급해졌다.

"내가 대충 차렸어."

"당신이?"

"어. 그러니까 와서 먹어."

우현이 하원의 손을 잡아끌고는 식탁에 앉혔다. 보글보글 끓는 된장찌개와 방금 만든 계란말이가 보였다. 그가 차린 소박한 식탁에 하원은 웃음이 났다. 제 식사도 제대로 안 챙겨 먹는 남자가, 아내의 식사를 손수 차려줄 줄 몰랐던 하원이었다. 예전에 비하면 우현은 많이 변했다.

"된장찌개가 싱거워."

"간 보는 걸 깜박했다."

뒤늦게 실토하며 당황한 그의 모습이 이렇게 귀여울 줄이야.

"짜게 먹는 것보단 낫겠지."

"으, 진짜 맹맛이네."

찌개를 한 수저 먹은 우현이 인상을 찌푸렸다.

"계란말이는 맛있어."

하원의 칭찬에 우현의 얼굴이 그제야 펴졌다. 아침을 거르고 출근하는 우현을 위해서 저녁과 주말 식사는 꼭 챙겨주겠다고 다짐했는데, 요즘 들어 제대로 식사를 그러지 못했다. 그런데 오늘은 낮잠까지 자는 바람에 저녁 식사를 그에게 떠밀고 말았다. 미안하고 고마운 마음뿐이었다.

"내일은 맛있는 거 해줄게. 뭐 먹고 싶어?"

"음. 파스타?"

"그럼, 이따 장 보러 가자."

하원은 다시 수저를 들었다. 차린 것은 별로 없지만, 마음만으로 충분했다. 그와 같이 저녁을 먹으면서 도란도란 이야기꽃을 피우는 것만으로 벌써 배가 부른 것 같았다.

가볍게 산책할 겸 마트에서 장 보고 집에 들어왔다. 우현은 욕조에 따뜻한 물을 가득 받아놓고 입고 있던 옷을 벗었다. 손으로 물 온도를 체크하곤 욕실에서 나왔다. 소파에 앉아 쉬고 있던 하원은 나체로 돌아다니는 남편을 바라봤다. 가까이 다가오던 그가 하원의 겨드랑이에 손을 끼워 넣어 일으켰다.

"같이 씻자."

그렇게 말하며, 원피스를 단번에 벗겼다. 속옷도 남김없이 벗기곤 그녀를 욕실 안으로 끌어당겼다. 하원은 순순히 욕실로 들어갔다. 욕조 안에 한 발 한 발 조심스럽게 담그곤 몸을 숙였다.

"따뜻해."

평일엔 더위로 인해 하원은 자주 씻었다. 그래서 우현이 퇴근했을 땐 같이 씻을 수가 없었다. 주말엔 우현이 욕조 물을 받아 같이 샤워하곤 했다. 따뜻한 물에 피로를 풀며 이런저런 이야기를 나누는 것이 참 좋았다. 하원이 움직일 때마다 첨벙거리며 물이 욕조 밖으로 넘실거렸다. 우현의 시선이 풍만한 하원의 가슴으로 향했다. 임신으로 인해 가슴은 더 풍만해져 우현은 잠잘 때마다 하원의 가슴을 만지면서 잤다. 손에 그득히 쥐어지는 가슴으로 인해 아래가 몇 번이나 뜨거워졌다. 임신한 하원을 배려해서 참고 있지만 언제까지 참을 수 있을지 미지수였다. 우현은 상체를 앞으로 내밀어 유두를 입에 물었다. 날름거리며 혀로 유두를 자극하다가 손으로 가슴을 쥐며 애무를 시작했다. 으음, 하고 하원의 입에서 낮은 신음이 흘렀다. 상체를 가까이 밀착한 우현은 가슴에서 입술을 떼 하원의 입에 키스했다. 매일 하는 키스인데도, 이상하게 뒤돌면 생각이 났다.

그녀의 입술이, 그녀의 체향이, 달큰한 향기가…….

"……우현 씨."

"안 되겠지?"

묻는 목소리와 표정이 참 대비되고 있었다. 표정은 꽤나 담담한데 목소리는 간절함이 잔뜩 묻어 있었다. 거기다 그의 손이 하원의 허벅지 사이를 가르고 깊숙한 곳에 당도했다. 그의 손가락이 예민한 곳을 튕길 때마다 하원의 미간이 좁아졌다. 정말, 이 남자 철저한 반칙이다. 이렇게 잔뜩 흥분시켜놓고 애당초 안 되겠지, 하고 묻는 건 또 뭐란 말인가.

하원은 다리를 펴곤 일어났다. 하원의 몸에서 물기가 뚝뚝 흘렀다. 풍만한 가슴을 타고 볼록한 복부 밑으로 물기가 어린 모습이 섹시했다. 하원은 뒤돌아 벽을 짚고 다리를 벌렸다.

"괜찮을까?"

엉덩이 사이로 꼿꼿하게 솟은 남성이 느껴졌다. 상체를 밀착한 그가 뒤에서 가슴을 움켜쥐며 쉰 목소리로 물었다. 직접 귀로 들어야 안심이 되는 모양이다.

"응. 해."

하원의 허락이 떨어지자, 우현은 엉덩이 사이로 남성을 밀었다. 좁은 입구에 남성이 뻑뻑하게 들어찼다. 하원의 상체가 벽에 짓눌렸다.

"으윽."

이 쾌감, 이 느낌. 그가 그토록 간절히 원했던 것이었다. 부드럽게 감긴 여린 살결의 감촉에 우현의 허릿짓이 거칠어졌다. 몇 달을 독수공방한 보람이 있었다. 그동안 잘 참았다고 신이 선물을 내려 준 기분이었다.

"흐읏."

오랜만에 남성을 받아들인 하원은 조금 버거웠다. 하지만 곧 쾌감으로 바뀌며 하원이 엉덩이를 흔들었다. 발끝까지 저릿해져 오는 감각에 벽을 짚은 손이 절로 주먹을 쥐었다. 골반을 잡고 질주하던 우현의 손이 가슴을 잡았다. 딱딱한 정점을 손으로 뭉개며, 더 깊게 하체를 밀었다.

"흐윽. 하아……."

쾌감에 몸을 부르르 떨던 우현의 움직임은 끝을 모르고 내달렸다. 물기가 어렸던 몸이 땀으로 치덕거리고, 쉼 없이 맞닿았던 하체에서 질퍽거리는 소리가 요란하게 울렸다. 하원이 고개를 돌려 그의 입술을 찾아 키스했다. 아침에 면도를 한 턱이 부드럽게 닿았다. 혀와 타액이 얽히고설켰다. 뭉근한 숨이 하원의 입술에서 가느다랗게 흘렀다.

"하악."

절정에 달한 그가 허리를 깊게 밀었다. 조금만 더 그가 늦었다면 하원이 먼저 쓰러졌을지도 몰랐다. 허벅지를 타고 뜨거운 무언가가 것이 흐르는 느낌이 났다. 하원의 입술에 가볍게 입 맞춘 우현이 샤워기를 빼냈다.

"이제, 씻어야겠군."

흐트러진 모습조차 섹스해서 다시 한 번 그녀를 안고 싶었다. 하지만 우현은 욕구를 억누르곤 하원의 몸을 씻겨주었다.

툭. 툭. 툭.

창문을 때리는 빗방울 소리에 하원이 눈을 떴다. 부른 배 때문에 옆으로 누워 잠든 하원의 목덜미에 우현의 고른 숨결이 느껴졌다. 뒤에서 꼭 저를 꼭 안은 채 잠이 든 그는 가끔 어린아이처럼 느껴지기도 한다. 배 속에 있는 아이만으로도 벅찬데, 다 큰 어른까지 건사해야 한다니. 괜히 하원의 입가에 미소가 스민다.

"비가 점점 더 많이 오네."

비 때문일까. 내리는 빗소리에 문득, 하원은 옛날 일이 떠올랐다. 서로를 제대로 마주 보기 시작한 이후로, 전혀 외롭다는 생각이 들지 않게 된 그 순간 그를 진정 사랑하게 되었음을 하원은 깨달았다. 거듭된 오해 속에서 우리가 헤어졌으면 어떻게 되었을까. 이렇게 다시 만나 결혼을 하고 행복할 수 있었을까. 헤어지고 나서 그를 다 잊었다 말할 수 있었을까. 문득, 그런 생각들이 머리에 스쳤다.

저 혼자만 그를 사랑한다고, 그를 기다렸다고 생각했던 긴 시간, 사랑만 해도 부족할 시간에 왜 그렇게 허무하게 시간을 흘려보냈을까. 다시 생각해도 아쉽지만, 그 시간이 있어 더욱 단단한 우리가 있을 수 있다고 생각한다. 사랑에 정답은 없겠지만 지나고 나니 우현과 오해 속에서 보냈던 시간이 소중하게 느껴졌다.

눈을 감자, 창문을 때리는 빗소리가 더욱 선명하게 귀에 스민다. 하원은 몸을 돌려 우현과 마주 보았다. 이 남자는 원래 몸을 왼쪽으로 돌아눕는 버릇이 있었다. 임신 후 화장실에 자주 가게 된 하원이 문 앞에서 자게 되면서 자연스레 우현은 오른쪽으로 돌아누워 자기 시작했다. 물론 자다 한 번씩 뒤척이며 몸을 돌아눕기도 하지만, 어느새 다시 하원을 바라보며 누워 있었다. 아마도 이런 사실을 하원이 알고 있다는 건 그는 모를 거다.

새벽의 빗소리가 이토록 사람을 감성적으로 물들게 하는지 미처 몰랐다. 하원은 고개를 앞으로 내밀어 우현의 입술에 제 입술을 내리찍었다.

"깼어?"

잠이 묻어나는 목소리로 우현이 묻는다. 눈은 여전히 뜨지 않은 상태였다.

"빗소리에."

"비 오네."

하원은 우현의 가슴에 깊게 얼굴을 묻었다.

"우현 씨."

"응."

다시 잠들려는 남편을 하원이 불렀다.

"빗소리 좋다."

"응. 나도."

잠에 취해 자신이 무슨 말을 하는 지도 귀에 들리지 않으면서, 그래도 대답해주는 남편이 참으로 좋다. 그리고 저를 바라보며 누워 잠든 남편의 모습은 더욱 사랑스럽고.

타닥타닥.

창문을 때리는 빗소리가 점차 가늘어지기 시작했다.

무더웠던 여름을 지나 선선한 가을이 다가왔다. 만삭의 배는 터질 것처럼 부풀어 있었다. 우현은 언제든지 무슨 일이 생기면 연락하라고 출근할 때마다 신신당부하고는, 회사에서도 몇 번씩 아내의 상태를 확인했다. 집에 혼자 있는 하원이 매일 걱정이었다.

"출근 잘해."

"응. 무슨 일 있으면 전화하고."

걱정인 얼굴로 우현이 당부했다.

"하여튼, 걱정은."

"당연하지. 오늘내일 하는데."

우현과 다르게 하원은 전혀 걱정이 되지 않았다. 오히려 이제 아기와 만난다는 생각에 설레었다. 어쩌면 아직 실감이 나지 않아서 그럴 수도 있겠다. 워낙 천성이 태평해서 어떤 걱정이든 뒤로 미루곤 했으니 말이다.

"운전 조심하고."

배웅하는 아내의 입술에 우현이 짧게 키스했다. 우현이 집에서 막 나갔을 때였다. 진통이 느껴졌다. 갑작스러운 통증에 하원이 바닥에 주저앉았다. 풀썩이는 소리에 우현이 뒤돌아 하원에게 달려왔다.

"하원아!"

"병원에 가야 할 것 같아."

침착한 얼굴로 하원이 말했다. 아무래도 오늘 아기를 만날 날인가 보다. 우현은 하원을 부추겨 겨우 차에 태우곤 근처 병원으로 이동했다. 다리 사이로 이슬까지 비쳤다. 양수가 터진 모양이었다. 초조한 얼굴로 우현이 하원의 손을 꼭 잡았다.

"우현 씨."

"응."

"되게 떨린다."

"내가 옆에 있잖아."

"무서운 게 아니라……."

하원이 숨을 고르곤 다시 입을 열었다.

"두근거려."

"나도 그래."

우현은 하원을 품에 안았다. 담당 의사에게 내진을 하고 하원은 곧 분만실로 이동했다. 그렇게 오랜 진통 끝에 하원은 건강한 아들을 출산했다.

눈도 채 뜨지 못한 아기는 우렁찬 울음소리를 자랑하며, 하원의 품에 안겨졌다. 하원의 눈에 뜨거운 눈물이 맺혔다.

자신과 우현이 부모가 되었다는 사실이 이토록 감격스러울 줄이야. 건강하게 태어나준 아들에게도 고맙고, 그동안 제 곁에서 밤낮 할 것 없이 곁을 지킨 남편에게도 고마웠다. 건강한 아기를 보니 그동안 힘들었던 시간이 눈 녹듯 사라져 버렸다. 이렇게 귀한 선물을 제게 주셔서 하늘에 감사하고 또 감사했다.

시간이 흘러 하원은 병원에서 같이하는 조리원으로 옮겼다. 아들, 하민은 날로 쑥쑥 자랐다. 우현은 퇴근 후 매일 조리원으로 퇴원하여 아내와 아들을 돌보았다. 아직은 누굴 닮았는지 알 수 없지만, 하원은 우현을 닮았으면 좋겠다는 생각을 했다. 그러면 왠지 자신이 모르는 우현의 어린 시절을 가늠할 수 있을 것 같았다.

"하민이 보러 갈까?"

"응."

내색은 안 하지만 기쁜 모양이었다. 하원의 말에 걸음이 빨라지는 우현을 보면 알 수 있었다. 유리벽 너머로 잠든 하민이 보였다. 커다랗게 하품을 하다 다시 잠이 든 아들의 모습이 정말 사랑스러웠다.

"누구 아들인지 몰라도 참 잘생겼다, 그치?"

"응, 잘생겼네."

맞장구치며 아들을 바라보는 우현의 표정이 미묘하게 변했다. 아들을 어떻게 사랑해야 하는지, 아버지로부터 제대로 된 사랑을 받지 못해 알 수 없지만 이젠 조금은 알 것 같았다. 이렇게 보고만 있어도 가슴이 뭉클해지며 울컥 무언가 차오른다.

우리의 아이.

그녀와 나의 아이.

그리고 가족.

"하원아, 나 두근거려."

저 작은 녀석이 뭐라고.

"당신 이제 아빠야."

"아빠……."

저 작은 입으로, 아빠 하고 부르면 그땐 정말 울컥해서 울어버릴지도 모르겠다. 우현은 그렇게 생각하며 아들을 바라보았다. 하원의 손을 잡은 손에 힘을 주었다. 이제는 정말, 이 손 놓지 못하겠다. 자신에게 더없이 따뜻한 가족이 되어준 그녀로 인해 그는 달라졌다.

그녀와 나, 이 녀석까지 이제는 정말 남부럽지 않은 가족이 되었다.

-마침-

작가 후기

생각지도 못한 종이책 출간에 기분이 얼떨떨합니다.

『우리가 정말 사랑했을까』는 오랜 연애로 거듭된 오해와 지침으로 인해 이별했던 연인이 다시 한 번 제대로 사랑하는 이야기입니다. 제가 의도한 대로 글을 풀어나갔는지 후기를 쓰는 지금도 걱정스럽네요.

촉박한 출간 일정을 소화해내느라 고생하신 와이엠 출판사 김 팀장님, 표지 디자이너분께 감사의 말씀 전합니다. 그 외 저에게 도움을 주신 작가님들께 감사의 말씀 전합니다.

-고여운 드림.